Georg von der Vring

Die Wege tausendundein

GEORG VON DER VRING

DIE WEGE TAUSENDUNDEIN

Herausgegeben von
Jörg Michael Henneberg
und Christian von der Vring

ISENSEE VERLAG
OLDENBURG

Hein Bredendiek zum Gedächtnis

Die Herausgeber

Einbandgestaltung unter Verwendung eines Entwurfs von Heinrich Vogeler-Worpswede für Georg von der Vrings Gedichtband „Muscheln", 1914.

Die Deutsche Bibliothek - CIP-Einheitsaufnahme

Vring, Georg /von der:
Die Wege tausendundein / Georg von der Vring.
Hrsg. von Jörg Michael Henneberg und Christian von der Vring. -
Oldenburg : Isensee, 2001
ISBN 3-89598-757-3

Gedruckt bei Isensee in Oldenburg

Inhalt

Der Großvater 7 Eigene Wege 13
Besuch zur Unzeit 17 Die alten Frauen 24
Das stumme Klavier 31 Diebold zum ersten 40
Der Zitroner 48 Begegnung mit Soldaten 54
Johannisbeerlikör 59 Die Mutter 68
Sichel im Schilf 74 Schwarzdrossel 80
Kreuz des Südens 87 Ein Kuß und ein Dankeschön 96
Diebold zum zweiten 104 Der Flurenpfad 115
Herr Sperling 125 Die Erdmänner 136
Die Schmähung 141 Ein besonderer Tag 151
La lune blanche 165 Der Weiberheld 177
Lieber Filius 186 Der Totenkopfschwärmer 196
Diebold zum dritten 203 Die Blattachseln 210
Chromoxydgrün feurig 219 Die blauen Häuser 229
Muscheln 238 Vredeborg 249
Wetterwolke 256 Zwiebelgarten 264
Die vertagte Kunst 273 Die Trophäe 282

Anhang

Christian von der Vring
Literarische Spurensuche *289*

Jörg Michael Henneberg
Im Zwiespalt der Zeit *291*

Der Großvater

Unsre kleine Hafenstadt liegt, einige Stundenmärsche von der Wesermündung entfernt, unmittelbar am Strom. Sie steht auf einer blaugrauen Tonschicht, in der sich Herzmuscheln und Schilfreste finden. Bei uns im Kleinen Zimmer hing eine Landkarte, auf der vermerkt war, daß vor zweihundert Jahren hier das Meer gewesen ist: Schilf wuchs und Schiffe segelten, wo sich jetzt Steinhäuser, gepflasterte Straßen, Höfe und Stapelplätze befinden. Die Stadt besitzt somit keine alten Gebäude, an denen etwas wie Tradition abgelesen werden könnte. Hier ist Neuland. Mein Großvater pflegte im Scherz zu sagen: »Wir gehören wahrscheinlich niemandem, denn es ist kein Schriftstück bekannt, aus dem hervorgeht, daß etwa Napoleon oder Bismarck unsre Stadt ihren Ländern einverleibt hätten.«

Aus dem Meeresboden erwachsen, schaut sie gegen Osten auf den breiten Strom hinaus, von dem sie lebt, und hat keinen Blick für das ein wenig reizlose Hinterland, wie es sich tafeleben bis nach Holland hinauszieht. Von ihren Menschen ist zu sagen, daß sie nicht leicht zu nehmen sind. Wie das Meer haben auch sie etwas Maßloses: die Fleißigen sind dort fleißiger, die Faulen fauler, die Leichtfertigen leichtfertiger als anderswo; und falls hier jemand einem Traum nachhängt, so nimmt sich das aus, als befände er sich geradezu unter dem Wasserspiegel der frühen Zeit, mit dem Rauschen des Schilfs über seinem Kopf.

Der Leitstern meiner Kindheit ist Großvater Friedrich Wolken gewesen. Er war klug und hatte die beobachtend abwartende Natur eines Künstlers. Wie schön war es für mich, wenn er einmal Zeit hatte und in das Kleine Zimmer trat, wo ich mit meinem Baukasten spielte oder Pastellbilder malte. Alt und grau schon, wie ich ihn gekannt habe, machte er nicht viel Worte, saß nur da und schaute mir zu. Oft nahm er sich nicht die Zeit, sich zu setzen, denn sein Geschäft beanspruchte ihn immer. Ich denke an seine Augen; wenn sein Blick mich traf, so drückte sich darin ein Vertrauen aus, wie es mir sonst nirgendwo und auch später selten genug entgegengebracht worden ist. Wir waren, der Greis und das Kind, im Einvernehmen. Man hätte denken können: wir waren derselbe Mensch, dort in grauem, hier in braunem Haar. Seine dunkle und melodische Stimme, wenn am Weihnachtsabend die Lieder angestimmt wurden, und er den Baß dazu sang, tönte mir wie aus lieberen Welten her, als jene war, die ich bereits kennengelernt hatte. Er war es, der mich bewahrte. Wovor bewahrte? Vor dem falschen Wachsen. Er hat mich bestärkt. Worin bestärkt? Der zu bleiben, als der ich geboren war. Als er starb, war ich soweit gefestigt, daß ich mich feindlichen Kräften gegenüber behaupten konnte.

Ich finde ihn in jeder meiner frühen Erinnerungen. Einmal – es muß am Tag vor einem Weihnachtsfest gewesen sein – ist er mit mir zum Armenhaus gegangen, um seinem älteren Bruder Melchior ein Geschenk, ich denke eine Flasche mit Rum-Verschnitt, zu überbringen und ihn für den Weihnachtsabend zu uns einzuladen. Der Schnee knarrt unter meinen Füßen, wir langen an, und ein rotgoldenes Gewand leuchtet auf. Melchior ist es; man hat ihn verkleidet, denn er wird an einer Festaufführung als einer der Drei Könige mitwirken; ich habe ihn alsbald an seinem Bart, seinem freundlichen roten Gesicht und seinen groben Schuhen erkannt. Der Rum-Verschnitt wird von ihm erfreut entgegengenommen, jedoch die Einladung zum Weihnachtsfest strikt abgelehnt. Vielleicht hat der ‚Trinker' und ‚Verschwender' Melchior dabei über meine Großmutter und über Tante Marie gewitzelt, von denen er sich – wohl mit Recht – ob seines gescheiterten Lebens mißachtet fühlte. Bestimmt ist aber auch über Melchiors Frau gesprochen worden, die sich frühzeitig, angeblich unter Mitnahme des restlichen Geldes, von ihm fortgemacht hat, denn wie hätte ich sonst folgenden Vers behalten, der nur von dem munteren Armenhäusler stammen kann:

Aber die goldenen Tassen
Hat sie mir belassen.

Mit diesem Besuch verbindet sich bei mir ein schmerzliches Gefühl, vielleicht hinterließ er sogar eine kleine Narbe. Die Kümmernis wurde zwar nicht mir zugefügt, sondern dem Großvater [und damit doch auch mir]; dadurch nämlich, daß er durchaus nicht kommen wollte, der große alte Bruder, bei uns Weihnachten zu feiern. Er hatte meinen Großvater in der Jugendzeit auf den Armen getragen. Vielleicht hat er auch mich gern auf den Arm genommen, denn, wie gesagt, mir ist ein Schmerz um ihn geblieben. Wie dröhnend er lachen konnte, der alte Onkel Ohne-Glück und nun erst als der König Melchior in Rot und Gold, als den ich ihn sehe!
Es mag im gleichen Winter gewesen sein, da hat Großvater mich an die Weser mitgenommen und mich die Eismassen anschauen lassen, die auf dem Strome dahin-

fuhren. Mir scheint heute, als habe ein Silberglanz auf der rauhen Fläche des Eises gelegen, denn die unruhige Schwärze, die ich sehe, ist ganz in ein solches Licht gebettet. Diese Schwärze ist ein Eisbrecher, ein Ungetüm, aus dessen Schornstein sich finstere Rauchwolken in die Winterluft hinaufheben, die als Wolkenfahne hinter dem Koloß zurückbleiben. Ich höre das Brechen der Schollen und erkenne die dunkle Fahrrinne, die der Eisbrecher erzeugt hat und zurückläßt, und in dieser Rinne, im Kielwasser des Kolosses, meine ich dann wieder, bin ich doch dann mit Großvater gefahren; aber das ist auch solch ein Traum.

Ein andermal – da war ich wohl schon etwas älter – schauten wir zwei an einem Sommertag über die ruhig spiegelnde Fläche des Stromes hinaus. Und als wir so ausspähten, sahen wir im Norden, weit hinter dem Pier, wo die Elevatoren mit Geschnauf den englischen Frachtern das ukrainische Getreide aussaugten, ein wundersames Gebilde liegen. Es war, als sei dort ein grauweißes Gebirge aus der Flut aufgetaucht. Es lag regungslos, und die Röte des Sonnenunterganges ließ seine Kuppe wie eine Bergstadt mit Türmen und Zinnen aufglänzen. Ich glaube noch das Vergehen der schönen Röte erlebt zu haben, und wie alsdann alles bleifarben und düster aussah. Für immer liegt das Gebilde in mir da, wie aus einer Geschichte. Ich hatte den ersten Panzerkreuzer, der vor unserer Stadt erschienen war und Anker geworfen hatte, an der Hand des Großvaters erblickt.

Und wiederum später, als mein Vater schon nicht mehr bei uns war, erklärte Großvater mir einmal die Bojen. Auf der Weser waren immer Schiffe zu sehen, oft sogar die sauberen weißen Passagierdampfer, diese Kleinode, die entweder ‚Hecht‘ oder ‚Forelle‘ oder ‚Lachs‘

hießen. Sieht man dort ausnahmsweise kein Schiff, so fallen einem immerhin die Bojen ins Auge. Sie bleiben an ihrem Fleck, denn sie sind verankert. Zur Ebbezeit neigen sie sich, die schwarzen wie die roten, nach Norden, der See zu; bei auflaufendem Wasser legen sie sich herum und weisen nach Süden hinüber; wenn Stauwasser ist, also die Gezeiten wechseln, stehen sie für kurze Zeit aufrecht. Da habe ich ihn einmal gefragt, was die Bojen bedeuten, und er hat mir geantwortet, daß aus ihnen die kleinen Kinder kämen. Aber ich habe von seiner Antwort weitergedacht und ergrübeln wollen, welche Kinder aus den roten und welche aus den schwarzen kämen. Und alsdann hat mir jemand – ich weiß nicht bestimmt, ob es auch Großvater gewesen ist – versichert, daß aus den schwarzen Bojen diejenigen Kinder kämen, die später Bilder malen, und aus den roten jene, die sich später Reime ausdenken würden. Eine solche Erklärung kann mir von jedem Glied unserer Familie gegeben worden sein, denn Gespräche über Bilder und Reime waren bei uns gang und gäbe. Und wieder von dieser Antwort aus habe ich mir überlegt, aus was für Bojen denn die Kinder-Musikanten wohl kämen, und wo jene wohl lägen und in welcher Farbe sie gemalt seien. Großvater, von mir befragt, hat mir darüber nichts mitgeteilt. Aber je mehr ich darüber nachdenke, desto wahrscheinlicher wird es mir, daß er es mir doch gesagt hat, denn wie hätte ich selber auf den Gedanken verfallen können, daß es mit der Geburt der kleinen Musikanten ganz anders vor sich ginge, daß sie nämlich direkt aus der Himmelsbläue zu uns kämen?

Als ich in späteren Jahren begriff, daß die Bojen in Wirklichkeit dazu dienten, den Dampfern und Seglern den Verlauf des Fahrwassers anzuzeigen, bestätigte sich mir eine Vermutung, auf die ich bereits gekommen war, nämlich: daß es innerhalb der Welt noch eine zweite Welt geben müsse, ohne die Menschen wie mein Großvater Wolken nicht auskommen würden.

Eigene Wege

Im Sommer, wenn die Sonne in unserer leeren kopfsteingepflasterten Straße glühte, glaubten wir Knaben uns in Segelboote verwandelt. Der Segelsinn drang uns bis ins Herz, und so rannten wir, wie wenn wir schwebten, gleich vor dem Wind kreuzenden Kuttern im Zickzack die Straße hinunter. Die Straße galt uns als ein Strom, und die Häuserwände als die Ufer des Stromes. Im Lauf hielten wir die Arme, die prall gefüllte Segel bedeuteten, zur Seite gehoben; und wir wechselten die Armstellung bei jedem Wenden, also daß bald der linke, bald der rechte Arm schräg nach oben wies. So dahingleitend erreichten wir den Deich und den feuerroten Automaten der Wirtschaft ‚Zum Admiral'.

Der Automat war Leuchtturm und Ankerplatz zugleich. Genau so prall, wie unsre Segel im Wind gestanden hatten, war der Automat mit Schokolade, glasharten Bonbons und gebrannten Mandeln gefüllt. Besaß einer von uns einen Groschen, so warf er ihn ein. Sehr bequem zog es sich am goldglänzenden Griff; ein zirpendes Knistern erklang, und eine Packung rutschte heraus. Einmal, als keiner Geld bei sich hatte, wurden wir zu Piraten: wir versuchten es mit falscher Münze und mit Gewalt.

Der Automat war mir wie ein roter Löwe. Aber im ‚anderen Garten', unweit davon, lebten und starben die weißen Gebilde, Syringen genannt. Der Garten gehörte einem Arzt, und weil er der Großvater von einem von uns war, durften wir das immer verschlossene Tor überklettern und ihn besuchen. Schon im Frühling hatten wir dort die Veilchen gefunden und uns für alle Zeit die Stellen gemerkt, wo sie im nächsten Jahr wiedererscheinen würden. Gerade jetzt gewahrte ich das erstaunliche Aufblühen des Flieders und lernte sein kühles und feuchtes Gehäuf an Schönheit, Freimut und Duft kennen. Ihn an der Schulter heim und der Mutter ins Zimmer zu tragen und zu sehen, wie die Blüten sich als der Beginn vom Ende abstreuten und wie ein Schauer aus fremdartigem Regen auf die Nähmaschine fielen, an der die Mutter saß –

Ein Zwischenspiel:
Kinder wissen es noch nicht; aber die Welt ist voller Streit. Der erste Krieg, von dem ich erfuhr, war der Burenkrieg. Die deutschen Zeitungen machten die englischen Soldaten als Söldner verächtlich und verherrlichten die Buren; sie verschwiegen, daß die Buren Sklavenhalter waren, mit Ochsenziemer und Bibel.
Die Knaben der Stadt verwandelten sich damals in Soldaten. Da man zwei Parteien brauchte, wurden die Jüngeren dazu verurteilt, englische Söldner zu sein. Ich war bereits ein Bur; hatte mir Onkel Sophus' breitrandigen münchener Künstlerhut vom Boden geholt und mir ein echtes Seitengewehr besorgt, das ein Nachbar von den Boxeraufständen als Beute heimgebracht hatte. Mit diesen schweren unförmigen Seitengewehren, von denen es bei uns in den Häusern eine Anzahl gab, haben wir unsre Schlachten geschlagen. Ich bin oft mit blutenden Händen heimgekommen. Zu verwundern ist, daß nichts Schlimmeres geschah. Die Erwachsenen ließen uns machen, schauten lächelnd oder hochgemut

dem Treiben zu, und jemand photographierte die Truppen sogar. Die stillen Anlagen rund um das Gotteshaus widerhallten einen Sommer lang von unsrem Waffenlärm, und kein Geistlicher sprach sein Veto.
Es war eine Vorprobe, von Kindern ausgeführt. Aber – daß ich freiwillig dabei gewesen bin! Und daß ich stolz war, bewaffnet zu sein, und leidenschaftlich bereit war zum Hieb! All das ist in einem Menschen.
Und geschehen war – zwei Jahre vorher – dies:
Hinter der Kirche lag meine Schule. [Von ihr nichts.] Ich lief in den Anlagen hin, und vor meinem Gesicht, mir im Rücken und bis an den Fuß unsrer Backsteinkirche war nichts als das grüne Dunkel der Bäume. An der Hecke, hinter der der Schulplatz lag, blieb ich stehen. Durch die winzigen und ungleichmäßigen Löcher der Hecke traf manch heller Widerschein in meine Augen. Stimmen klangen von drüben herüber. Eine Frauenstimme rief ein englisches Wort. Alsbald wurde ein Ball geschlagen. Schritte erklangen im Kies. Dann trat wieder Stille ein.
Sie spielten Tennis. Die jungen Mädchen der Stadt mochten gehört haben, daß es neuartig und schön sei, Tennis zu spielen. Die englischen Wörter, die man dazu brauchte, fielen ihnen nicht schwer. Ihre Bälle aber flogen, wie mit eigener Flügelgewalt, wohin sie wollten. Man hatte einen Jungen gemietet, der den Bällen nachlief und sie zurückbrachte.
Plötzlich erblickte ich nahe vor mir einen der roten Bälle. Er war in die Weißdornhecke gesprungen und hielt sich in ihrem dichtesten Rücken versteckt. Noch drang von Zeit zu Zeit auch zu ihm ein Sonnenstrahl, und so ruhte der Ball in der grünen Höhle der Blätter und der Dornen wie eine feste kugelrunde Frucht, der die schönste und reifste Röte der Welt zuteil geworden war. Hier

sah ich ihn, wie schwebend, nicht viel höher als meine Augen hatte er sich jenem anderen Knaben verborgen gehalten und sich von mir entdecken lassen.

Nun wäre, da man von einem Zehnjährigen Taten erwartet, zweierlei möglich gewesen: den Ball aus der Hecke zerren und auf den Schulplatz hinüberwerfen – oder aber, ihn nehmen und in die Tasche stecken. Weder das eine noch das andre ist geschehen. Was sich hier wie auf einer grünen Insel ereignete, ist so zu deuten:

Daß eine schöne Wölbung, eine vollendete Kugel in makellosem Rot, fremdartig genug, in Dorn und blinkendem Laub aufgetaucht war und nun, je mehr und je wechselvoller der Sonnenstrahl sie suchte und fand, sich überhauchen ließ von mehr als nur Licht, von mehr als nur Feuer, nämlich von etwas, das jenseits der Zeit ist und nicht mit ihr verfließt und nur bisweilen wie durch ein Fenster hereinschaut in diese Welt. Und weiter: daß solch ein uferloser Glanz einem Kinde zuteil wird, dem das Herz noch garnicht weit genug ist, ihn zu fassen.

In diesem Glanz einer Ampel trieb der ganze unschuldige Jugendtag sein Spiel, samt seiner Nimmerwiederkehr; in ihm wärmte die Sonne des Sommers und schattete das Grün der Kastanien, klangen der Stundenschlag vom Turm und die englischen Ausrufe der jungen Mädchen, Schritte im Kies, Vogelgesang und der eigene Herzschlag mit.

Besuch zur Unzeit

Zwölf Jahre war ich alt, als bei uns von einem Dichter gesprochen wurde, der lebte. Bis dahin hatte ich angenommen, Dichter seien tot. Dieser Poet sollte als alter Mann auf seinem Bauernhof in Rechtenfleth wohnen, einem Dorf im Hannoverschen, das uns schräg gegenüber am andern Ufer des Stromes lag, und sein Name war Hermann Allmers. Großvater besaß Allmers' ‚Marschenbuch' und hatte zuweilen abends daraus vorgelesen. Rosi, seine jüngere Tochter, wußte zu berichten, der Marschendichter sei überaus häßlich, er habe eine Hasenscharte und vielleicht sogar einen Wolfsrachen. Großvater ging nicht weiter darauf ein. Er erklärte uns, Allmers sei mit seinem ererbten Vermögen klug verfahren, denn er habe den größten Teil seines Lebens in Italien verbracht und dort oder hernach sein berühmtes Buch, die ‚Römischen Schlendertage', geschrieben. Es war auch die Rede davon, daß er seinen Besitz in Rechtenfleth zu einem Museum gestaltet habe, mit Altertümern, Ölbildern bekannter Maler und Chroniken unseres Landstrichs. Ich hatte diese Gespräche in mich aufgenommen, wenn ich über meinem Briefmarkenalbum saß.

Eines Tages bekam ich Lust, über die Weser zu rudern und mir das Museum des Hermann Allmers anzuschauen. Es wird die erste Reise gewesen sein, die ich heimlich ausgeführt habe. Ich lieh von Bekannten ein Boot, das man mir schon öfter anvertraut hatte, und ruderte von der Kaje ab. Der Fluß ist bei uns breit, ein Strom. Ich würde mit ablaufendem Wasser rasch hinüberkommen, und hatte mir ausgerechnet, daß die beginnende Flut mich drei Stunden später wieder zurückbringen könnte. Um zunächst einmal das jenseitige Ufer zu gewinnen, war es nötig, das Boot beim Rudern halb gegen die Strömung zu halten. Nach einem tüchtigen Stück Arbeit langte ich drüben an; ich ließ mich treiben und trieb an Weidenbäumen, Schlengen und weiten Schilfstrecken einer Insel hin, auf der zwei weiße Leuchttürmchen sich gegen den Sommerhimmel hoben. Ich kannte sie gut, hatte sie mehrmals erklettert. Vom Boot aus, nun sie von Zeit zu Zeit hinter den Schilfhalmen auftauchten, sahen sie wie Schneemänner aus, die in der heißen Luft am Schmelzen waren. Sie schwanden hin, und auch die Schilfwälder ragten dann kleiner und kleiner über dem Wasser und endeten schließlich ganz. Schon glitzerten die gedrehten Schieferflächen des Sandstedter Kirchturmes auf, und kaum erblickte ich sie, so überholte mich drüben auf der Strommitte ein englischer Dampfer, der offenbar ohne Ladung fuhr, denn seine Schraube schlug einen Sturzregen von Gischt empor. Das Pochen der Maschine klang herüber, als hämmere ihm das Herz; der weiße Stern an seinem Schornstein zeigte sich rein und schön. Jetzt war der Dampfer vorüber und entfernte sich rasch, und schon war ich an Sandstedt vorbeigetrieben und mußte auf den Steg von Rechtenfleth achtgeben. Er kam in Sicht, ich steuerte ihn an, vertäute das Boot und ging an Land. Die Strohdächer großer Bauernhäuser schimmerten zwischen dem Grün der Bäume wie graue Seide; eines davon mochte Allmers gehören. Ich erkundigte mich bei einem halbnackten Knaben, der am Deich bei seiner Ziege saß und erhielt Auskunft.

Der Wohnsitz des Dichters war von hohen Linden überschattet. Ich ging klopfenden Herzens darauf zu und erreichte eine breite Graft, die offenbar das ganze Grundstück umgab. Die tiefe Sommerstille legte sich lähmend auf mich. Mir kamen Bedenken, ob ich so einfach kommen dürfe. In Begleitung Erwachsener wäre es etwas anderes gewesen. Überdies war ich nicht sonntäglich gekleidet. Ich blieb also stehen und überlegte. Im Grunde wußte ich aber, daß ich würde hineingehen müssen. Dies war einmal unternommen worden und also wurde es auch ausgeführt.

Als ich weiterging, die lange Graft hinunter, tauchte eine kleine Zugbrücke auf. Sie war hochgezogen, als sei dies eine Wasserburg. An der Zugbrücke befand sich ein Klingelgriff. Ich betrachtete ihn eine Weile und dachte: Jetzt werde ich klingeln, und gleich darauf wird der Dichter erscheinen und mit dem Finger drohen: Böser Junge, mach keinen Unfug. Kaum, daß ich dies gedacht hatte, zog ich dreimal am Griff. Jetzt galt es, darauf gefaßt sein, was kam.

Eine ziemlich lange Zeit verstrich. Der Junge, dessen Ziege zu mir herübergegrast war, riet mir, häufiger zu klingeln. Bevor ich mich dazu entschloß, tauchte am anderen Ufer ein junges Mädchen aus den Büschen auf. Sie kam zur Brücke und fragte freundlich, was ich wünschte. Ich nahm meinen Mut zusammen und sagte ihr, daß ich den Dichter Allmers besuchen möchte. Sie sah mich an und schüttelte traurig den Kopf. Es schien sogar, daß sie verweinte Augen hatte. Eine Weile blickte sie bekümmert vor sich hin. Da sie mich dann immer noch dastehen sah, raffte sie sich zu einem Entschluß auf, drehte am Hebel und ließ die Zugbrücke herunter. »Komm also«, sagte sie leise und ich folgte ihr.

Das Fräulein wird gedacht haben, daß ich mich mit der Besichtigung des Gartens begnügen würde, denn sie ließ mich auf dem Kieswege zurück und eilte ins Haus. Mein Blick fiel auf eine Bronzebüste, die sich mitten auf der Rasenfläche auf einem Findling aus Sandstein erhob. Sie stellte einen breitschultrigen Mann dar, mit Hakennase und kahler Stirn. Ein kleiner Bart bedeckte die Stelle, wo sich die Hasenscharte befinden mochte. Es war nämlich nicht daran zu zweifeln, daß dies eine Büste des Dichters Allmers war. Und nun traf es sich schön, daß ein gelbgeränderter Trauermantel, der bei uns selten ist, sich auf die dunkle Schläfe gesetzt hatte und seine Flügel in der heißen Sonne spaltete und wiegte.

Ich beobachtete sein Tun eine Weile vom Weg aus und überlegte mir, ob wohl die Zugbrücke noch niedergelassen sei; hätte mich gern in aller Stille wieder entfernt. Plötzlich kam ein kleiner rotwolliger Hund durch den Garten gerannt. Kaum tauchte er auf, so war er auch schon in den Büschen verschwunden. Ich hörte ihn im Laub rascheln, und als ich ihm nachdrang, stieß ich auf eine steinerne Figur, eine Herme. Nach der Inschrift, die sich unter der Brust der Figur befand, war dies der Sturmgott, Äolus mit Namen, der gefährliche Feind unseres tiefliegenden Marschlandes, gegen den wir uns durch hohe Deiche zu schützen hatten. Er also war hier aufgestellt worden.

Ich betastete Nase, Augen und Stirn der Figur, ward ihre ernste Rauhheit gewahr und atmete den süßen Duft eines Jasminstrauches ein, dessen weiße Blüten sich an das Gelock hinneigten. Der Hund, drinnen in den Sträuchern, begann kläglich zu winseln. Ich rief ihm Schmeichelworte zu. Da er sich nicht hervorlocken ließ,

entfernte ich mich von der Herme und befand mich plötzlich in der Nähe des Gebäudes. In diesem Augenblick erschien ein alter Herr in der Haustür. Er war in Schwarz gekleidet und von hoher Gestalt. Ob es der Dichter war? Der Herr besaß einen weißen Vollbart; der Büste auf dem Rasen ähnelte er nicht.
Er wartete, bis ich herangekommen war und sagte:
»Ich höre, daß du den Dichter Hermann Allmers besuchen willst. Aber die Zeit ist leider nicht günstig für dich.«
Während er dies sprach, sah er mich aufmerksam, aber nicht unfreundlich an. Ich mußte ihm wohl glauben, was er mir in so schlichtem Ernst mitteilte, und erklärte ihm, ich hätte mir die Figuren im Garten jetzt angeschaut und würde wieder gehen und vielleicht ein andermal wiederkommen. Auf seine Frage, woher ich denn käme, gab ich zur Antwort, ich sei über den Strom herübergerudert.
»Ja so«, sagte der Herr. »Ob es dir aber später, an einem anderen Tage, glücken wird, den Dichter zu begrüßen, das ist leider ganz ungewiß. Komm doch herein.«
Ich folgte ihm, und wir gelangten auf eine Diele, wo es angenehm kühl war. Hier führte mich der Herr an einen Tisch, auf dem ein riesiges, in Pergament gebundenes Buch lag, das er aufschlug. Er ergriff einen Federhalter, tauchte ihn ein und gab ihn mir in die Hand.
»Schreib deinen Namen, Vor- und Nachnamen, hierhin«, gebot er und zeigte mir die Stelle. »Dies ist das Gästebuch des Herrn Allmers, und so bist du für heute der letzte, der sich einträgt.«
Auf der aufgeschlagenen Seite standen schon einige hingekritzelte Namen; ich schrieb meinen Namen darunter: Albert Krog. Der Herr las ihn, ergriff den Löscher und trocknete die Schrift. Er sagte leise:

»Du bist also der letzte Gast dieses sehr gastfreien Hauses gewesen – genauer gesagt: der vorletzte.« Er zog sein Taschentuch hervor und betupfte sich die Augen. Ich begriff nicht, was gemeint war, und blickte fragend zu ihm auf. Er seufzte und sprach: »Der Dichter Hermann Allmers wird heute sterben. Das ist es. Er ist sehr krank.«

Ich erschrak. Ein scharfes Gefühl der Angst drang mir ins Herz. Er würde heute sterben? Darum wohl hatte das Fräulein die verweinten Augen, und darum hatte der Hund sich in den Büschen versteckt und gewinselt. Es war so still auf der Diele, daß man den Dichter gewiß stöhnen hören würde, wenn man darauf lauschte. So legte ich den Federhalter nieder, murmelte einen Gruß und wandte mich fort. Der große Herr begleitete mich zur Tür. Er fragte mich noch, was ich einmal werden wolle. Ich hatte darüber noch kaum jemals nachgedacht und sagte aufs Geratewohl:

»Vielleicht Zeichner beim Wasserbauamt.«

Als ich zum Landungssteg zurückkam, erlebte ich einen zweiten Schreck: mein Boot war fort. Kein andrer als der Ziegenjunge hatte es mir versteckt; hier war Hannover, und dort, wo ich wohnte, war Oldenburg, also waren wir Jungens ohnehin beinah Feinde. Jetzt hieß es suchen. Lange Zeit durchstreifte ich das Schilf, fand das Boot aber nicht und kehrte zum Steg zurück. Der hannoversche Junge zeigte sich nicht. Später legte das Motorboot an, das als Fähre dient. Der spindeldürre Mann stand an seinem Steuerrad und spähte zum Ufer herüber. Noch zeigte sich niemand, der mitfahren wollte; nur ich saß auf dem Geländer, ein Knabe ohne Boot, der keinen Groschen für die Überfahrt bei sich hatte.

Ich fürchtete mich davor, zur Nacht nicht zu Hause zu

sein, denn ich hatte ja zu niemandem von meiner Unternehmung gesprochen; auch war ich noch niemals zur Nacht ausgeblieben. Der Mann am Steuerrad und ich, wir starrten einander schweigend an. Ich biß von einem Stück Johannisbrot ab, das sich gegen den Hunger in meiner Tasche vorgefunden hatte. Ihn anreden und bitten, mich ohne Bezahlung mitzunehmen, hatte keinen Zweck, denn der Mann wußte genau, daß ich kein hannoverscher Junge war, und wenn er willens gewesen wäre, es zu tun, so würde er mir gewinkt haben.

Um acht Uhr stellte er den Motor an und fuhr leer über den Strom. Ich saß noch in der Dämmerung da. Der rote Himmel erlosch. Später kam ein Torfschiff, bei uns ‚Jan van Moor' genannt, mit seinem schwarzen Segel vorüber. Ich rief den Schiffer an; er war mir bekannt, denn er hatte meinem Großvater öfters Torf gebracht. So steuerte er an den Steg, nahm mich auf und setzte mich bei uns an der Kaje ab. Wie die Sache mit dem verlorengegangenen Boot ausgelaufen ist, weiß ich nicht mehr.

Die alten Frauen

Ein Jahr nach diesem unzeitigen Besuch verloren wir unseren Großvater. Er hatte erleben müssen, daß sein ältester Sohn Sophus nach Nordamerika auswanderte. Großvater hatte in seiner Jugend davon geträumt, Künstler zu werden, aber es war ihm nicht geglückt. So kehrte er von der Wanderschaft in unsere Stadt zurück, gründete ein Geschäft, heiratete und sorgte mit Geschick und Fleiß für seine alsbald vielköpfige Familie. Doch sein Künstlertraum war nicht verweht. Zwanzig Jahre später sollte Sophus das zukommen, was ihm selber nicht erreichbar gewesen war. Er schickte ihn auf die Akademien und hoffte gewiß, der Sohn werde es einmal damals berühmten Malern wie Stuck und Böcklin nachtun. Sophus jedoch enttäuschte ihn; als die Studienjahre verstrichen waren, erklärte er, daß er auf keinen Fall in Deutschland bleiben werde und begründete das so:
»Ich gehe, weil ich in einem Sklavenstaat nicht leben kann. Dies ist mir in meiner Dienstzeit bei der Kaiserlichen Marine klar geworden. Ich sehe und erlebe den sklavischen Sinn überall in diesem Land; aber beim Kommiß war er am deutlichsten und schrecklichsten. Körperlich hat mir die Ausbildung nichts anhaben können, denn den Dienst machte ich spielend. Es war auf eine andre Art gemein. Bei Udo« [das war Großvaters anderer Sohn, der bei den Dragonern gedient hatte] »hat

es sich weit schlimmer ausgewirkt als bei mir. Sie haben ihm das Kreuz gebrochen. Ich bin überzeugt, daß er krank ist und früh sterben wird. Begreife also, daß ich nicht anders kann, als mir einen Ort auf der Welt zu suchen, an dem ich einigermaßen ungeschoren leben kann.«
Sophus Wolken, der so sprach und handelte, war ein stolzer, empfindlicher Mensch, überaus verschlossen und herb. Äußerlich glich er einem Spanier. Daß er nach Nordamerika ging, war für Großvater ein Schlag, von dem er sich nicht mehr erholt hat. Im Grund dachte er über unseren Staat genau wie der Sohn. Wir sind vom Wasser und nicht vom Land.
Hatte ich nie beobachtet, daß Großvater blaß und krank wurde? War mir nie aufgefallen, daß er mich nicht mehr einlud, mit ihm an den Strom zu gehen? Und jetzt war er – in einer Nacht, da ich nichts ahnend im Schlaf lag – gestorben.
Udo, der ehemalige Dragoner mit der seither wie zerbrochenen Handschrift [er hatte später wieder Schreibunterricht genommen und sich wacker, wenn auch ohne viel Erfolg, abgeplagt] – Udo also übernahm das Geschäft und führte es unauffällig und fleißig. Das Regiment im Hause aber hatten von da an die Frauen; nicht meine Mutter [sie am wenigsten] und nicht Rosi, sondern die Großmutter und ihre ältere Schwester, die Tante Marie.
Tante Marie, die der Onkel Melchior immer das ‚Mannweib' genannt hat, war unverheiratet und betrieb, solange ich zurückdenken kann, im großelterlichen Hause ein Geschäft mit Tapisseriewaren. In ihrer Jugend war sie mit einem norwegischen Seemann namens Peter Isberg verlobt gewesen. Isberg kam beim Untergang seines Schiffes in der Südsee ums Leben. Tante Marie hatte mir bisweilen von ihm erzählt und mir auch Isbergs

Photo gezeigt. Er war ein Sohn des letzten Scharfrichters von Bergen. Wenn die Tante sich in diesen Erinnerungen erging, glaubte ich zu hören, wie ein Richtschwert geschliffen wurde. Sie liebte es, mich mit unheimlichen Geschichten zu unterhalten.

Als ich vierzehn Jahre alt wurde, mußte man sich über einen Beruf für mich schlüssig werden. Ich hatte die Bürgerschule durchlaufen und trotz vielen ‚Träumens', das die Zeugnisse vermerkten, etwas Englisch und Französisch gelernt; eine Realschule gab es bei uns noch nicht. Weil ich gut zeichnen konnte, tauchte wohl einmal der Gedanke auf, mich im Sinne des Großvaters Künstler werden zu lassen. Er wurde verworfen, denn die Erfahrungen mit Sophus sprachen dagegen, und überdies teilten die Frauen Großvaters Kunstbegeisterung nicht in gleichem Maße. Meine Mutter, die damals Handarbeitsunterricht in der Volksschule gab, mag sich mit dem Rektor beredet haben, und so wurde beschlossen, mich auf ein Seminar zu schicken und Lehrer werden zu lassen. Man fragte mich, ob ich möchte; ich sagte nicht nein. Meinen Wunsch, Maler zu werden, wagte ich nicht mehr zu äußern. Ich erhielt Klavier- und Geigenunterricht, wurde zu einer Aufnahmeprüfung nach Oldenburg geschickt und bestand sie.

In deutlicher Erinnerung ist mir ein Gespräch zwischen Tante Marie und Großmutter, das im ‚Kabinett' stattgefunden hat. Ich sehe mich vor dem Kasten mit der Achatsammlung sitzen und durch die Glasscheibe blicken. Es riecht nach dem Asthmapulver, das die Tante auszustreuen pflegte, um leichter zu atmen. Das lebhafte Lachsrot der Achate, ihr milchiges Weiß und ihr glänzendes Nachtschwarz bieten sich meinen Augen in immer wechselnden Zusammenstellungen und Gestaltungen im Halbschliff dar. Gewiß ist mir in jener Stunde ein wenig feierlich zumute gewesen, weil ich den friedlichen Ort, Tante Maries ‚Kabinett', in dem ich nach Großvaters Tode heimisch geworden war, bald würde verlassen müssen.

Die Tante saß im Sofa. Großmutter war erschienen und hatte neben ihr Platz genommen. Ich saß ziemlich weit von ihnen entfernt. Nicht daß sie mich angeredet hätten; doch war das, was sie sprachen, für mich bestimmt. Tante Marie begann:

»Ewig schade ist es, daß er Krog heißt, Anna. Albert Wolken – das wäre ein besserer Name für ihn gewesen. Krog – das wird ihn ja immer an seinen Vater erinnern.«

»Das mit Willibald ist schon viele Jahre her«, versetzte Großmutter. »Als Lenchen sich von ihm scheiden ließ, wollte sie unbedingt seinen Namen behalten, und so haben wir ihn ihr gelassen.«

»Das war aber falsch. Nun, er muß sehen, daß ihm der ‚Krog' nicht auch einen Sprung kriegt. Ich hoffe, er bleibt brav, dort in dem Seminar. Wie sein Vater darf er es jedenfalls nicht treiben.«

»Er wird es nicht, Marie.«

»Man muß alles bedenken. Bei Willibald hat es auch schon in der Schule angefangen. Sein Lehrer schlug ihn zu Unrecht – wie er vorgegeben hat – und er, der Junge, schlug ihn wieder, schlug zurück. Er war in Alberts Alter, als er es tat. Wahrhaftig! Und später, beim Militär, ging es genau so mit ihm. Er ließ sich nichts gefallen, obwohl er ein Rekrut war. Die Folgen waren dementsprechend.«

»Von wem hast du das denn gehört?« fragte Großmutter.

»Von ihm selbst. Im Triumph hat er sowas vorgebracht, manchen Abend. Du hast es nur vergessen, Anna. Und

dann hier, als Schreiber beim Gericht! Da will es das Unglück, daß sein Vorgesetzter, der Amtsrichter, beinah so heißt wie er – Krug. Krug und Krog, zwei Namen, die man leicht miteinander verwechseln kann. Und weil Willibald ein großer schöner Mann ist [huh, die großen und schönen Männer!], und der Amtsrichter ein kleiner und sogar ein wenig verwachsener, so verwechseln die Klienten die beiden und reden den hübschen Willibald mit dem Titel Amtsrichter an, und der Kleine, Bucklige, meinen sie, ist der Schreiber. Auch das hat er im Triumph abends oft genug aufgetischt und sich wohl schließlich selber eingebildet, der Amtsrichter zu sein und tausendmal gescheiter als der leider sehr langmütige Dr. Krug. Und so ist es schließlich zum Streit gekommen, bei dem Willibald womöglich die Oberhand zu behalten hoffte. Nichts als Ruhmredigkeit war das bei ihm und nichts als Eitelkeit. Er hat wahrhaftig nicht das geringste getaugt, dieser Mensch!«
»Seine Eltern hätten ihn eben nicht Beamter werden lassen sollen, sondern Seemann oder so etwas«, sagte Großmutter. »Dann hätte er sich austoben können. Das hat er in seiner Jugend, glaub ich, auch werden wollen.«
»Wenn es auf See hätte gut gehen sollen mit ihm, so hätte man ihn gleich zum Kapitän machen müssen. Er war einfach zu eingebildet, sich jemandem zu unterstellen, oder zu dumm dazu.«
»Dumm war er wohl nicht, Marie.«
»Ganz dumm ist er natürlich nicht gewesen. Du wirst aber zugeben, daß Dr. Krug, gegen ihn gehalten, ein wirklich gebildeter, hochmusikalischer Herr ist, denn er versteht nicht nur seinen Beruf, sondern leitet auch unseren Singverein und bringt es fertig, eine richtige schöne Opernaufführung einzustudieren und zu dirigieren. Willibald dagegen, dieser Nichtsnutz – da kann man bloß

staunen! Er hätte hier im Hause bei seinem Schwiegervater unendlich viel profitieren können. Dein Friedrich ist einer der klügsten Männer gewesen, die ich näher kennengelernt habe. Und wenn Friedrich einmal das Wort nahm, abends am Tisch, und er sprach – für Willibald war das ja leider viel zu hoch, und so langweilte er sich dabei und ging lieber ins Wirtshaus, wo er seine platten Renommistereien loswerden konnte.«

»Laß es gut sein«, sagte Großmutter leise. »Albert braucht nicht alles anzuhören.«

»Er soll das aber hören«, widersprach Marie, »und es wird ihm gut tun. Es wird ihm eine Warnung sein, wenn er jetzt in das Seminar eintritt.«

»Er hat zum Glück eine ganz andere Natur. Die Lehrer beklagen sich ja nicht über sein Betragen, höchstens über sein Träumen.«

»Träumen ist auch nicht gut, aber immerhin weniger albern, als den Narren spielen.«

Sie unterhielten sich jetzt so leise, daß ich sie nicht mehr verstehen konnte. Gewiß war immer noch von meinem Vater die Rede, der eines Tages – ich war damals sieben Jahre alt – meine Mutter verlassen hatte und in die Welt gegangen war.

Ich besitze nur ein paar deutliche Erinnerungen an ihn aus jener Zeit. Die eine ist so: Er versprach mir einen Bogen und einen Pfeil [die ich übrigens nie bekommen habe]. Wenn ich mir jene Stunde zurückrufe, so höre ich seine Stimme nicht, aber ich sehe ein Traumbild aus Pfeil und Bogen vor lauter leuchtendem Grün auftauchen. Es wird also Sommer gewesen sein, als er mir dies versprach, und das Grün gehörte gewiß den vielen Kastanienbäumen, die bei uns in den Anlagen der Kirche stehen, und unter denen wir hingegangen sein werden.

Die zweite Erinnerung ist sehr anders: Mein Vater setzte

sich zu mir an den Tisch, als ich mit dem Griffel Ziffern in die roten Vierecke der Schiefertafel schrieb, so gut ich es vermochte; und immer wieder nahte jener haarige Meißel, der Finger des Vaters, und wischte die Ziffernreihen aus; und dann dauerte es nicht lange, so verschleierte sich mein Blick unter den Tränen, und die weiteren Ziffern, die ich im An- und Abschwellen der Tränenflut malte, gerieten schlechter und schlechter.

Die beiden Frauen hatten ihr Gespräch fortgesetzt. Tante Marie hob die Stimme.

»Nein«, hörte ich sie sagen, »dieser Willibald Krog durfte niemals in unser Haus kommen.«

»Dann hätten wir *ihn* nicht«, murmelte Großmutter. Sie meinte mich.

Darauf entstand ein Schweigen. Ich spürte, wie sie zu mir herschauten, und meinte das Liebevolle, Zärtliche und Besorgte ihrer Blicke zu fühlen. Dann sagte Tante Marie mit ihrer rauhen Stimme:

»Na, du mit deinen braunen Augen, willst du so werden wie dein lieber Großvater gewesen ist?« Und da ich schwieg –: »So such dir einen von den Achatsteinen aus und nimm ihn mit nach Oldenburg und trag ihn als Andenken an deine alte Tante allezeit bei dir. Er soll als Talisman gelten.«

Ich ließ die Blicke im Kasten herumgehen, um mir den schönsten auszuwählen.

»Was ist denn ein Talisman?« fragte Großmutter.

»Ein Talisman ist so etwas wie ein Schutz, Anna. Man trägt ihn bei sich, und er soll einen beschirmen vor dem Unguten und dem Unheil. Ich habe damals Peter Isberg einen Talisman mitgegeben, als er in die Südsee fuhr.«

»Aber – genützt hat er ihm ja nicht, wie?«

»Genützt hat er dem Peter nicht, nein, und mir auch nicht. Aber man muß trotzdem alles tun.«

Das stumme Klavier

In kurzen Hosen hatte ich bis dahin meine Spiele gespielt, den schmucken Segelkutter über den Hafen kreuzen lassen, geangelt, oder mit dem Seitengewehr, das ein Nachbar aus den chinesischen Boxeraufständen heimgebracht hatte, scharfe Schlachten geschlagen [also Krieg gemacht, gewiß zum Befremden des Großvaters] – jetzt trug ich lange Hosen, die Mutter brachte mich nach Oldenburg, und die Lehrer sagten ‚Sie' zu mir, und ein Haufen Schulbücher wurde gekauft und eine Samtmütze; ich gehörte von nun an zu der Schar der Schüler, die das Seminar an der Peterstraße besuchten und den Spitznamen ‚Semmeltürken' führten. Es waren einschneidende Veränderungen.

Mir wurde ein Zimmer bei einem Sattlermeister zugewiesen, das ich mit einem Kameraden teilte. Zuzeiten überfiel mich heftiges Heimweh. Im Schlosse dieser Residenz wohnte der Großherzog mit seiner Familie, in den Häusern die Bürger samt Frauen und Kindern, in den Kasernen die Soldaten – Infanteristen, Artilleristen, Dragoner und Husaren – sie alle unter der Obhut ihrer Korporale – in der Vorstadt die Arbeiter der Glashütte und im Schloßgarten die Drosseln, die Finken und ihre gefiederten Brüderchen. Ich kannte dort niemand.

Im ersten Jahr muß ich meinen Traum weitergeträumt haben, denn ich kann mich kaum an Wirkliches erinnern;

auch die Zeugnisse, die man mir ausfertigte, deuten darauf hin. Und so wird es zu Beginn meines sechzehnten Jahres gewesen sein, als sich etwas ereignete, das wie ein Erwachen gewesen ist.

An jenem Sonntag, kurz nach Mittag, stand ich an dem breiten Fenster meiner Stube. In den Höfen und an den Häusern, auf tausenden von Dachziegeln lag das stumpfe Licht eines Märztages. Aus dem übernächsten Hof ragte ein vierschrötiger Schornstein empor; er rauchte nicht. Weiter rechts, fern hinter den noch kahlen Bäumen des Walles, zielte die scharfe, schiefergedeckte Spitze eines Kirchturms in den Himmel. Das einzige, was sich rührte, waren die weißen und blauen Tauben unten auf dem Schuppendach.

Franz Laichter, der mit mir die Stube und die Kammer nebenan bewohnte, war in einen Gottesdienst gegangen, vermutlich wegen einer bestimmten Krankenschwester. Er war siebzehn Jahre alt und trug schon die schwarzblaue Mütze der dritten Klasse. Ich besuchte damals die fünfte. Doch muß mir ein unguter Ruf vorausgegangen sein, denn Laichter behandelte mich wie einen Grünling; bisweilen gab er mir zu verstehen, daß jemand [vielleicht der Seminardirektor oder wer auch immer] ihm nahegelegt hätte, ein Auge auf mich zu haben. Laichter war ein etwas fetter, gutmütiger Mensch und liebte es, sich wichtig zu machen. Im Unterricht leistete er Beträchtliches, außer im Turnen. Über mich hätte man damals ziemlich genau das Umgekehrte sagen können.

Jetzt kamen die Tauben geflogen. Sie schlugen, wie um sich zu spiegeln, ihre Flügelfächer vor meinen Scheiben auf. Als sie wieder davon waren, sank das Haus, bis in den Laden und in die Sattlerei hinunter, in seine stumme Reglosigkeit zurück. Hinter meinem Rücken standen die Bücherschränke. Mein Kamerad hatte sicher nicht vergessen, den seinen abzuschließen. Er war immer besorgt, daß ich mir heimlich einen Band Nietzsche oder Schopenhauer herausnehmen, darin herumlesen und alsdann lebensüberdrüssig werden könnte. Es waren unter den Seminaristen bisweilen Selbstmorde vorgekommen. Laichter selber war, wie er versicherte, davor geschützt, weil er die Reife besaß, solche Bücher zu studieren. Nun, ich hörte sein Gerede mit halbem Ohr an, hatte weder Lust zu diesem noch zu jenem.

Die Zeit rann in aller Langsamkeit weiter. Ich hätte arbeiten oder etwas zeichnen können, aber mir fehlte die Lust; und weil sich im Antlitz des Märzhimmels nichts änderte, so entschloß ich mich, fortzugehen, nahm Pelerine und Samtmütze und stieg die beiden Treppen hinunter. Unten im Hausflur stand ein blitzblank gesatteltes, ausgestopftes Pferd. Ich streifte im Vorbeigehen sein Fell, trat auf die Straße und schlug den Weg zum Schloßgarten ein.

Es war ein frostiger Tag. Aber drinnen im Schloßgarten entdeckte ich an diesem Tag die Anemonen. Das war das erste. Der Efeu, der neben dem Weg am Fuß der Bäume wuchs, blänkerte im kalten Licht. Zwischen seinen Ranken standen diese jungen Anemonen so kräftig und so reizend geneigt und waren in ihren weißen und rosa Tönen als kleine Überraschungen aus der Erde erblüht. Ich spähte umher, um möglichst viele von ihnen zu entdecken; lernte sie an diesem Tag kennen, denn in Brake gab es sie nicht. Irgendetwas mochte mit ihnen zusammenhängen, das ich noch nicht verstand. Der Efeu blänkerte vordringlich, die Anemonen waren noch wie versteckt – zweierlei Dinge.

Mein Weg führte über eine Brücke, unter der ein gelbliches Wasser hinstrudelte, ein Waldbach, wie ich ihn

daheim nicht gekannt hatte, ein geschwätziges Gewässer. Aber hinter der Brücke verloren sich die Anemonen, und so richteten sich meine Gedanken auf jenes Brake, die Heimatstadt, und ließen den weißen Passagierdampfer ‚Lachs' an mir vorbeigleiten, der bei uns anzulegen pflegte. Auf seinem Deck saßen heute, am Sonntag, gewiß wieder die alten Kapitäne, denen es nicht mehr vergönnt war, die Weltmeere zu kreuzen, und die sich zu ihrer Unterhaltung den Strom hinauf- und hinunterfahren ließen. Sie würden in bequemen Liegestühlen ruhen und sich gegen den Frühlingsregen die Mützenschirme bis auf ihre Pfeifen herunterrücken. Als ich mir dies so deutlich vorstellte, kam mir etwas anderes in den Sinn, eine Art Spiegelung des ersten Bildes. Wie wäre es, dachte ich, wenn sich auf dem Kiel des ‚Lachs', drunten im Wasser, eine ganze Reihe gealterter Meermenschen angesiedelt hätten, froschköpfige und meinetwegen auch hübschere, die ohne Fahrkarte mitreisten? Ich hatte bisweilen im Traum derartige mißgeformte Auswüchse erblickt, die sich unter Wasser von einem Schiffskiel abhoben und sich gegen das Strombett hinunterreckten. Möglicherweise hätten solche Männer drunten am Boden des Stromes, über den sie hinglitten, eine Art Unterhaltung finden oder einen Ausblick gewinnen können. Irgendwo fuhr zum Beispiel ein eingerammtes, mit Moder bedecktes Bleikreuz unter ihnen hin oder ein kleines Wrack und ähnliches mehr.
Als ich den Park verlassen hatte und in die Gartenstraße kam, waren viele sonntäglich gekleidete Menschen unterwegs. Frauen schoben Kinderwägen, ihre Männer begleiteten sie und die gut verpackten kleinen Wesen. Vor all den hübschen und sauberen Villen, an denen ich vorüberkam, lagen Gärten, die durch Holz- oder Eisengitter von der Straße abgegrenzt waren.

Ich ging ohne Ziel, legte meine Hand an die Gartengitter und ließ sie darüberhin spielen. Schon an manchen Sonntagen waren meine Finger über hunderte von Gittern geschnurrt. Sie klangen ein wenig verschieden, aber an Unterhaltung ergab sich freilich nichts. Ich fiel in eine gedankenarme Stimmung. Später befand ich mich auf dem Friedensplatz und bog in die Peterstraße ein. Hier befand sich das längste Staket der Stadt; es lief vor dem Peter-Friedrich-Ludwig-Hospital hin und hatte, wenn die Hand darüberhin ging, einen dumpfen, ja grollenden Ton. Zur Rechten erhob sich der schmale Kirchturm, den ich von meiner Stube aus sehen konnte, und links, ihm gegenüber, lag die Musikschule des Seminars, in der ich wochentags unterrichtet wurde. Jetzt wäre es mir lieb gewesen, wenn ich ein wenig Harmonium hätte spielen können. Es war aber anzunehmen, daß das Gebäude heute, am Sonntag, verschlossen war.
Ich drückte die Klinke nieder. Zu meiner Freude gab die Tür nach. Ich fand im finsteren Flur die Treppe und stieg hinan. Als ich die Tür zum Orgelzimmer öffnete, in dem sich das Harmonium befand, erblickte ich zwei Menschen, einen Mann und ein Fräulein. Der Mann war mein Klassenlehrer, Herr Westphal, das Fräulein kannte ich nicht. Die Beiden saßen nebeneinander auf der Orgelbank, aber nicht wie der Spieler sitzt, sondern mit dem Rücken gegen die Orgel. Das Fräulein trug einen hellen Mantel, Westphal hielt den Hut auf den Knien. Beide blickten sie mir nicht gerade freundlich entgegen, ich hatte den Eindruck, daß mein Lehrer mir sogleich mit dem Hute abwinken werde. So zog ich mich rasch zurück und schloß die Tür. Sollte ich wieder fortgehen? Ich überlegte es mir anders und trat in das Klavierzimmer hinüber.
In diesem Raum standen sieben Klaviere nebeneinander

gereiht, als achtes das stumme. In der Ecke befand sich der Notenschrank. Über den Klavieren hingen die Bilder von Mozart, Beethoven, Liszt und Brahms – Mozart bleich und freundlich, Beethoven gelbgesichtig und schwarzäugig, Liszt alt und mit Warzen im Gesicht, Brahms rotwangig und aufgeräumt. Unter den Bildnissen starrte das Gehäuse, in dem sich der Taktmesser befand, wie ein kleines Monument zu den vier Großen empor.

Ich holte mir einen Band Mozart-Sonaten aus dem Schrank, schritt vor den Klavieren hin und blieb vor dem stummen stehen. Wegen der beiden Leute im Orgelzimmer nebenan konnte ich mich nicht entschließen, laut zu spielen. So nahm ich schließlich vor dem stummen Klavier Platz und spielte den ersten Satz einer Sonate in die tote Tastatur hinein. Die Fingernägel raschelten auf den Elfenbeinplatten der Tasten, und das Klavier selbst vollführte ein leises, halb klapperndes, halb fauchendes Geräusch. Es war ein recht betrübliches Spielen, doch gab es der Phantasie ein wenig Raum, vor allem bei den Forte-Stellen. Sogar das Piano des langsamen Satzes stieg mit einer spürbaren Süße aus meiner Erinnerung auf. Aber ich wurde der Sache dann überdrüssig. Ob die beiden gegangen waren? Die Stille war so feindselig geworden, als ob sie mir gleich der Tastatur die Zähne zeigte.

Da öffnete sich die Tür und Herr Westphal trat ein. Er ging an mir vorbei an das Fenster, blickte auf die Straße hinunter und sagte:

»Sie sind also noch hier, Krog? Gut, daß ich hereingeschaut habe, sonst wären Sie eingeschlossen worden.«

Ich antwortete nicht, blieb sitzen und legte die Hände auf die Knie. Nach einer Weile kam er vom Fenster und setzte sich auf eine der Klavierbänke, mir gegenüber.

Er war ein großer schlanker Mann mit einem braunen Schnurrbart und sanften braunen Augen. Er besaß zu seinen ohnehin langen Gliedern auffallend große Füße, über die von den Schülern bisweilen gewitzelt wurde. Aber er war sehr beliebt, denn er gehörte zu den wenigen Lehrern, die wir anzusprechen wagten.
Nun er so dasaß, begann er zu lächeln und sagte:
»Sie spielen auf dem Mogelklavier, wie? Nun, es ist ganz gut, daß ich Sie hier treffe, habe nämlich ein Hühnchen mit Ihnen zu rupfen. Es handelt sich um Ihren Aufsatz. Wie denken Sie selber über dieses – Werk?«
Wieder schimmerte der Beginn eines Lächelns in seinen Augen, das ich für spöttisch hielt. Ich schwieg; wußte nichts zu sagen.
»Ich kenne ja Ihre früheren Aufsätze«, fuhr er fort und zwang sich zum Ernst. »Es waren einfache Themen, nicht wahr, Inhaltsangaben von Gedichten und Ähnliches. Sie haben das ganz nett gemacht. Nun aber, der letzte, wie denken Sie über ihn?«
Er sah mich an und wartete. Schließlich sagte ich ihm, das Thema sei mir zu schwer gewesen.
»Zu schwer? Aber wieso denn?« rief er, bereits wieder ein wenig belustigt. »Das kann ich nicht begreifen. Ein Thema ‚Mein Klassenzimmer' bietet doch viele Möglichkeiten.«
Ich schwieg und war etwas verdrossen. Da mußten wir uns, und gar am Sonntag, über derlei lästige Dinge unterhalten.
»Sie lieben Ihr Klassenzimmer nicht?« fragte mein Lehrer. Er hatte es wohl meinem Gesicht angesehen, daß es so war. Da ich nicht antwortete, setzte er hinzu: »Ich erinnere Sie daran, daß Sie in Ihrem Aufsatz das Gegenteil versichert haben.«
Das stimmte allerdings. Ich hatte mich, weil ich nichts

zu schreiben wußte, verrückterweise an die Frau eines Schutzmanns gewandt, bei der ich in den Tagen meiner Aufnahmeprüfung gewohnt hatte. Sie stand im Ruf, sich auf Aufsatzmachen zu verstehen und half auch ihrem Sohn bisweilen. Die Frau hatte mir geraten, als Überleitung von der Einleitung zum Hauptteil das von dem ‚Lieblingsaufenthalt' zu schreiben, und also hatte ich es kaltblütig getan. Nun ich daran zurückdachte, mußte ich grinsen – war nämlich in Zeitnot gewesen, hatte den Aufsatz von Tag zu Tag hinausgeschoben, und am Tag bevor ich ihn abgeben mußte, kam ich abends, nach dem Fußballspielen und sehr müde, an ihrem Hause vorbei. Da hatte ich es also einfach hingeschrieben, wie's die Frau vorschlug.

»Oder war das vielleicht Spott?« hörte ich Westphal fragen.

Vielleicht auch das. Ich schwieg.

»Spott wäre mir nämlich weit lieber als Lüge«, teilte er mit. »Hören Sie aber, jetzt werde ich Ihnen ein Licht aufstecken, Sie Spottvogel. Vorher sollen Sie noch wissen, daß auch kein anderer von Ihren Mitschülern auf den Gedanken gekommen ist, über etwas anderes als lackierte Bänke und Landkarten und Gaslampen zu schreiben, nicht einer hat meinem Thema einen Ruck versetzt. Und es wäre doch so leicht gewesen, von den lackierten Bänken fortzukommen!«

Ich sah ihn höflicherweise an.

»Wie also?« fuhr er fort. »Ganz einfach: indem Sie über die geschrieben hätten, die in diesen Bänken drinsitzen! Über die ganze buntscheckige Gesellschaft! Was sagen Sie?«

Ich mußte nun doch staunen. Solch ein Trick wäre also möglich und sogar erlaubt gewesen! Ich stellte mir die Gesichter meiner Kameraden vor und überlegte, was ich

über sie hätte schreiben können. Da mein Lehrer auf eine Antwort wartete, sagte ich:
»Von denen weiß ich noch weniger, als von den Bänken.«
»Wie das?« wunderte er sich. »Und der nette kleine Heideloh? Und Diebold? Und der kleine Hellstede mit den blitzgescheiten grauen Augen? Weniger als von den Bänken?« Er reckte den Kopf, denn jetzt wurden Schritte im Flur laut. In der Tür erschien jenes Fräulein im hellen Mantel. Es war ein blondes Mädchen mit großer Brust und einem Gesicht rund wie ein Osterei. Sie sagte freudig:
»Nun habe ich doch zwei Konzertkarten erwischt!« und schwenkte die Karten.
»Und die Frau Mama?«
»Sie weiß nichts.«
»Ausgezeichnet!« Herr Westphal stand auf. Ich folgte ihm. Das Fräulein war schon die Treppe hinuntergeeilt.
»Gehen Sie auch in das Kammerkonzert?« fragte sie mich, als ich mich verabschiedete.
»Er geht nicht«, sagte mein Lehrer. »Es ist ihm verboten. Zwar nicht von seiner Mama, sondern von der Seminarleitung.«
»Weshalb aber?«
»Damit die Schüler der unteren Klassen nicht auf den Gedanken kommen, sie seien bereits Menschen. So gehen sie derweil in die Kneipe, was freilich gleichfalls verboten ist. Einen Konzertraum kann man überwachen, aber all die vielen Kneipen, sag selbst.«
Ich zog die Mütze, und sie gingen davon.

Diebold zum ersten

Also in die Kneipe! sagte ich zu mir, als ich durch die beginnende Dämmerung auf dem Wall dahinschritt. Der ‚Stedinger Hof' besaß ein Hinterzimmer, wo wir jungen Seminaristen uns abends einfanden und für fünfzehn Pfennige und, ohne daß wir hätten Bier dazu trinken müssen, riesige Mengen von Bratkartoffeln bekamen. In diesen rückwärts gelegenen kleinen Raum gelangte man über den Hof. Doch bevor man den Hof betrat, empfahl es sich, Ausschau zu halten. Einige Lehrer drückten wohl ein Auge zu, sie mochten denken: Laßt doch den Jungen, die von auswärts sind, und denen niemand Bratkartoffeln auf den Tisch stellt, ihren harmlosen Spaß; andere Lehrer aber waren so stumpfsinnig, alles, was sie beobachteten, dem Direktor zu melden, und dann gab es Karzer. Einer pflegte das mit dem Wort zu begründen: »Ich bin vereidigter Diener des Staates.« Was war denn das für ein Staat, der uns Seminaristen verbot, fette Bratkartoffeln zu essen? Mir fiel dabei ein, was Großvater zu sagen pflegte, nämlich: Der Staat ist das Ungeziefer, von dem man erst im Tode entlaust wird.
Jetzt verzehrte ich also reichlich Bratkartoffeln in verhältnismäßiger Sicherheit. In dem Maße, in dem der Teller sich leerte und mein Hunger sich stillte, kehrte mir der Unternehmungsgeist zurück. Ich dachte an eine ganz bestimmte Sache und beschloß, sie noch heute in Angriff

zu nehmen und womöglich zum guten Ende zu führen; zahlte also, schlüpfte aus dem Hof, folgte der Ohmsteder Landstraße und saß eine halbe Stunde später im Tanzsaal des ‚Roten Hauses'.

Ich hatte nicht die Absicht, zu tanzen, weit entfernt. Ich wollte Axel Diebold sprechen, den ich hier vermutete. Das war, nach den Anemonen, das zweite für diesen Tag. Diebold gehörte einer Verbindung an, die einige Schüler unserer Klasse im letzten Herbst gegründet hatten. Die Verbindung versammelte sich jeden Sonntagabend im Klubzimmer des ‚Roten Hauses'. Ich hatte ihr anfangs selber angehört, allerdings nur drei Wochen lang. Die Sache hatte sich folgendermaßen abgespielt: Ich beobachtete damals auf dem Schulhof, daß Bänder herumgezeigt wurden. Auch zu mir kam ein Kamerad und zeigte mir solch ein Band. Er erklärte, dies Band sei das Zeichen einer Verbindung, die man gründen wolle, und er lade mich ein, ihr beizutreten. Die Angelegenheit müsse aber geheim bleiben. Eine gewisse Flottheit schien Voraussetzung für die Aufnahme zu sein. Was die Verbindung eigentlich bezweckte, wurde mir nicht klar. Aus zwei Gründen hatte es mich gereizt, ihr beizutreten: einmal weil die Seminarleitung uns verboten hatte, Vereine zu gründen oder solchen anzugehören; und zweitens, weil das Band schön und kostbar war. Es war in den Farben schwarz-rot-gold gewirkt und erinnerte an die alte Flagge aus der Zeit des Admiral Brommy, die mein Großvater verehrt hatte. Großmutter hatte in ihrer Jugend an einer solchen Flagge gestickt, und sie war für das Flaggschiff des Admirals bestimmt gewesen.

Ich trat also der Verbindung bei und erwarb einige Dezimeter von dem prächtigen Band. Die Mitglieder trafen sich, wie gesagt, weit vor der Stadt im ‚Roten Hause', es war nicht zu befürchten, daß ein Lehrer dort auftauchte. Bei den Zusammenkünften ging es folgendermaßen zu: man saß im Klubzimmer an zusammengerückten Tischen und hatte das bunte Band durch zwei Sicherheitsnadeln so befestigt, daß es von links nach rechts schräg über die Brust hinlief. Vor jedem stand ein großes Glas, das mit Bier gefüllt war. Man sang, man trank einander zu, sagte ganz ernsthaft: Zum Wohle, und rieb Salamander; kurz, man ahmte Studenten nach. Ich konnte dem nichts abgewinnen und trat alsbald wieder aus. Mein Stück Band, das ich nicht behalten durfte, erwarb ein junger Mensch, der damals verspätet in die Klasse aufgenommen worden war. Er hieß Diebold, ein schlanker, lebendiger Bursche mit einer kühnen Stirn und langem blonden Haar. Ich hatte ihn bisweilen heimlich betrachtet und dachte an ihn, auch wenn ich ihn nicht sah. Als ich ihm das Band übergab und die von mir dafür gezahlte Mark wieder einstrich, hatte ich das üble Gefühl, ihn bei diesem Handel betrogen zu haben – ich schämte mich und wußte nicht, warum ich es tat.

Aber jetzt saß ich schon eine ganze Weile im Saal am Tisch und überlegte hin und her, was ich ihm sagen würde, wenn ich ihn herausrufen ließ. Nach und nach verlor ich den Mut, und als ich es merkte, fiel mir der ganze öde Sonntag, den ich doch mit vielen Künsten zum guten Teil hinter mich gebracht hatte, schwer auf das Herz. Ich hatte nicht übel Lust, heimzugehen und mich ins Bett zu legen.

Plötzlich trat ein Mädchen an meinen Tisch und fragte mich, ob ich wohl der Krog sei. Es war ein Kind von etwa dreizehn Jahren.

»Ich bin es«, sagte ich.

Das Mädchen, das einen Blumenstrauß in der Hand hielt, meinte:

»Axel hat mir nämlich schon gezeigt, wer der Krog ist,

und so habe ich Sie wiedererkannt.« Sie wippte mit den Zehen, vielleicht um größer zu erscheinen, lächelte mit ihrem sehr roten Mund und zeigte die glitzernden Zähne.

»Welcher Axel?« fragte ich.

»Der in Ihre Klasse geht. Axel Diebold natürlich, mein Vetter! Und ich bin Hanna.« Sie setzte sich zu mir, legte den Anemonenstrauß auf den Tisch und machte sich ein wenig ernst an ihren langen goldroten Haaren zu schaffen, um die ein weißes Seidentuch gelegt war, das den aufgebogenen gelben Hut hielt. Und ihre Augen wurden noch ernster, als sie mich anschaute und mich fragte, ob ich immer so schweigsam sei.

»So sage ich erst einmal Guten Tag«, erwiderte ich und reichte ihr die Hand.

»Und ich auch«, sagte Hanna und tat das gleiche.

Das war mir noch rechtzeitig eingefallen, denn ich war verlegen geworden – nicht vor dem Tuch, das sich so locker und leicht um das schönfarbige Haar schlang und auch nicht vor ihren genau schauenden Augen, sondern – ja wovor? Ich hätte es nicht sagen können. Vielleicht war es ein purer Glücksfall, daß diese Hanna sich zu mir an den Tisch gefunden hatte. Sie war an jenem Tag reizend. Man sah ihr an, daß sie stundenlang durch die Wälder gestreift war: auf ihren Augenlidern lag die Kühle des Märztages und auf ihren Wangen das zarte, leicht rötliche Weiß der Anemonen.

Nach einer langen Weile sagte sie:

»Fragen Sie mich denn nichts? Fragen Sie nicht nach meinem Axel?«

»Ich weiß ja, wo er ist«, sagte ich.

»Das wissen Sie? Und Sie sind nicht bei ihm?«

»Du bist ja auch nicht bei ihm.«

»Wie sollte ich das können!« schmollte sie. »Und dabei

hat seine Mutter mich wahrscheinlich als Aufpasser mitgeschickt, damit der große Herr Vetter nichts Dummes anstellt. Es war sehr schön im Wald. Mit Axel ist es immer schön. Lieben Sie ihn auch?«

»Ich kenne ihn nicht.«

»Sie spaßen! Den kennt doch jeder! Aber was sagen Sie dazu, daß Axel mit mir um neun Uhr zu Hause sein muß? Können wir das denn überhaupt? Es muß doch bald neun sein!« Sie begann die Anemonen zu ordnen und plauderte weiter: »Statuten muß er beraten, hat er gesagt. Was sind Statuten? Nun, einerlei. Daß er mich hier aber allein gelassen hat, sagen Sie selbst! Ich habe ein paar rote Windröschen darunter, die müssen an den besten Platz kommen, aber welcher ist der beste? Dumm ist das alles, aber ich bin ja nicht schuld. Jetzt binde ich das da für seine Mutter zusammen und bring es ihr heim, zum Trost. Axel findet den Weg selber. Und ein wenig mehr Grün an den Rand. Ist es so schön? Sind Sie neidisch?« Sie hob den Strauß vor ihr Gesicht und spähte über die Blumen zu mir her.

Ich hatte mich inzwischen entschlossen. »Warte hier auf uns«, sagte ich und stand auf. »Ich will ihn holen.«

Sie nickte mir freundlich zu und meinte:

»Das wäre ein schönes Zeichen.«

Ich gelangte auf den Flur, der zum Klubzimmer führte, und bat den Kellner, Diebold herauszurufen – Krog sei draußen und müsse ihn unbedingt sprechen. Inzwischen trat ich an ein Fenster und starrte auf den Garten hinaus, wo die gekalkten Stämme von Obstbäumen in der Dunkelheit schimmerten. Plötzlich näherte sich ein rascher Schritt. Er war es.

»Komm herein, Krog!« rief er mit seiner liebenswürdigen Stimme. »Los, komm!« und zog mich am Arm.

»Ich gehöre nicht mehr dazu«, erwiderte ich.

»Was macht das aus, du! Komm nur, du wirst sehen, es ist lustig bei uns.«
»Ich habe dich nicht deswegen herausrufen lassen.«
»Weswegen aber?«
»Kann es hier nicht sagen. Komm mit in den Garten.«
Er folgte mir in den Garten, und wir blieben zwischen den hellen Bäumen stehen. Ich war sehr aufgeregt. Jetzt würde es sich entscheiden, ob ich ihn zum Freund gewann.
»Es handelt sich bloß darum, daß ich dir ein Bild zeigen will«, stammelte ich. »Ich habe es letzten Sonntag von zu Haus mitgebracht. Es ist ein Ölbild, nicht besonders groß, und stellt ein Stück Wasserspiegel dar. Ich habe bei diesem Bild zum erstenmal probiert, wie man mit Ölfarben malt. Vorläufig ist es noch ohne Rahmen, wird aber gewiß einmal einen bekommen. Jetzt liegt es in meinem Zimmer in der Schublade. Ich habe gehört, daß auch du Ölfarben hast und selber Bilder malst. Das stimmt doch?«
»Das stimmt«, antwortete er und sah mich immerfort mit seinem forschenden Blick an.
Ich ertrug es nicht, so angesehen zu werden, schaute an ihm vorbei und sagte:
»Wie gut das ist! Nun, bei meinem Bild handelt es sich noch nicht um ein fertiges Ölbild, das mußt du nicht denken, sondern um eine Studie. Du wirst wissen, was das ist: eine Studie.«
Ich merkte, daß er lebhaft nickte, faßte Mut und erklärte mich weiter:
»Halbwegs ausgeführt ist es aber doch. Man sieht darauf allerdings nichts als Wasser, auf dem Wellen hinlaufen, und das ist, glaube ich, ein wenig dumm. Und in diesem Wasser, auf dem Wellen hinlaufen, zeigt sich eine Spiegelung von Baumzweigen, vielleicht von Kastanien, die ebenfalls hinläuft und meinetwegen sich schlän-

gelt, ganz lustig und munter, und sie schlängelt sich durch lauter Weiß, das von weißen Wolken herabgespiegelt sein mag. So etwa ist es. Du könntest es dir ansehen. Willst du?«

»Es muß ein interessantes Bild sein, Krog«, sagte er. »Ich will gern einmal zu dir kommen und es ansehen.«

»Heute, nicht wahr?«

»Heute? Nein. Heute kann ich ja nicht. Komm mit zu den Kameraden, dann machen wir hernach etwas aus, und ich komme in der nächsten Woche zu dir.«

»Nein, unbedingt heute«, erwiderte ich und starrte ihn an. »Geh jetzt fort und laß die Andern weitersaufen. Was hast du schon von denen! Mein kleines Wasserbild wird dir mehr Spaß machen, Diebold.«

Er bewegte unmutig den Kopf. »Ich bin doch jetzt bei einer Kneipe, du. Willst du mich denn nicht verstehen?«

»Verstehen werde ich dich sehr, sehr gut, vorausgesetzt, daß du mitgehst«, sagte ich und war schon traurig geworden. »Die da drüben befehlen dir, daß du dein Glas aussäufst. Das ist aber nichts für Leute, die Bilder malen wollen. Hör mich an: Kommst du jetzt nicht mit, so wirst du mein Bild überhaupt nicht zu sehen bekommen. Ich verbrenne es vielleicht, basta.«

»Das ist nichts als Starrsinn!« rief er. »Und wieso urteilst du über unsere Verbindung, die du schmählich verlassen hast?«

»Du willst also nicht mitkommen?« zischte ich und trat in meiner Verzweiflung auf ihn zu.

»Nein, ich will nicht!« rief er. »Heute nicht und überhaupt nicht!«

Ich habe dann etwas von dem ‚äffischen Band' geredet, und daß ich es ihm am liebsten von der Weste reißen würde, worauf er mich einen Idioten nannte und fortging.

Es war mir also mißglückt und zwar vollständig. Es sah mir ähnlich. Im Vorraum des Gasthofes traf ich auf Hanna. Wir schickten uns an, zusammen heimzugehen.
»Ich habe mir gedacht, daß er nicht kommen würde«, meinte das Mädchen nach einer Weile.
»Es wird wohl so richtig sein«, versetzte ich.
Unterwegs unterhielt mich die Hanna mit lustigen und ernsten Geschichten aus ihrer Schule. Sie waren überaus harmlos. Zuletzt hörte ich nicht mehr zu. Als wir uns in der Stadt beim Bahnübergang trennten, bereute ich meine Verdrossenheit. Ich gab dem Mädchen die Hand und sagte:
»So lieb hat heute kein Mensch mit mir gesprochen, wie du.«
»Das kann aber nicht sein!«
»Bist du zu allen Menschen so freundlich?«
»Oh, es gibt vieles auszusetzen!« lachte sie. »Und darum schenke ich Ihnen für heute diese Blume.« Sie zog eine Anemone aus ihrem Strauß, gab sie mir und sprang davon.
Da es weit über neun Uhr war, pürschte ich mich durch kleine Seitenstraßen meiner Wohnung zu. Die Samtmütze befand sich unter der Pelerine. Ich hielt die Anemone an meine Schläfe, an die Backe, an den Mund. Dann ließ ich sie fallen.

Der Zitroner

Warum hatte ich die Blume fallen lassen? Gewiß weil ich es für unrecht gehalten habe, sie zu besitzen und mich von ihr streicheln zu lassen. Ich wollte einem bestimmten kleinen Mädchen treu bleiben, und nach meinem Entschluß, den ich vor drei Jahren gefaßt hatte, für alle Ewigkeit.

Das Mädchen hieß Henriette und war, als ich mit zwölf Jahren Tanzstunde hatte, meine Dame gewesen. Ihr Vater war der Bahnvorstand von Brake, jener Mann mit der roten Mütze. Henriette besaß ein volles dunkles Gelock, aus dem eine goldfarbene Strähne hervorsprühte, und einen zigeunerhaft braunen Teint; und im Wesen war sie so lieb und freundlich, und wir tanzten so leichtfüßig und schön miteinander, daß es für uns kaum je nötig wurde, miteinander zu sprechen. Die andern Knaben sprachen übrigens auch nicht mit ihren Tänzerinnen; wer es getan hätte, wer weiß, er wäre bewundert oder verspottet worden. Natürlich hatte man einander bisweilen Bonbons geschenkt. In meinem ersten oldenburger Jahr dachte ich täglich an Henriette und immer mit Herzklopfen.

Aus einem sehr anderen Grunde wäre es freilich besser gewesen, wenn ich die geschenkte Anemone behalten und mit heimgenommen hätte. Einige Wochen später stellte sich nämlich heraus, daß ich versäumt hatte, eine blühende Anemonenpflanze in meine Presse zu legen. Der Lehrer in Naturkunde verlangte das Anlegen eines Herbariums. Als ein Kamerad mich daran erinnerte, war die Blütezeit der Anemonen bereits vorüber. Ich eilte in den Schloßgarten und ins Everstenholz und entdeckte dort nach langem Suchen eine letzte noch blühende. Beim Abpflücken lösten sich ihre Blütenblätter; ich sammelte sie aus dem Laub, trug alles insgesamt heim und war für diesmal gerettet. Mir fehlte damals noch alle und jede Zeit, um an derlei Dinge zu denken; träumte mit offenen Augen.

Aber nun ereignete sich wiederum etwas. Als ich eines Abends – es war einige Wochen nach meinem Streit mit Diebold, der seither nicht mehr mit mir sprach – von der Schule heimkehrte, sah ich Henriette auf der Straße daherkommen. Wie sehr ich erschrak! Sie kam zwischen zwei schwarz gekleideten älteren Frauen an mir vorüber. Ich zog die Mütze, und sie nickte mir lebhaft zu. Henriette mochte bei ihren Verwandten zu Besuch sein. Ich wollte unbedingt erspähen, wo sie wohnte, und ging den dreien nach. Vor dem Bahnübergang wandten sie sich in das Ziegelhofviertel hinüber und betraten in einer ländlichen Straße ein Haus, das in einem Garten lag. Ich merkte mir das Haus.

Zu meiner Verwunderung war mir plötzlich und wie über Nacht eine andere Zeit gekommen. Ich war überzeugt, daß ich von nun an mit Henriette würde sprechen können. Vor kurzem hatte ich etwas Beglückendes an mir entdeckt. Mir war bewußt geworden, daß ich nicht feige war, sondern nur schüchtern. Jemand hatte erzählt, daß Ludwig van Beethoven in seiner Jugend der kühnste Junge von Bonn gewesen sei. Ihm wollte ich von nun an nacheifern und träumte davon, daß auch aus mir einmal eine glanzvolle Kühnheit hervorbrechen möchte.

Am nächsten Morgen, als mir, wieder auf dem Schulweg, die gestrige Begegnung einfiel, waren meine Gedanken bedeutend nüchterner geworden. Die helle Frühe des Maitages lag kühl an den Häuserfronten, und ich marschierte neben Laichter durch die noch unbelebten Straßen zum Seminar und hatte vier Schulstunden hinter mich zu bringen. Henriette erschien mir fast unerreichbar, und meine Lust, mit ihr zu sprechen, war ebenso klein geworden, wie mein Mut, es zu vollbringen.
Der Stundenplan dieses Vormittages lautete: Religion, Französisch, Geographie, Schreiben. In der Religionsstunde wurden die Namen aller Bücher der Bibel behandelt; sie würden zu lernen sein. Im Französischen sprach mein Lehrer, Herr Westphal, die Formen des Infinitiv durch; die schriftlichen Aufgaben erfolgten nach dem Lehrbuch. In der Geographie kamen die Gebirgszüge und die Hochebenen der Pyrenäen-Halbinsel an die Reihe; als Hausarbeit wurde eine Kartenskizze aufgegeben.
Unter den achtunddreißig Schülern der Klasse war eine Anzahl Knaben, deren Augen vor Wißbegier leuchteten; sodann hatte es gleichmütige, die mitnahmen, was ihnen zufiel; und schließlich verstohlen Gähnende, die ihre Zeit verpraßten. Und in den Pausen gab es Lärm, das Aufundabgehen plaudernder Gruppen, das Alleinsein einzelner.
Gegen Ende der dritten Stunde schob mir Rudi Lehmann einen Zettel zu, auf dem geschrieben stand: Herr Krog, heute nachmittag nicht deine Fußballstiefel vergessen! – Ich las den Zettel und nickte hinüber.
Von 11 bis 12 also Schreibstunde. Der Lehrer hieß Herr Plätten. Seine Augen waren kohlschwarz, das Haupt kahl und blank, sein Schnurrbart schwarz und gewaltig. Er sah aus wie ein besänftigter Nietzsche. Die Stunde

begann damit, daß Plätten sich die Federn vorzeigen ließ. Gespaltene wies er zurück. Danach befahl er: Hefte aufschlagen. Er ging an die Tafel und schrieb ein großes deutsches H. Ich dachte an Henriette, es war ihr Buchstabe.
»Den Buchstaben beschreiben«, befahl der Lehrer.
Heideloh meldete sich und beschrieb:
»Das große deutsche H besteht aus einem Vorbogen, aus einer Schlinge, einem Grundstrich, wieder einer Schlinge und einem Aufstrich.«
So oft ich dazu aufgefordert wurde – mir wollte es nie gelingen, einen Buchstaben zu beschreiben. Was beim Beschreiben herauskam, schien mir allzu ungenau; ich sah den Buchstaben einfach nicht entstehen. Meistens blieb ich aus Abscheu, etwas Ungenaues zu sagen, stecken. Sah ich alsbald den Lehrer an, so half er mir nicht weiter, sondern nickte nur freundlich, als wollte er mich ermutigen, alle Bedenken beiseite zu lassen, und die Beschreibung, ob genau, ob ungenau, zu Ende zu bringen.
Plätten ließ uns jetzt vier Reihen H schreiben und schrieb einigen Schülern den Buchstaben vor. Danach kehrte er zum Pult zurück und fragte: »Wieviel zählen wir?«
Jemand meldete sich und verkündete: »Bis zwei.«
Jetzt wurden zwei Reihen H im Takt geschrieben, wobei Heideloh zählte: »Eins – zwei, eins – zwei.« Zum Zählen meldete sich selten ein anderer Schüler als Heideloh. Er besaß eine klare Stimme und das genaueste Taktgefühl.
Nach dem großen H wurden von Plätten Dingwörter gewünscht, die mit H begannen. Die Schüler nannten ihm welche. Er wählte die aus, die ihm geeignet schienen, so die Wörter ‚Herde' und ‚Hase'. Sie wurden zuerst lautlos und dann im Takt geschrieben. Während des lautlosen Schreibens prüfte der Lehrer den Druck.

Als Krone der Schreibstunde wurde ein ganzer Satz gewählt. An jenem Tage lautete er: ‚Hoffe des Herrn Hilfe.' Plätten selbst hatte den Satz gebildet. »Wieviel zählen wir?«

»Bis 36«, antwortete jemand.

Der Lehrer stimmte nicht zu.

»Bis 37«, verbesserte ein andrer Schüler mit einem Lächeln. »Wegen des I-Punktes.«

Plättens Schnurrbart bewegte sich, weil er ebenfalls lächelte. Jetzt konnte mit Zählen begonnen werden. »Heideloh, zählen Sie!«

Vor Wochen schon hatte ich an meinem Platz etwas Besonderes entdeckt, nämlich eine grüne Schmetterlingspuppe. Sie befand sich sehr versteckt an der Kante der Fensterbank, nicht weit von meinem Gesicht. Immer, wenn ich mich langweilte – und dies überfiel mich damals in fast allen Unterrichtsstunden – pflegte ich mir das winzige Wesen zu betrachten. Oft war ich in Sorge, daß die Scheuerfrau oder einer der Kameraden sie entdecken und beseitigen würden. Einmal, als ich mich allein im Klassenzimmer befand, berührte ich sie leicht mit der Bleistiftspitze, worauf das grüne Gehäuse einen deutlichen Ruck vollführte.

An diesem Tage, und zwar schon in der Religionsstunde, hatte es sich gezeigt, daß die Puppe im Begriff war, ihre Färbung zu ändern. Sie schien zu erblassen. In der Geographie war sie geradezu grau geworden; und jetzt, als die Klasse mit seufzenden Federn ‚Hoffe des Herrn Hilfe' schrieb, geschah es, daß der Falter die Pforte seines Hauses öffnete und erschien. Ich hielt mit Schreiben inne und sah den Neugeborenen hurtig und recht gewandt ans Licht kommen. Es war ein schöner grüner Zitronenvogel. Weil ich weiterschreiben mußte, wandte ich die Augen fort. Doch als der Satz endete, und ich wieder hinsah, raschelte der grüne Falter bereits am Fensterglase aufwärts, der offenstehenden Luftklappe zu. Er fand den Ausgang sofort, flimmerte noch einen Augenblick vor dem hellen Himmel und war verschwunden. Die Federn zischelten die letzte Zeile zu Ende.

Jetzt würde der Falter die roten Dächer und die knospenden Bäume des Walles unter sich gelassen haben. Da droben, wo er war und wie um sich selbst wirbelte, hatte er gewiß schon einen guten Überblick über die Stadt gewonnen. Die Mittagssonne schien in die Einschnitte der breiteren Straßen, glitzerte auf den glasierten Ziegeln des neuen Bankgebäudes, lag breit auf dem Schloß, dessen Krone heute ein einziges grünes Geleucht sein mochte, und umriß mit Schärfe den schiefergedeckten Hauptturm der Lambertikirche sowie die vier kleinen Türme. Die emsige Sonne begleitete auch den kleinen Zitroner und verließ ihn nicht. Er kreiselte in ihr dahin, er war ein Tänzer, der voller Begier die Stadt verließ und in die weite Wiesenlandschaft hinausdrang, über der dann nichts mehr war als die Bläue des beglückenden Heute. Er flog dahin, seiner selbst zuliebe.

Es schellte. Die Schüler der fünften Klasse gaben die Schreibhefte hinauf und sammelten sie ein. Herr Plätten erledigte die Eintragung in das Klassenbuch. Man brach auf.

Begegnung mit Soldaten

An diesem Tage sehe ich mich mit Rudi Lehmann am Rande des Donnerschweer Exerzierfeldes stehen, das draußen vor der Stadt liegt. Wir stemmen die Füße gegen einen mannshohen Findling und sind dabei, uns die Fußballstiefel zuzuschnüren. Auf dem Findling ist in eingehauener, vergoldet gewesener Schrift zu lesen, daß an dieser Stelle irgendein berühmter Kaiser eine Parade abgenommen hat. Es ist ein Platz mit prächtigem Ausblick, und seitwärts hinter ihm wächst als Kulissenwand ein niedersächsischer Wald aus starken Eichen.

Die beiden Fußballstiefel, die wir uns da anzogen, gehörten mir. Ich gab jedesmal Lehmanns Bitte nach und überließ ihm den rechten Stiefel, denn ich konnte mit dem linken gleich stark und gleich genau schießen. Das derbe Leder der Stiefel leuchtete in prächtigem Gelb, auf ihren Sohlen befanden sich kräftige Lederpflöcke. Mit ihnen konnte man dem Fußball gehörig beikommen. Keiner meiner Kameraden besaß Fußballstiefel. Gewiß hatte ich meiner sparsamen Mutter das Geld dafür abgebettelt oder gar – meine Leidenschaft für das Fußballspiel läßt es befürchten – abgeschwindelt.

Den Exerzierplatz schlossen in weiter Ferne grüne Knicks ab. Vor den Knicks blitzte es bisweilen auf, und Trompetentöne ließen sich vernehmen. Es klang wie das besessene Krähen riesiger Hähne. Dort übten Soldaten Signale. Sie bliesen falsch, sie bliesen richtig, in reichem Wechsel. Eintönig, mißtönig, feurig und heiser kamen die Klänge herüber. Und in noch weiterer Ferne war unter der Glocke des Himmels das Rasseln von Trommeln zu hören. Uns jungen Fußballern waren diese Geräusche vertraut, wir beachteten sie nicht weiter, bauten die Tore auf, trennten uns, nicht ohne mancherlei Streit oder Gelächter in zwei Mannschaften, und dann fing das Spiel an. Wir rannten in Hemd und Turnhose mit unseren blanken Beinen behende dem Ball hinterdrein und strebten, diese Mannschaft nach links, jene nach rechts, dem gegnerischen Tor zu.

Ich hatte mich also den Kameraden angeschlossen, die sich dem Fußball verschrieben. Sie gefielen mir besser als die Bänderträger. Wir hatten nicht einmal einen Verein gegründet, so sehr es, da es verboten war, doch locken mußte. Lehmann war unser Kapitän. Er hielt darauf, daß beim Spiel möglichst wenig geredet oder geschrien wurde. Wir waren lauter Jungens, die im ersten Saft standen, und so ging es rauh bei uns zu. Auch benahmen wir uns noch recht ungeschickt. Doch geschah ohne Not kein Zusammenprall. Zeitigte die Spielleidenschaft dennoch eine Rempelei, so hob der Schuldige den Gestürzten auf; er entschuldigte sich bei ihm, und man trennte sich, wie vereinbart worden war, mit einem Händedruck. Im übrigen galt nicht so sehr die eigene Leistung als die der Mannschaft. Wie sehr mir dies gefiel! Man konnte mit Überlegung und Geschick eine günstige Lage vorbereiten und, sobald dies gelungen war, einem Kameraden der eigenen Mannschaft den Ball vor die Füße geben, der dann das Werk krönte und die Frucht pflückte. Einen andern die Frucht pflücken lassen, das war schön und verlieh Stolz. Spiel-

ten Rudi Lehmann und ich in der gleichen Mannschaft, so schoben wir uns die Früchte gleichsam in den Mund.
Wenn ich loslief, in einem gelben und einem schwarzen Schuh und spurtete auf das gegnerische Tor zu, und es gelang mir, die Gegenleute einen nach dem andern so spielend, so dribbelnd [wie wir es nannten], so täuscherisch hinter mir zu lassen, dann durchdrang mich ein Gefühl der Trunkenheit. Es war so ganz anders, als wenn man sich ein Glas Bier eingoß, zum Jubeln anders war es. Mir war dann, als sei ich ein Vogel, der hinbrauste; einer, der seinen sehr jungen und sehr gelenkigen Körper zum Tanzen gebracht hatte, der nichts mehr zu scheuen brauchte und sich selbst in nichts mehr schonte. Hier waren Siege zu erringen, die niemand mir neidete. Nach den wilden Läufen kühlte der Wind das Gesicht, und alles stellte sich wieder ein, was soeben an einem hingehuscht war und sich berauschte Sekunden lang verschleiert hatte: die gegenwärtige Welt und die grüne Ferne ringsum, darin das Geblitz und das Gedröhn der Trompeten und Trommeln den Nachmittag ins Unendliche zu dehnen schienen.
Nach solchen Augenblicken dann das zu erleben, was mir gleichfalls dort begegnet ist!
Wenn man nämlich vom Fußballfelde, das ja eigentlich ein Exerzierplatz war, unter der Sonne hin nach Süden ausspähte, so lag dort eine langgestreckte rote Kaserne, deren Hof eine graue Mauer umschloß. Waren wir Jungens in unser Spiel vertieft, so kam es vor, daß im Tor der Kaserne Männer in Uniform erschienen. Es waren Soldaten. An ihren blauen Uniformen leuchteten rote Aufschläge und Krägen, und funkelten Metallknöpfe. Sie marschierten in starrer Ruhe heran. Kaum waren sie auf dem Exerzierfeld angelangt, so begannen die Unteroffiziere, die neben ihnen schritten, ein furchtbares

Schreien, und sofort rannten die blauen Soldaten auf uns zu. Wir unterbrachen das Spiel, und Lehmann nahm den Ball in den Arm, als sei Gefahr im Verzuge. Jetzt sahen wir, wie sich die Soldaten auf die Schreie der Unteroffiziere hin gegen den Boden stürzten, wieder aufsprangen und weiterrannten, um alsbald wieder am Boden zu liegen. Sie vollführten all das völlig stumm. Manche wurden durch die Kommandos, als seien sie Fische, mitten in eine Pfütze geschnellt, so daß Wasser und Sand aufspritzten. Es gab dort vom Frühlingsregen her so manche Wasserlache, die wir als behende Fußballspieler zu umlaufen wußten.

Ich suchte zu begreifen, was hier geschah. Der Großvater, Sophus und Udo fielen mir ein, und was ich zu Hause über das Militär gehört hatte. Nicht daß diese Soldaten in den Schlamm stürzten, erregte mich, sondern daß ich erkennen mußte, sie seien ohne eigenen Willen. Sie waren nicht Menschen, nicht von Blut und Herz wie wir, sie kannten vielleicht nicht Freude und nicht Kummer mehr. Sicher waren sie einmal fröhliche oder traurige Knaben gewesen. Jetzt aber waren sie Soldaten. Die Heimat war ihnen, wer weiß, erloschen, und ihre Eltern würden sie nie mehr so wiederfinden, wie sie sie einst gekannt hatten.

Denn, so schien es mir damals, sie rannten ja zu keinem Ziel, wie *wir* es taten. Jene Blauen rannten und stampften so blindwütig daher und schmetterten sich so schwer und wüst gegen die Erde, daß man den Boden zittern zu fühlen glaubte. Würden sie sich auf uns Jungens gestürzt haben – Gnade uns Gott!

Doch dies befahlen die Unteroffiziere ihnen nicht. Diese schienen, gleich den Soldaten, uns, die aufgescheuchten Fußballkünstler überhaupt nicht zu bemerken. Nach einiger Zeit lenkten sie ihre Gruppen mit neuem Geschrei in eine andere Gegend des Exerzierfeldes. Und jener berühmte Kaiser, der drüben vom Waldrand aus, wo der Findling lag, einer Parade beigewohnt hatte? Hätte er dies sich angeschaut, so würde er weder etwas Schönes noch etwas Wissenswertes erfahren haben.

Johannisbeerlikör

Es ist wahr, daß ich nach dem Fußballspielen oft etwas angeschlagen nach Hause gehinkt bin. Als ich an jenem Tage auf mein Zimmer zurückkam, standen auf dem Tisch ein Dutzend Bierflaschen aufmarschiert. Laichter, der vor seinem Bücherschrank in Zeitschriften blätterte, erinnerte mich daran, daß sich heute [wie jeden Samstagabend] die ‚Freunde der Wahrheit' bei ihm versammeln würden. Es waren dies vier Kameraden aus seiner Klasse. Tagte dieser Klub, so hieß es für mich: verfüge dich gefälligst bei hellem Tage in die Kammer oder verbringe den Abend anderswo.

Ich sagte: »Das ist ja prachtvoll.« Dies fiel mir so ein.

»Was dir in den Kopf kommt!« sagte mein Stubengenosse mißbilligend.

Ich räumte die Fußballschuhe fort, holte mir Brot und Buttergefäß und begab mich ans Abendessen.

»Wenn du einmal reifer sein wirst, werde ich auch dich zur Aufnahme in den Klub vorschlagen«, bemerkte Laichter.

Zehn Minuten später verließ ich das Zimmer; wäre viel lieber daheimgeblieben, denn ich war müde. Auch schmerzte das rechte Bein, das einen Stoß abbekommen und geblutet hatte. So lehnte ich verdrossen neben dem ausgestopften Pferd am Pfosten der Haustür und starrte auf die Straße hinaus. Es war eine schmale Straße der

Altstadt. Die Lampen flammten auf, der Abend war warm, und viele Fußgänger kamen vorbei.
In einem Haustor schräg gegenüber sah ich den Schauspieler Tomé stehen. Tomé wohnte in jenem Hause. Auch er sah sich den abendlichen Straßenverkehr an. Er war ein noch junger schlanker Mann von bleicher Gesichtsfarbe. Er spielte meistens ältere Rollen. Meine Klasse hatte im letzten Winter in einer Schülervorstellung des Hoftheaters den ‚Wallenstein' sehen dürfen. Tomé spielte den Octavio, und ich hatte gestaunt, wie dem Piccolomini, als er mit Wallenstein sprach, die vorgestreckte schmale Hand gebebt hatte.
Es war festzustellen, daß Tomé zu mir herüberblickte. Mir war bisweilen aufgefallen, daß der Schauspieler, wenn ich auf der Straße vorbeiging, sein Fenster aufgestoßen und mir nachgeschaut hatte; und das reglose Nachstarren, die Hand am Fensterriegel, war mir ein wenig albern vorgekommen. Andrerseits tat es mir vielleicht auch wohl, denn außer Tomé hatte mir hier noch niemals wer nachgeblickt, geschweige denn ein Mädchen. Ich wußte, daß Tomé junge Leute bei sich zu versammeln pflegte, um mit ihnen über literarische Fragen zu sprechen. Hätte man mich zu diesem Zirkel eingeladen, so würde ich nicht gegangen sein, denn von literarischen Dingen verstand ich noch nichts. Möglicherweise spürte ich auch, daß die Freundschaft des Schauspielers zu den jungen Schülern reichlich verstiegen und nicht ganz uneigennützig sei.
Ich beschloß, noch einen Spaziergang zu machen, denn stehen bleiben konnte ich hier nicht, weil die Lehrer, wenn einer von ihnen es sah, es mir verargen würden. Kaum war ich ein paar Häuser weit gegangen, so verließ auch Tomé sein Haustor und schlug die gleiche Richtung ein. Um zu ermitteln, ob er mir wirklich nach-

ging, bog ich in eine einsame Nebengasse. Der Schauspieler war ebenfalls in diese Gasse eingetreten. Darauf, trotz arger Beinschmerzen, verdoppelte ich die Schritte, erreichte den Wall, überquerte ihn, gelangte unter die Ulmen, wo es finster war, und eilte durch die Anlagen einem tiefer liegenden Weg zu. Dort blieb ich stehen und lauschte. Da niemand in der Nähe auftauchte, setzte ich mich auf eine Bank. Unter mir schimmerte das Wasser des Wallgrabens im Zwielicht. Hinter dem Wallgraben lag die Mädchenschule. Ihr Weiß glomm genau so milchig wie der Wasserspiegel, aber das flache schiefergedeckte Dach beglänzte der Mond, der irgendwo hinter den Türmen der Stadt schweben mochte. Noch war die Zeit der Dämmerung, aber sämtliche Dachflächen der Mädchenschule sandten bereits ihre Lichtpfeile hinaus.

Plötzlich wußte ich, wohin ich mich wenden könnte. Henriette war mir wieder eingefallen. Vielleicht hatte ich schon den ganzen Tag im Sinn gehabt, zu ihr zu gehen, und es war mir nur nicht bewußt geworden. So machte ich mich auf, und das Bein schmerzte schon viel weniger. Zehn Minuten später langte ich im Ziegelhofviertel bei jenem ländlichen Hause an und blieb an der Hecke stehen. Es war eine Weißdornhecke, und meine Hände fühlten und ahnten, daß sie über und über grünte; der Mond verriet es nicht, denn der hielt sich, wie vorhin zwischen den Türmen, jetzt hinter langgezogenen Wolken verborgen.

Das Haus besaß eine kleine mit Wein bewachsene Veranda, und auf der Veranda brannte eine Lampe, die man nicht sah, ihr Licht fiel feurig und golden auf ein rotweiß gestreiftes Sonnensegel. Nach einer Weile entdeckte ich, daß sich hinter dem Geflecht aus rankenden Zweigen ein dunkler Haarschopf bewegte. An diesem

Abend war es mir leicht, alles zu wagen, was ich wollte. Zwar würde es allzu leichtsinnig gewesen sein, zur Haustüre zu gehen und zu klingeln, denn dann konnte eine der Frauen erscheinen und eine Ausrede erfinden, so daß ich Henriette nicht erreichte. Sprechen aber wollte ich sie unbedingt.
So zwängte ich mich durch die Hecke und schritt auf die Veranda zu. Am Rand der Rasenfläche, die zu überqueren war, blinkten Reihen großer Muscheln. Befanden sich die zwei Frauen bei ihr auf der Veranda, so mußte es in Kauf genommen werden; waren sie nicht da, umso besser. Plötzlich fiel mir ein, daß Henriette, wenn jemand aus dem Garten auftauchte, erschrecken würde. Es war möglich, daß sie schrie und ins Haus rannte. Was tun? Ich blieb wieder stehen.
Da vernahm ich ihre Stimme. Ganz leise sang sie irgendetwas. Wenn sie so vor sich hinsang, war sie gewiß allein. Als ihr Gesumme aufhörte, rief ich leise ihren Namen und schritt langsam auf eine Treppe los, die zur Veranda hinaufführte. Da erschien Henriette oben vor der Treppe und hatte mein Rufen gehört.
»Du bist es, Albert?« fragte sie verwundert. »Wie kommst du denn in den Garten?«
»Wie kommst du denn auf diese Veranda, Henriette?« antwortete ich in meiner freudigen Stimmung und gab ihr die Hand. »Ich muß nämlich deine Tanten sprechen.«
»Die Tanten? Wieso? Sie sind aber nicht zu Hause.«
»Das ist jammerschade.«
»Sagst du das im Spaß?«
»Wo stecken sie denn, diese schwarzen Frauen?« fragte ich und ging, als wollte ich sie aufstöbern, ins anstoßende Zimmer. Als ich zurückkam, sagte Henriette:
»Sie sind in den Kolonialverein gegangen, und ich habe hier ein wenig gebügelt.«

»Du hast gebügelt. Jetzt aber bin ich gekommen, und du wirst gefälligst damit aufhören.«

»Wolltest du mich einfach besuchen?« fragte sie und räumte Bügeleisen und Wäsche fort. »So nimm doch Platz. Da sehe ich dich also in der Residenz. Wie gefällt es dir denn hier?«

Sie setzte sich ebenfalls. Zwischen uns stand ein Eisentisch, auf dessen rostige Platte sie rasch eine kleine bestickte Decke gebreitet hatte.

»Schlecht gefällt es mir«, antwortete ich. Indem ich ihr dunkelhäutiges Gesicht und ihre immer halb verschlafenen schwarzen Augen betrachtete, setzte ich ihr auseinander, was alles mir an der Schule mißfiel. »Zuweilen möchte ich einfach durchgehen«, fügte ich prahlerisch hinzu.

»Oh denk an deine Mutter!« rief sie erschrocken und schüttelte den Schopf. »Wundern muß ich mich aber darüber, daß du jetzt angefangen hast zu sprechen. Früher sprachst du ja nicht.«

»Wann werden deine Tanten zurückkommen?«

»Noch nicht so bald. Erzähle mir also. Vorher aber, halt, hole ich uns einen Fruchtlikör.«

Sie ging und brachte eine Flasche mit zwei Gläsern. Als wir den schwarzen Johannisbeerlikör geprobt hatten, sagte ich:

»Paß auf! Denkst du noch zuweilen an die Schulzeit? In der Schule war es weit schöner als in der Tanzstunde. Weißt du noch deinen ersten Blick?«

»Daß ich dich anschaute?« fragte sie und hatte mich sofort verstanden.

»Den Schopf drehtest du her, ja. Und alsdann kam der erste Blick. Ich sehe ihn noch genau. Wie schön! Du schautest dich nach mir um! Es ist wundersam, sag selbst, wenn jemand sich nach einem umschaut, vorausgesetzt, daß es kein Hofschauspieler tut. Gut ist dein Likör, schenk uns noch ein.«

So ging mein Gerede. Henriette staunte fortwährend und sagte:

»Was du jetzt alles zu sprechen weißt, Albert. Ja, trink nur; ich höre gern zu.«

Ich ahnte an diesem Abend nicht, daß ich nur deshalb so freimütig daherreden konnte, weil jener dunkle Quell, der sich zwei Jahre lang bittersüß in meiner Brust gerührt hatte, plötzlich versiegt war.

»Was hast du denn damals an mir entdeckt?« fragte ich.

»Entdeckt habe ich eigentlich nichts«, erwiderte sie und wurde rot. »Ich habe ja nur gelauscht. Ich hörte deine Stimme doch in jeder Singstunde und bei jedem Lied. Schließlich geschah es, wie du gesagt hast: ich sah mich nach dir um. Der Lehrer tadelte mich deswegen. Wie ist es aber gekommen, daß du in der Tanzstunde nie mit mir gesprochen hast? Du hieltest mich doch nahe an dir!«

»Weiß ich's denn! Es war wohl allzu ärmlich um mich bestellt. Gib mir aber noch von deinem schwarzen Likör, der wird meinem Fuß gut tun.«

»Was ist mit deinem Fuß?« fragte sie und schenkte ein.

»Er ist kaputt und hin. Es kommt vom Fußballspielen. Dort gab es auch Soldaten, sie lassen dich grüßen.« Ich ließ meinem Geschwätz freien Lauf. Vielleicht war ich an jenem Abend wirklich glücklich, frei von Liebe und etwas betrunken.

»Zeige den Fuß«, sagte sie und rückte ihren Stuhl an meine Seite. Ich hob das geschundene Bein und legte es auf ihre Knie. Henriette schob Hose und Strumpf zur Seite und entblößte das Bein. Es war eine starke Schürfung. Allerhand schwarze Wollfasern des Strumpfes

waren im Blut der Wunde aufgetrocknet. Henriette ging warmes Wasser, Handtuch und Verbandzeug holen, nahm das Bein wieder auf den Schoß, reinigte die Wunde behutsam, tat Salbe darauf und verband sie. Beim Zuschauen fragte ich so hin, ob sie schon einmal etwas von Treue gehört habe.
»Ich weiß nicht, was du meinst«, murmelte sie. Sie knüpfte eine Schlinge um den Verband, brachte meine Kleider in Ordnung, und ich nahm das Bein von ihren Knien.
»Und wenn gerade jetzt meine Tanten gekommen wären?« sagte sie lächelnd. »O weh!«
»Laß sie noch fortbleiben. Wie steht es zum Beispiel mit dir: Kaum kommst du auf Besuch, so bist du schon beim Bügeln, und deine Tanten kümmern sich derweil um die deutschen Kolonien.«
»Nur die paar Blusen!«
»Und was macht dein Vater? Geht er noch immer mit der roten Mütze auf dem Bahnhof hin und her?«
»Er ist ja meistens im Dienstraum.«
»Und deine Schwester? Ist es ihr denn durchaus nicht möglich, dich im Haushalt zu unterstützen?«
»Das ist nicht schwer für mich. Und sie hilft mir ja auch. Außerdem ist sie älter und schon verlobt. Sie muß Vorhänge nähen, solche mit Spitzen und solche ohne Spitzen. Allerlei Sachen, die du nicht bedenkst.«
»Verlobt ist sie? Ist sie denn auch treu?«
»Bestimmt ist sie treu. Was du redest!«
»Hör zu, ich habe neulich ein Mädchen kennengelernt, das heißt Hanna, und dieses Mädchen schenkte mir sogar eine Blume. Und dennoch bin ich einer andern treu geblieben, nämlich dir.«
»Mir treu geblieben?« fragte sie und sah mich erschrokken an.

»Das war's, was ich dir heute mitteilen wollte. Und nun schenk uns noch einmal ein.«

»Sei mir bitte nicht treu, du. Was soll denn das überhaupt?«

»Werde weder böse noch traurig«, sagte ich. »Denke ich an dich, so bist du für mich das Aschenputtel, das daheim schuften muß, und deshalb tust du mir leid.«

»Ich habe dir doch gesagt, daß ich den Haushalt gut allein machen kann.«

»Aber ich bin so einer, der diese Dummheiten nicht aushalten kann und darüber die Wut bekommt. Es rührt alles davon her, daß du keine Mutter hast und ich keinen Vater. Begreifst du das?«

Sie schwieg. Ich fuhr fort:

»Bleiben wir also dabei, daß du ein Aschenputtel bist. Heute hast du mir den Fuß verbunden, hast ihn geheilt. Alles, was du willst, kannst du. Genug, nun trinke ich das letzte Glas von dem pechschwarzen Zeug. Bin nämlich ein armer Seminarist und müßte eigentlich schon daheim sein. Früher bin ich einmal ein freier Vogel gewesen, nämlich als Kind. Aber das ist vorbei. Wann fährst du nach Brake zurück?«

»Morgen abend.«

»Morgen ist Sonntag. Will meine kleine Tanzstundendame morgen mit mir zusammen tanzen gehen?«

»O was du denkst! Ich darf nicht.«

»Ich weiß, ich weiß. Die ganze Welt hindert uns daran, und nicht bloß deine Tanten.«

Noch fragte ich, ob wir in den Sommerferien in Brake einmal miteinander sprechen wollten. Sie nickte freundlich, sie nickte und lächelte immer viel stärker als andere Menschen, und es war dann so besonders hübsch, ihre schmal gewordenen schwarzen Augen anzusehen.

»Leb wohl, Henriette.«

Ich stand auf, wir gaben uns die Hand, und ich stieg die Verandatreppe hinunter. Mir war, als hätte ich noch längst nicht alles vorgebracht, was ich in früheren Zeiten zu sagen versäumt hatte. So rief ich:

»Niemand wird es dir klarmachen, daß ich dir treu bin.«

»Es gibt noch so manches Aschenputtel auf der Welt. Leb wohl, Albert.«

Als ich an den blinkenden Muscheln hinschritt, fiel mir – zu spät – ein, was ich ihr hätte antworten sollen:

Und aus allen werden eines Tages reizende Königstöchter.

Die Mutter

Alle vier Wochen durfte ich über Samstag-Sonntag heimfahren. Der kleine Zug hatte die Moore zu durchqueren. Bei Siedlungen standen Kinder mit wehenden Haaren und schauten herüber, und im Frühling schwankten vor den roten Ziegelhäusern ein paar karge Osterglocken. Oft trieb der Westwind ganze Gebirge von Wolken über die Ebene und hüllte die kleinen Stationsgebäude in den Dampf der Lokomotive. Hatte der Zug die Moore hinter sich gelassen, so tauchte meine Wasserstadt breit hingestreckt am Rand der Ebene auf. Zuerst zeigte sich der bräunliche, vom Wetter verätzte Kirchturm, danach die klobigen Packhäuser, das Mastgestäbe der Segelschiffe im Hafen und die beiden Windmühlen, deren Flügel schwirrten; und war auf der Weser hohe Flut und fuhr gerade ein Ozeandampfer vorbei, dem Meere zu oder vom Meer herauf, so überragten, weil er so riesig war, sein Schornstein und sein Deck die kleine Stadt, und es sah so aus, als glitte er in den Ulmen, die auf der Deichkappe standen, dahin.

Vielleicht stand Tante Rosi auf dem Bahnsteig, mich abzuholen, und wußte sehr lebendig von einer Theateraufführung zu berichten, in der sie mitgespielt und in ihrer lustigen Rolle Erfolg gehabt hatte. Kamen wir ins Haus, so setzte ich den Koffer, in dem sich das leere Buttergefäß und die Wäsche befanden, auf den Flur und trat in das Kabinett, wo Großmutter und Tante Marie mich erwarteten. Sie wünschten, daß ich ihnen so viel wie möglich erzählte, und wenn gerade die Zeit war, daß ich ein Zeugnis mitbrachte, so beurteilten sie es mit Wohlwollen, verglichen die Zensuren mit denen des vorigen Halbjahres und stellten fest, wo sich eine gebessert oder verschlechtert hatte. Aber bei weitem das Wichtigste war den alten Menschen, daß dort zu lesen stand: Betragen gut.

»Zeichnen, sehr gut!« stellte Tante Rosi fest. »Und hier: Singen, sehr gut; Turnen, sehr gut. Das sind drei Einser! Und die andern werden nachkommen.«

Tante Marie und Großmutter nickten. Ich war überzeugt, sie würden *nicht* nachkommen.

Inzwischen sahen wir hinter den Stramindecken, die in Tante Maries Schaufenster aufgehängt waren, meine Mutter heraneilen. Sie hatte ihren Handarbeitsunterricht beendet und jetzt kam auch sie, mich zu begrüßen und in mein Zeugnis zu blicken.

Lenchen, meine Mutter, war die älteste von den vier Geschwistern Wolken. Sie war die kleinste geblieben. Sie besaß – wie Sophus, der Amerikafahrer – einen bräunlichen Teint, braune Augen und schwarzes Haar. Sie war sehr beweglich, wie übrigens auch Rosi. Ich hörte einmal meine Großmutter sagen: Meine Kinder sehen alle gut aus – und bedauernd hinzufügen: nur Lenchen ist zu klein.

Ja, und wie war man in den vergangenen Jahren mit dem Lenchen verfahren? Damals, vor meiner Geburt, hatte sie also ihren Willibald Krog kennengelernt, einen Schreiber beim Gericht, einen schlanken schönen Mann mit einem winzigen Gehalt. Willibald wurde eingeladen und kam ins Haus. Anfangs gab er sich Mühe, sich anzupassen; die Begabung dazu ging ihm zwar ab. Von Anfang an wurde den Verlobten gesagt: Mit dem Heiraten müßt ihr warten, bis Willibald genug verdient. Das würde Jahre dauern. Und als es drei Jahre gedauert hatte, das Warten, stellte es sich eines Tages heraus, daß Lenchen ein Kind erwartete. Da wurde dann schleunigst geheiratet, und es war dann doch beschämend für das Haus Wolken, daß das Kind schon drei Monate nach der Hochzeit auf die Welt kam. Und das Kind, das dem Lenchen so viele harte Vorwürfe und so viele bittre Tränen verursacht hatte, war ich. Ich bin's, und es tut mir leid und wird mir immer leid tun.

Aber dann war ja nun glücklich geheiratet worden, und da in unserem großen Hause [mit drei so schönen Zinnen am Giebel] Raum genug war, so bezogen meine Eltern mit mir den zweiten Stock und alles war in Ordnung gekommen. Ein paar Jahre ging es auch leidlich, und wieder ein paar Jahre ging es weniger gut, und dann war er eines Tages nicht mehr da, mein Vater, und war ohne Abschied fortgegangen. Später wollte immer jemand gehört haben, wo er sich gerade aufhielt: in Holland, in Amerika, in Australien. Doch der Großvater verlangte die Scheidung, und meine Mutter wurde also eine geschiedene Frau und hatte nur noch mich, den Albert. Man gab ihr einen Teil der Schuld an dem Unglück. Tante Marie war allezeit dazu aufgelegt, sie mit kränkenden Worten dafür zu strafen; und auch Großmutter warf ihr vor, sie habe ihren Mann ins Wirtshaus gehen lassen und »den Schlendrian geduldet«. Arme Mutter, als ob Willibald sich das geringste von ihr hätte sagen lassen! Als eine meiner frühesten Erinnerungen fällt mir noch ein: Mein Vater tritt ins Zimmer, die Mutter geht auf ihn zu und küßt ihn, und ich höre sie vorwurfsvoll sagen: Du hast wieder Bier getrunken, Willi.

Meine Mutter sollte also mitschuldig sein. Willibald

konnte man nicht mehr beikommen; und die Frauen hatten sich in der früheren Zeit vielleicht nicht einmal getraut, ihn zur Rede zu stellen, außer Tante Marie. Ebensowenig der Großvater, denn er liebte Auseinandersetzungen nicht. Doch hat er, so lange er lebte, die Hand über meine Mutter gehalten.

Noch eine Erinnerung aus meinem siebten Jahre: An dem Morgen, als es plötzlich bekannt wurde, daß mein Vater fortgegangen war, saßen wir beim Frühstück – dieser Augenblick! Alle schrien auf meine Mutter ein, ohrenbetäubend, da trat Großvater zu ihr, legte den Arm um sie, zog sie fort und sagte: »Komm Lenchen, du bist meine liebe Tochter.«

Er ist es gewesen, der immer ein gutes Wort für sie hatte. Bisweilen hat er geäußert: Lenchen hätte Kunstgewerblerin werden müssen. Es mag ihn überrascht und erfreut haben, wieviel Schönes sie im Entwerfen und Sticken zustande brachte. Man hatte ihr nämlich gleich nach der Scheidung nahegelegt, sich den Unterhalt selber zu verdienen. Sie griff die ihr zugewiesene Aufgabe ohne Murren an und suchte sie gewissenhaft zu erfüllen. In den ersten Jahren sah ich sie für ein Geschäft Monogramme auf schwarze Seide sticken, die nach der damaligen Mode in Herrenmäntel eingenäht wurden. Meine Mutter verwendete dafür goldglänzende Hohlfäden aus Metall. Diese wurden in verschieden langen Teilchen verbraucht, je nachdem eine dünne Stelle oder eine Druckstelle des Buchstabens an der Reihe war. Ich habe ihr diese goldenen Schlangen bisweilen mit der Schere zerkleinern dürfen, und durfte, als ich dreizehn war, sogar einmal einen ganzen Buchstaben sticken, den die Mutter vorher mit gelben Seidenfäden unterlegt hatte. Für ein Monogramm bekam sie – vielleicht hat sie pro Tag zwei fertiggestellt – fünfzig Pfennige. Und wenn ich auf dem Sonntagsspaziergang mit ihr an einem Automaten vorbeikam, durfte ich einen der von ihr verdienten Groschen einwerfen.

Ich versuche zu begreifen, warum man meine Mutter dazu genötigt hat und zuließ, daß sie sich die Augen verdarb. Unsre Familie war wohlhabend; am Geldverdienenmüssen konnte es nicht liegen. Und ich erwäge andrerseits, ob es ihr nicht ganz lieb gewesen ist, daß sie ihre geschickten Hände brauchen konnte und derweil Zeit hatte, ihren Gedanken nachzuhängen. Sie ist, so weit ich zurückdenken kann, fast immer heiter gewesen.

Doch was weiß ich schon von ihr! Denn – und dies ist möglicherweise das Härteste gewesen, was man ihr angetan hat – man nahm ihr den Jungen fort. Ich hab mich in meiner Kinderzeit wohl zuzeiten oben bei ihr aufgehalten, wenn sie stickte oder an der Nähmaschine arbeitete; in der Regel aber war ich unten bei den Großeltern, in deren Kammer ich schlief, oder bei Tante Marie, die unter ihrer grünen Alabasterlampe meine Schularbeiten überwachte oder mir vorlas. Ich erinnere mich an eine Krankheitswoche, hatte Masern und gewiß hohes Fieber. Da bin ich in der Nacht in meinem Fiebertraum aus meinem Bett aufgestanden und stand an der Wand und berührte die Wand wieder und wieder mit den Handflächen, als ob ich nach einem Halt griffe, und als Großmutter mich wieder hinlegte und mich gefragt hat, was ich denn wolle, soll ich geantwortet haben: »Oben schlafen.«

Ich sehnte mich also nach meiner verbannten Mutter. Aber die Alten zogen keine Schlüsse daraus. Wollten sie mich nicht entbehren? Ich weiß es nicht. Sie hatten, nachdem ihre Kinder längst erwachsen waren, noch einmal ein Kind; vielleicht war es so. Und ich war meist für mich allein und störte niemand. Der ist genau so still wie Sophus, sagte Rosi von mir [was durchaus als Tadel gemeint war]. Für mich war Rosis Vergleich beglückend, denn ich liebte Sophus und – ich kann es nicht anders sagen – liebte ihn mehr als mich selbst. Liebte ich mich überhaupt? Ich war ja noch gar nicht da, schlief noch und träumte von einem Obenschlafen.

Sichel im Schilf

So ging es mit meiner Mutter und mir. Nicht fremd, aber auch nah waren wir uns nicht, wenn ich ihr nun als ein Seminarist gegenübersaß. Wir plauderten eine Weile, und alsdann verließ ich den Kaffeetisch und machte mich zu Hans Bade auf. Mein Freund Hans besuchte in Bremen die Oberrealschule, und wir pflegten uns jeweils über den Sonntagsurlaub zu verständigen, um in Brake zusammen zu sein. Auch unsere Ferien haben wir dort zusammen verlebt, und man nannte uns die ‚Unzertrennlichen'. Hans war ein klarer nüchterner Mensch; wir zwei spotteten über die Bürger, wie Jünglinge sich's zutrauen, und mieden und verachteten die Wirtshäuser, wo man jene aus und eingehen sah.

Meistens traf ich ihn schon unterwegs. Groß und hager kam er dahergeeilt und war soeben vom Zug gekommen. Aber ich ging noch einmal mit ihm zurück, um seiner Familie Guten Tag zu sagen. Sie hatten ein Schlachtergeschäft. Vater Bade stand im Laden, schnitt ein tüchtiges Stück Leberwurst ab und bot es mir auf der Messerschneide als Willkommgruß dar. Die Mutter und die Geschwister wurden begrüßt und zuletzt im Schlachthaus der ältere Bruder, der – an dem mit Fett, Blut und Knochensplittern bedeckten Steinboden war es zu erkennen – gerade geschlachtet hatte. Er reichte mir den kleinen Finger zur Begrüßung, weil seine Hand voll Blut war.

Nachdem Hans dann seinerseits bei den Meinen hineingeschaut hatte, brachen wir zur Kaje auf. Allezeit führte unser erster Weg an den Strom. Es konnte geschehen, daß uns unterwegs ein gleichaltriger Schüler begegnete, mit dem wir als Jungens gespielt hatten, und der jetzt in Oldenburg das Gymnasium besuchte. Er ging mit achtungsvollem Gesichtsausdruck an uns vorüber und zog die weiße Mütze; ich zog meine schwarze. Hans, in dessen bremer Schule Klassenmützen nicht mehr üblich waren, und der einen Hut trug, grüßte den andern mit einer Handbewegung. Zu mir sagte er verstimmt:

»Der deckelt vor uns – ist es die Möglichkeit!«

An der Kaje war es über das ganze Jahr interessant. Entweder kam einer der weißen Passagierdampfer heran und ließ die Glocke ertönen, zum Zeichen, daß er anlegen werde, oder ein Ozeandampfer, dessen Nation und Namen wir ermittelten, glitt im Fahrwasser dahin. Im Sommer und Herbst waren die Kähne mit Sand oder Heu unterwegs, und an den Sonntagen sammelten sich hier die weißen Jachten zur Regatta. Und wenn wochentags einmal für Stunden die Weser wie verödet dalag, so konnte man bei einer Frau, die im Schatten der Ulmen den langen Nachmittag mit Stricken hinbrachte, Kirschen kaufen und sie auf einer der Bänke verspeisen, – derweil dann vielleicht draußen im Strom zwei, drei Tümmler sich näherten und mit munteren Überwassersprüngen in Kiellinie ihren Weg flußaufwärts fortsetzten. Im Norden, am Pier, erklang das Summen der Elevatoren; und immer und überall flogen die Möven oder sie saßen reglos auf der Spitze der Dückdalben und lobten den blauen Tag. Öfters setzte sich ein zwölfjähriges Kind, ein Mädchen mit festen Zöpfen, zu uns, das bei Verwandten zu Besuch war und Dido hieß. Didos Augen waren von so klarem Blau, wie die Kirschen schwarz waren. Oft habe ich gedacht: Hans wird einmal Dido heiraten. Sie waren beide so freundlich und verstanden sich so gut.

»Nimm, kleine Dido«, sagte Hans und hielt ihr die volle Tüte hin.

»Wenn ich darf?« sagte Dido erfreut. »Aber wie ist es mit ihr?«

Zuweilen war nämlich auch ihre um zwei Jahre ältere Schwester dabei, die genau so helläugig, aber schon ein richtig erkennbares Fräulein war; und ich hatte ihr meine Tüte längst hingehalten und sie hatte bereits hineingelangt. Ihr Vorname ist mir entfallen, wiewohl ich damals gern neben ihr saß. Ich schaute mir damals so viele Mädchen an, hatte der Henriette gegenüber so großprotzig von Treue gesprochen, und nun war sie mir längst in Vergessenheit geraten, nur daß wir uns, wenn ich mit dem Zug ankam, und sie sich oben aus dem Bahnhofsfenster lehnte, freundlich grüßten. Nein, zu dem, was ich mir unter Treue vorgestellt hatte, schien ich durchaus nicht gemacht zu sein. Wie sehr gefiel es mir, einem dieser funkelnagelneuen Wesen Kirschen anzubieten und zu sagen:

»Nimm, Luise.« Ja, so hieß sie. Worauf Luise antwortete:

»Wenn ich darf?« und sich nahm.

Waren die Mädchen nicht da, oder wollten Hans und ich allein sein, so ruderten wir nach Rechtenfleth hinüber und besuchten Hermann Allmers' Grab; oder wir begaben uns an einen Platz, den außer meinen Leuten daheim kaum jemand kannte. Der Großmutter gehörte am Deich ein kleines Anwesen, das an eine Fischerfamilie vermietet war. Hinter dem Gartengelände, wo die Zie-

gen angestockt waren, zog sich eine breite Zone Schilf hin. In das Schilf führte ein schmaler Steg, und mitten in dem übermannshohen Halmwald stand eine winzige Hütte, die sich auf Pfählen erhob. Das war unsre Schilfhütte. Von hier aus hatte Onkel Sophus Schiffe gezeichnet, wenn er in seiner Jugend auf Urlaub daheim war; und ich tat es ihm nach, aquarellierte Bilder mit einem Stück Wasserspiegel darauf, mit gespiegelten Halmen und Wolken, oder den Strom mit Dampfern und ankernden Fischkuttern in der Ferne, die ich zu Hause auf Pappe in Ölfarben malte. Mein Freund saß still wie eine Maus dabei. Von Zeit zu Zeit hob er sein Fernglas vor die Augen und teilte mit, daß er an einem der Leuchttürme, die sich gegenüber auf der Insel erhoben, die Beschriftung erkenne; und sogar die Bedeutung jener Zeichen war ihm bekannt.
»Die Weser ist hier genau sechshundert und siebzig Meter breit«, sagte er. »Laut den Messungen des Katasteramtes.«

Aber ich muß jetzt über eine erregende Stunde berichten. Es wird Herbst gewesen sein, und ich befand mich allein in der Schilfhütte. Herbstabend meines sechzehnten Jahres – das Scharren der Halme, wie es mir seither im Ohr geblieben ist, war in jener Stunde von einer für Schilfgeräusch unüberbietbaren Schärfe. Über dem Strom, der bei ruhiger Ebbe dahinfloß und noch den blassen Himmel wiedergab, stand eine schmale Mondsichel. Nach meiner Gewohnheit blickte ich durch die Stäbe des Geländers niederwärts und sah zwischen den dunkel gespiegelten Riedhalmen den zweiten, den Wassermond blinken. Der erlöschende Himmel, die schwärzlichen Halme und der Halbring vereinigten sich mir zu einem Gesamt von starker Eindringlichkeit. Möglicherweise befand ich mich an jenem Abend in einem äußerst verletzlichen Zustand, denn ich nahm das Spiegelbild mit Schaudern und Erschrecken in mich auf. Mir schien, daß ich dies, was ich erblickte, bislang nie so gesehen hatte; daß es völlig verwandelt wie aus einem andern Weltreich auf mich zudringe; daß etwas Verwirrendes und Feindliches sich darbiete, sich vor mir entblöße und genau mich meine. Und hinzu kam das, was mein Ohr vernahm: Scharren der Halme und leises Wassergeräusch; und was der Mund einatmete: herben Geruch von Pflanzen und Fäulnis. All das zehrte an meinen Augen und an meiner Haut und an meinem ganzen Körper. Mein Gesicht brannte, und es war nichts an mir, das nicht umgarnt war.

Mir ist in jener Stunde die Ahnung meiner Aufgabe gekommen. Wie stand ich ihr gegenüber? Unwissend, preisgegeben, vielleicht im geheimen glücklich, doch schon in Angst, von nun an von allen Menschen abgetrennt zu sein. Nie hatte ich gehört, daß Leuten, die ich kannte, Ähnliches geschehen sei; und es schien mir unwahrscheinlich, daß jene mir ein Erlebnis von so erregender Besonderheit verschwiegen haben sollten.

Konnte ich Hans Bade davon sprechen, der doch mein Vertrauter war? Gewiß würde er mich mißverstehen und gutmütig spotten; und wenn *er* es mir nicht nachfühlen konnte, so gab es niemand, niemand.

Und also verschwieg ich mein Erlebnis und grübelte bei mir, was denn eigentlich von mir gefordert wurde; und weil ich es nicht herausfand, beschloß ich, mich nicht weiterhin quälen zu lassen und jene Abendstunde zu vergessen. Zuzeiten gelang es mir wohl auch, und sobald ich Fußball spielte, gelang es mir ganz. Wenn aber der silberne Halbring in meinen Träumen auftauchte, ich meine in denen des Schlafes, und er zerriß mir die Brust

– wie war er zu verscheuchen? Schließlich kam mir auch im Schlaf [durch was für eine Gnade?] ein sonderbares Mittel zu Hilfe: ich brachte, sobald das fordernde Traumbild erschien, die Hände an die Augenlider, tastete mit bebenden Fingern her und hin, öffnete die Lider und weckte mich auf.

Schwarzdrossel

Es muß ein paar Monate später gewesen sein, da sprach Herr Westphal über Nikolaus Lenau. Westphal war allzu gutherzig, die Seminaristen machten bei ihm, was sie wollten. In jener Stunde hatten sie sich darauf verlegt, einander mit kleinen Papierkugeln zu beschießen. Eine davon ging in die Irre und rollte in dem Augenblick, als der Lehrer den Lenauband aufgeschlagen hatte, um uns ein Gedicht daraus zu deklamieren, auf der Buchseite dahin. Westphal war aber so sehr im Voraus begeistert von dem, was er zu Gehör bringen würde, daß er den Unfug nicht bemerkte oder nicht beachtete; er schob das Kügelchen beiseite und begann ‚Die Werbung‘:

> Rings im Kreise lauscht die Menge
> Bärtiger Magyaren froh;
> Aus dem Kreise rauschen Klänge,
> Was ergreifen die mich so? –
> Tiefgebräunt vom Sonnenbrande,
> Rotgeglüht von Weinesglut,
> Spielt da die Zigeunerbande
> Und empört das Heldenblut – –

Als er zu der Stelle gekommen war, hörten die Schüler mit den Dummheiten auf; man lauschte und folgte gebannt; und nach den letzten Zeilen des Gedichts

Ahnen sie des Jünglings Ehre?
Ahnen sie sein frühes Grab?

herrschte langes Schweigen. ‚Ehre?' ‚Grab?' Auf dem Hof hernach war man nur einer Meinung: das Gedicht sei gut.

Die Musik dieser Verse hatte mich angerührt. Ich kaufte mir Lenaus Gedichte und las sie begierig. Beim Lesen kam mir die Ahnung, daß ich doch nicht allein sei auf der Welt. Hatte es einen Lenau gegeben, so war zu vermuten, daß auch in meiner Zeit Menschen lebten, die so empfanden wie er und ich. Es galt nur, sie zu finden. Und dann lag eines Tages bei Laichter eine dicke Broschur, die lauter neue Verse enthielt, nämlich die ‚Moderne deutsche Lyrik' von Benzmann. Zuerst dachte ich daran, sie von ihm zu erbitten, aber ich entschloß mich anders, erstand auch dies Werk, trug es heim, las und las.

Nach meiner Erinnerung ist die dicke schwarze Kladde, in die ich eigene Verse einzutragen pflegte, schon zu einem früheren Zeitpunkt angeschafft worden. Man mag es heute bestaunen: Jeder halbwegs intelligente Seminarist dichtete damals. Manche schrieben Dramen. Auch Franz Laichter war ein Poet, das war bekannt. Was geschah eines Tages? Als in der Sonntagsbeilage unsrer Zeitung ein Gedicht, ein Landsknechtslied, erschien, das mit dem seltsamen Autorennamen Lodurr unterzeichnet war, wurde beim Mittagessen gemunkelt, daß dieser Lodurr, den die Zeitung da druckte, kein anderer sei, als Laichter. Kaum war ich vom Essen nach Haus gekommen, so teilte Laichter es mir wie beiläufig mit. Er erzählte, wie das Lied entstanden sei und las es mir mit Kraft vor:

Hab oft auf dem Kalbsfell
Die Würfel gerollt;
Da kreiste der Becher,
Da klirrte das Gold – –

Daß auch bei mir eine Kladde sich füllte, stellte er sich nicht vor, und nur aus Mitteilungsbedürfnis, und vielleicht weil er einen freundlichen Humor besaß, gab er dem Drang nach, mein grünes Gesicht mit seiner Deklamation in Staunen zu versetzen.
»Hier stehts also«, sagte er und überließ mir die Zeitung. »Lies es noch einmal still für dich.«
Ich tat es. Mir schien sein Lied nicht schlechter zu sein, als viele Gedichte der ‚Modernen Lyrik'. In der ‚Lyrik' standen allerdings auch manche, die waren – ja wie? Es ging mir ein Schauer durchs Gebein, wenn ich sie las. Das waren wohl die echten.
»Nun, wie denkst du über mein Lied?« fragte Laichter. Er ließ sich mit seiner Schulmeisterpfeife, die bis zum Boden reichte, im Sofa nieder und zündete sie in der Nähe des Fußbodens an. »Ich erwarte Kritik, mein Knabe.«
Aber ich schwieg und gedachte mit Traurigkeit meiner schwarzen Kladde; alles, was sich an Liedern, Balladen, Hexameter-Idyllen darin angesammelt hatte, war, soviel hatte ich inzwischen begriffen, hilflos und schlecht.
»Du schweigst«, sagte Laichter, »und das ist gut so, ich lobe das an dir. Moderne Dichtungen zu verstehen, das ist nicht jedem gegeben. Weißt du schon, was ein Nocturno ist?«
Ich verneinte.
»Das ist wie Mystik. Ich dichte augenblicklich so manches Nocturno und werde dir gelegentlich einige vortragen.

Natürlich sind sie in Moll geschrieben. Erinnere mich an mein Versprechen.«
Ein paar Wochen darnach, als er spät abends leicht betrunken nach Hause kam [er vertrug fast nichts und übertrieb überdies seine Betrunkenheit], lernte ich die Nocturnos kennen. Laichter ergriff einen Hocker und stellte ihn kopfüber auf den Boden. Danach zog er sich die Stiefel aus und stülpte sie über zwei Stuhlbeine; zog die Strümpfe aus und schob sie über das dritte und vierte; griff in die Tasche, brachte ein verknittertes Blatt hervor und begann mit dumpf bebender Stimme zu deklamieren. Da saß er nun bloßfüßig hinter dem geschmückten Hokker, und was in seiner Geschichte geisterte, das war der Tod. Diese Nocturnos waren, so düster sie sich gaben, eigentlich eine ganz lustige Sache.

Bald darauf wurde ich zum zweitenmal umgarnt. Das Erlebnis mit der Mondsichel im Schilf wiederholte sich.
Es war an einem Nachmittag im April, und ich saß im Schloßgarten auf einer Bank und las. Als ich nichts mehr sehen konnte und es überdies zu regnen begann, schob ich das Buch unter die Pelerine, hüllte mich fester ein und schlug den Kragen hoch. Über mir in den hohen, noch kahlen Bäumen hatte schon die ganze Zeit eine Schwarzdrossel gesungen. Der Tag schwand hin, aber der Vogel wurde nicht müde, seine Freudigkeit mitten im warmen Tropfenfall zu bekunden. Da traf es mich, kaum daß ich das Buch fortgetan hatte, wie damals in der Schilfhütte. Was rührte mich denn jetzt an? In einer Empfindung aus Freude und Angst suchte ich zu ergründen, wie ich mich zu dem glühendheißen Überfall, dieser neuen Umgarnung, die ‚Drossel im Frühlingsregen‘ bedeutete, stellen sollte. Als gebranntes Kind war ich entschlossen, fortzueilen, irgendwohin, heim an meine Schulaufgaben oder

auf das Zimmer eines Kameraden, als zwei Menschen an meiner Bank vorüberkamen. Der eine war der Erbgroßherzog, sein Erzieher begleitete ihn. Dieser muntere Knabe war etwa zwölf Jahre alt und steckte in einem Matrosenanzug. Die Mütze hatte er wegen des Regens weit über die Ohren gezogen. Ich hörte ihn sagen:

»Wenn wir einen solchen Propeller der Marine anbieten, werden wir schon sehen, was kommt.«

»Ich wäre doch mehr für die Handelsmarine«, versetzte der Erzieher.

»Spreche ich nicht die ganze Zeit davon?« rief der Erbgroßherzog.

Weiteres verstand ich nicht, denn sie entfernten sich eilig auf dem nassen Wege.

Ich hatte den kleinen Matrosen schon öfters gesehen. Er ähnelte sehr seinem Vater. Vom Großherzog war bekannt, daß er zu Mittag am liebsten die einfachen Gerichte aß: Erbsensuppe, Bohnensuppe, braunen Kohl und so weiter. Seine Köche aber, die das nicht begreifen wollten, brieten ihm viel lieber etwas Großartiges. Aber dann [wie man erzählte], kam es nicht selten vor, daß der Großherzog sich kurz vor dem Essen noch eine Erbsensuppe bestellte; und also mußten die Köche ihre teuren Speisen selber verzehren. Als ich daran dachte und über solchen Erwägungen bestrebt war, die Drossel und ihren Gesang zu vergessen, kam ich zu dem Schluß: an seiner Stelle würde ich diese ungehorsamen Köche davonjagen; daß er es nicht tat, mochte an den Schwierigkeiten seines Regentenberufes liegen, die mir unbekannt waren.

Es dämmerte mehr und mehr, und ich war immer noch geblieben. Der Frühlingsregen wurde zum Abendregen. Die Drossel sang jetzt weiter entfernt, in dunklen Büschen, und schluchzte. Und als ihr Lied nun von fern, aber

dringender noch als vorhin, mein Ohr traf, begriff ich plötzlich, daß es ja ein Mittel gab, sich aller Umgarnung zu entziehen; daß mit ihrem unermüdlichen Liebesgesang nichts andres gemeint war, als daß er mich zwingen wollte, mich jenes Mittels zu bedienen; und daß eine mir unbekannte Macht dies ausdrücklich wünschte. Dies zu erkennen, beglückte mich. Und was für ein Mittel war es, das mir helfen würde, mich von diesen Bezauberungen und allen weiteren, die folgen mochten, zu befreien? Daß ich sie einschloß in einen Vers.
So viel wurde mir in jener Stunde bewußt. Aber – besaß ich die Mittel dazu? Wie waren Verse zu ersinnen, die so lebendige Dinge wiedergeben konnten, wie den ‚Mond im Schilf' und einen Drosselgesang im Regen? Das würde von nun an die Frage sein. Wenn ich an die Niederschriften in meiner schwarzen Kladde dachte, so war ich mir darüber klar, daß man mit so papiernen Spielereien nicht zum Ziel würde kommen können. Diese Blätter mußten erst einmal ins Feuer. Von nun an würde ich auf die Suche gehen müssen, arbeiten und suchen. Was arbeiten? Wo suchen? Und wenn es mir nun niemals gelang, zu finden und zu erlernen, was mich einzig und allein aus diesen Bedrängnissen frei machen konnte?
Als ich das in Sorge und Ratlosigkeit überdachte, war es fast Nacht geworden. Plötzlich kam ein einzelner Mann schweren Schrittes auf dem Wege daher. Er hielt sich einen Schirm über seinen runden Hut. Seine Gestalt war mir bekannt. Ich hatte ihn allerdings bislang nur in einer Dragoneruniform gesehen. Es war der Großherzog. Er blieb vor mir stehen, und ich erhob mich mit Herzklopfen und grüßte ihn. Er berührte seinen Hut und fragte, ob ich hier wohl dem Erbgroßherzog begegnet sei.
Ich gab Auskunft.
Er nickte und schaute trotz der Dunkelheit ins Weite.

»Es schien, daß sie zum Schloß gingen«, sagte ich.
»Ich bin Ihnen dankbar. Darf ich Sie fragen, was Sie hier tun?«
Was mochte er meinen? Ich erklärte ihm, ich hätte hier ein wenig gelesen.
»Aber Sie sehen nichts mehr, wie?«
Ich gab es zu.
»Ich möchte Sie darauf aufmerksam machen, daß der Park um sechs Uhr geschlossen wird. Wenn Sie hinaus wollen, so werden Sie über die Mauer klettern müssen.«
Daran hätte ich nicht gedacht. Ich wandte mich zum Gehen.
»Das Tor ist bestimmt seit einer Viertelstunde zu«, wiederholte der Großherzog. »Ich kann Sie aber durch das Schloß hinauslassen, falls Sie eine Kletterpartie vermeiden wollen.«
Ich nahm seinen Vorschlag dankend an und folgte ihm, der unter seinem Schirm voranschritt. Ich war durch die Begegnung so überschwenglich gestimmt, daß ich dem Regenten am liebsten erzählt hätte, was mir heute in seinem Schloßgarten an rätselhaften Dingen zugefallen war – ein verstiegener Gedanke, dem ich nicht Raum gab. Meine einzige Vertraute war hier wohl die Drossel und sie würde es, wegen der tausend noch ungelösten Fragen, hoffentlich bleiben. Immer noch flötete sie in der Ferne ihr altersloses Lied in den Abend, als wollte sie mir zurufen: Versteh mich! Versteh mich!
Der Großherzog befahl einem Lakaien, mich zum Schloßtor zu bringen. Als wir das Schilderhaus erreichten, schielte mich der Posten an, ob er würde präsentieren müssen. Der Lakai aber sagte zu ihm:
»Bloß ein verflogener Vogel, Herr Grenadier.«

Kreuz des Südens

Nicht, daß ich ungestört auf der Suche hätte bleiben dürfen. Die Schule stellte von Jahr zu Jahr höhere Ansprüche. Die Orgelstunden eingerechnet, umfaßte mein Stundenplan weit über vierzig Wochenstunden. Dazu kamen die Hausaufgaben, mit denen die Lehrer nicht zu sparen pflegten. Ich erledigte sie schlecht und recht und ließ mir die einzigen ungetrübten Freuden, die beim Fußballspielen, nicht beeinträchtigen; stand manchen Sonntag neben Rudi Lehmann in einer Vereinsmannschaft, zusammen mit fremden jungen Männern, meistens Kaufleuten, aus deren Reden und Gebaren eine berauschend freie Luft auf uns zukam. Selbstverständlich war uns das Mittun in einer Vereinsmannschaft streng verboten; wäre es an den Tag gekommen, so würde es uns vier Stunden Karzer eingebracht haben. Seminardirektor Meyer-Salzer spaßte in diesem Punkte nicht. Wer bei zwölf Stunden Karzer angelangt war, dem drohte die ‚Entfernung von der Anstalt'. Wir Seminaristen mußten uns diese Bevormundung gefallen lassen, denn unsere Eltern erhielten, weil Lehrermangel war, für unsere Ausbildung nicht unbeträchtliche staatliche Zuschüsse. Wir waren halbwegs gekaufte Geschöpfe; aber kaum einer war sich darüber klar.

In den langen Sommerferien fiel der Druck von mir ab. Das verdankte ich auch wohl dem Freund Hans Bade

und seiner Kameradschaft. Wie sehr gefielen uns beiden die Regatten auf der Weser, denen wir von der Kaje aus zuschauten! Die sich blähenden Segel der Jachten, ihr einander Durchkreuzen, ihr Wenden und sich Neigen, ihr Starten und ihr dem Ziel Zustreben – dies weiße Getümmel, das der Fluß widerspiegelte, wie war es uns lieb und vertraut. Hans sagte einmal:
»Nie wieder wird es so schön sein wie heute.«
Wenn ich dann abends heimkam, ging ich zu Udo hinein, der auch am Sonntag am Schreibtisch vor dem Hauptbuch seine Ziffern malte. Gerade er – so dachte ich – hätte dies Segelrauschen erleben müssen, um wieder froh zu werden. War er eigentlich immer traurig? Ich habe es nie erfahren können. Er hörte mir höflich und freundlich zu, wenn ich ihm von der Regatta berichtete, aber es war zu merken, daß es ihm schon ein wenig zu viel war, was ich schwatzte, weil es ihn wieder zu seinen krausen Buchstaben zog. Udo – er wirkte immer so, als habe er sich aus dem persönlichen Leben in seinen Beruf zurückgezogen. Gewiß wurde seine Scheuheit dadurch vermehrt, daß ihm sein schönes schwarzes Haar an manchen Stellen auszufallen begann, so daß sein Kopf wie schwarz-weiß gefleckt aussah. Nie sah ich ihn einen zwecklosen Gang tun oder etwas unternehmen, das ihm Freude hätte machen können. Das war ihm mit dem Dragonersäbel zerschlagen worden.

Durch meinen Freund Hans, der ein Meister im Englischen war, lernte ich damals den ‚Raben‘ von Poe kennen. Wir versuchten, diese Dichtung zu übertragen, gaben es aber bald wieder auf. Weil sich das Geheimnis, das über meinen eigenen Versuchen lag, nicht lösen ließ, verlegte ich mich, wenn wir mit dem Boot herumstreiften, wieder auf das Malen.

Aber als Maler war mir Axel Diebold weit voraus. Wiewohl er schon längst aus jener Verbindung ausgetreten war, hatten wir all die Jahre nur das Notwendigste miteinander gesprochen. Man prophezeite ihm als Künstler eine große Zukunft. Äußerlich ähnelte er dem jungen Schiller. Sah ich ihn rasch und federnd dahineilen, so war er für mich der schöne Jüngling der Karlsschule, freilich mit der Abweichung, daß Axel bei den Lehrern wohlgelitten war. Seine Persönlichkeit überzeugte sie. Ihre Bewunderung geschah mehr heimlich, war aber immer spürbar. Der Zeichenlehrer räumte ihm ein besonderes Zimmer ein, das neben dem Zeichensaal lag; dort durfte er, wenn wir anderen die vorgeschriebenen, oft recht stumpfsinnigen Blattornamente zeichneten und austuschten, malen, was er wollte.

Als ich aus den Sommerferien eine Mappe mit eigenen Aquarellen brachte, wies der Zeichenlehrer mich an, zwei davon in einen Wechselrahmen zu tun und diesen in dem Raum, wo Diebold arbeitete, aufzuhängen. Bevor dieser Miene machte, Notiz von den Blättern zu nehmen, kehrte ich in den Zeichensaal zurück. Ich habe ihn damals beneidet. Er war auch der beste Klavierspieler der Klasse und wurde später der beste Orgelspieler des Seminars. Für mich gab es wohl keinen Weg zu ihm.

In jenem Herbst durchlebte ich eine trübe Zeit. Tante Marie war plötzlich gestorben. Nie mehr würde mir ihre rauhe, besorgte Stimme ins Ohr klingen. Fremde Verwandte waren im Kabinett erschienen und hatten sich die Steinsammlung angeeignet; und also besaß ich kein Andenken an sie. Der schöne Achat, den sie mir als Talisman ins Leben mitgegeben hatte, war mir beim Fußballspielen verlorengegangen. Brauchte ich aber überhaupt einen Talisman? Wozu? da es mir wohl niemals gelingen würde, das Rätsel, das die Kunst mir aufgab, zu lösen.

Dennoch machte ich bald darauf einen neuen Versuch, und zwar mit der Prosa. Den Stoff fand ich bei der Großmutter. Sie hatte jetzt das Kabinett bezogen. Wenn ich am Samstag heimkam, saß sie, schmal und hinfällig geworden, im Sofa. Ihr Herz war krank, und sie sprach mit matter Stimme. Das Leben hat es so gewollt, daß sie mir wie eine Mutter gewesen ist. Sie hatte mich als Kind versorgt und ohne viel Worte auf alles ein Auge gehabt, was mich anging. [Noch wispert mir ihre Schere im Ohr, wenn sie mir, mit wahrer Meisterschaft, die Haare schnitt.]
»Setz dich zu mir«, sagte sie, wenn ich bei ihr eintrat. Wie viele Stunden haben wir nebeneinander verbracht! Zuweilen zeichnete ich sie in mein Skizzenbuch, dann verhielt sie sich reglos, die hageren geäderten Hände lagen im Schoß, die Nickelbrille vor ihr auf einer Zeitung. Ganz in ihre alten Gedanken verloren kam sie auf mein Blatt.
Zuzeiten ereignete es sich, daß noch einer der alten Kapitäne bei ihr eintrat. In früheren Jahren, als Großvater lebte, waren sie häufig bei uns zu Gast gewesen. Sie kamen einzeln, wenn sie von langer Seereise heimgekehrt waren, sauber gebürstete, bärtige Männer, nahmen im Sofa Platz, über dem die goldgerahmten Hafenbilder von Onkel Sophus blinkten, und berichteten von Stürmen und von Abenteuern in fremden Ländern. Erzählt wurde auf Plattdeutsch. Großmutter war ihnen eine aufmerksame Zuhörerin. Sie nippte von Zeit zu Zeit von dem dunkelroten spanischen Wein, den der Arzt ihr verordnet hatte. Die Kapitäne bekamen eine Mischung

aus Korn und Riga-Balsam; diese mundete ihnen besser und munterte sie beim Erzählen auf.

Mit den Jahren blieben die Kapitäne aus. Manche waren gestorben, andre hatten sich an einem fremden Ort zur Ruhe gesetzt. In der Zeit, von der ich schreibe, stellte sich nur noch Jakob Bosselmann im Kabinett ein. Er war sehr alt, weiß wie ein Eisheiliger und schon ein wenig kindisch. Aber auch er wußte viele Geschichten, und wiewohl diese Begebnisse weit zurücklagen, erzählte er sie gut. Stemmte er seine alten Glieder aus dem Sofa empor, um sich zu verabschieden, so sagte Großmutter: »Nehmen Sie das Geleit mit, Bosselmann«, und blieb sitzen.

Eines Tages also, wieder in meiner Schülerstube in Oldenburg, kam ich auf den Gedanken, mich in Prosa zu versuchen, und so wurde aus einer von Bosselmanns Erzählungen eine Silvestergeschichte. Ich schrieb sie so, als ob er sie selbst erzählte, also in der Ich-Form. Namen waren nicht genannt. In meiner Begeisterung sandte ich sie den ‚Oldenburger Nachrichten' ein, und weil ich wohl der Meinung war, man würde sie doch zurückschicken, so mißachtete ich das Verbot des Seminardirektors und zeichnete mit: Albert Krog. Aber siehe da, die Geschichte erschien in der Neujahrsnummer. Sie hieß ‚Unter dem Kreuz des Südens'. Großmutter und alle im Haus waren überrascht und erfreut, als sie die ihnen bekannte Begebenheit dort lasen.

Wie sah nun diese Prosa aus? So fürchterlich, wie ich mich noch kurz vorher in meinen Schulaufsätzen ausgetobt hatte, war sie nicht. Damals ist Herr Plätten mein Deutschlehrer gewesen. Er wird über jene Aufsätze gestaunt haben. Ich weiß nicht mehr, woher ich es hatte: in meinen Zeilen flimmerten lange Ketten von Punkten sowie vielerlei Morsezeichen von Gedankenstrichen. Das alles sollte wohl die Erregung des Verfassers ahnen lassen und dem Leser zu verstehen geben, daß da noch so allerhand verschwiegen sei und unter der Hand mitlaufe. Auch pflegte ich Sätze zu bilden, die mitten in ihrer Entfaltung steil abbrachen, wie Böschungen; oder ich setzte nur einzelne Wörter, die nackt, wie Versteinerungen, zwischen zwei Punkten dastanden. Bekam ich einen solchen Aufsatz von Herrn Plätten zurück, so waren jeder Gedankenstrich und jedes Pünktchen [stellenweise wohl fünfzig hintereinander] einzeln mit roter Tinte durchgestrichen, und zwischen meinen Zeilen war in Rot ein zweiter Aufsatz entstanden, einer von Plätten. Überraschenderweise lautete das Prädikat meistens: ‚Noch gut.' Das mochte daher rühren, daß mein Lehrer selber ein Poet war und sich an einiges Seltsame aus der eigenen Jugendzeit erinnerte. Unter dem ‚Noch gut' stand jedoch die Bemerkung: ‚Alles Schöne ist einfach.'

Was für Kopfzerbrechen mir dies Wort gemacht hat! Nun, vielleicht war mir, als ich dann die Prosa ‚Unter dem Kreuz des Südens' verfaßte, schon einiges aufgegangen. Jedenfalls fanden die Meinen nichts Übertriebenes darin, und Hans Bade, dem ich sie vorlas, gefiel sie. Nur Bosselmann, von dem die Erzählung eigentlich stammte, hatte allerhand an ihr auszusetzen. Man wird sehen.

An jenem Silvester, als die Geschichte in der Zeitung erschien, war die Stimmung bei uns im Hause ziemlich gedrückt, denn Tante Rosi hatte in der gleichen Zeitung eine Verlobungsanzeige gefunden, die ihr sehr zu schaffen machte. Immer, wenn eine ihrer Freundinnen, und sogar schon solche, die jünger waren als sie, sich verlobten, gab es bei ihr bittere Tränen. Ich suchte das zu begreifen. Waren denn all jene Männer, die da ihre Verlobung anzeigten, heimlich von ihr geliebt worden?

Um Rosi auf andere Gedanken zu bringen und uns einen netten Silvesterabend zu verschaffen, hatte Großmutter Jakob Bosselmann zu Gast gebeten. Er kam und wir saßen beim Glühwein zusammen. Rosi, deren Augen vom Weinen gerötet waren, sorgte für heißes Wasser. Auch Udo war anwesend; er saß im Hintergrund zwischen den Blattgewächsen und beteiligte sich nicht am Gespräch. Die kahlen Stellen im Haar pflegte er seit kurzem schwarz zu färben. Im Laufe des Abends veranlaßte Großmutter mich, meine Geschichte vorzulesen. Als ich zu Ende kam, tat Bosselmann einen tüchtigen Schluck.

»Nun, wie gefiel Ihnen das, Kapitän?« fragte Großmutter.

»Ja so«, meinte Bosselmann, »das ist wohl dasselbe, was ich euch mal erzählt habe, und wie's dazumal in der Kneipe von Rodriguez passiert ist.«

»Sie haben sie also wiedererkannt«, sagte Großmutter. »Albert hat es zu Papier gebracht und nun steht es im Blatt.«

»Dann steht wohl auch der Name dabei, so der Verfasser?« vermutete der Kapitän.

»Der steht dabei, denn das muß ja sein.«

Bosselmann ließ sich die Zeitung reichen und schaute nach. Er blinzelte mich an und sagte:

»Da steht ja *dein* Name, wenn ich richtig lese. Wie das?«

Ich hätte es doch geschrieben, erwiderte ich.

»Das wohl, aber der das da erzählt, und der immer sagt: Ich tat dies und dann tat ich das, und so weiter – das bin doch wohl *ich* gewesen und nicht du, wie?«

Da ich mit der Antwort zögerte, nahm Großmutter das Wort und sagte:

»Wenn man sich's genau überlegt, so haben Sie recht,

Kapitän. Ich glaube allerdings, daß das zwei ganz verschiedene Dinge sind: eine Geschichte gut erzählen, wie Sie das können, oder sie so zu Papier bringen, daß man sie gern liest.« Mit dieser Bemerkung, die ein so wichtiges Problem berührte, wollte sie zu meinen Gunsten sprechen. »Allerdings«, fügte sie hinzu, »würde ich es für recht und billig gefunden haben, wenn der Junge unter dem Titel vermerkt hätte: Ein Erlebnis des Kapitäns a. D. Jakob Bosselmann.«

»Das meine ich aber auch«, bemerkte der Eisheilige mit Nachdruck.

»Jetzt aber«, fuhr Großmutter fort, »denken Sie einmal daran, was damals passiert ist. Sie, Bosselmann, haben jemand, der vor Ihrem Gesicht mit dem Messer gefuchtelt hat, totgeschlagen und haben ihn den Haifischen übergeben und sind noch in der gleichen Nacht schleunigst unter Segel gegangen. Das ist sehr lange her, und wenige wissen davon. Diese Zeitungsgeschichte hätte das jetzt aber publik gemacht, wenn Ihr Name dabei gestanden hätte. Wäre Ihnen das angenehm gewesen?«

Er dachte nach. »Es hätte mir einerlei sein können«, meinte er. »Um bei der Wahrheit zu bleiben, so habe ich mir die Geschichte ausgedacht. Es muß mal was gesagt werden, nicht wahr, und manch einer hört es ganz gern.«

»Ausgedacht haben Sie sich das nur?« fragte Großmutter verwundert. Meine Mutter, Rosi und ich, wir schauten ihn halb enttäuscht, halb belustigt an.

»Genau genommen, ja«, räumte er ein. »So ähnlich mag's ja gewesen sein; man bringt es eben durcheinander, es ist schon zu lange her. Jetzt aber steht es hier schwarz auf weiß, und nun« – er hob den Zeigefinger und deutete auf mich – »nun ist es ja eigentlich *er*, der den Kerl umgebracht hat, mit der Rotweinflasche, denn er schreibt doch: *Ich* tat das und dann tat *ich* das – und immer schreibt er's per ich. Und so muß man sich doch fragen, was ihm passieren kann, wenn jemand dahinterfaßt?«

»Wie alt sind Sie eigentlich, Kapitän?« fragte Rosi wie beiläufig, mit Lebensekel in der Stimme.

»Ich, mein Kind? Siebenundsiebzig und zwei Monate. Warum?«

»Sie reden, als ob Sie sieben wären.«

»Warum streitet ihr euch eigentlich?« fragte meine Mutter. »Ich verstehe nichts.«

»Es ist das einzige, was man noch hat«, murmelte Rosi.

»Schenk uns ein, Rosi«, sagte Großmutter. »Und dann unterhalten wir uns über etwas anderes.«

»Abgemacht«, sagte Bosselmann. »Was so gedruckt wird, heißt es, ist sowieso gelogen. Wenn's nun aber doch so passiert wäre?«

»Es *ist* so passiert«, bemerkte Großmutter mit einem strengen Blick auf den Gast.

Sicher hatten einige Lehrer des Seminars die Erzählung des Albert Krog in der Zeitung gefunden und vielleicht gelesen. Dem Direktor Meyer-Salzer mag sie entgangen sein, denn es geschah mir nichts.

Als Diebold am ersten Schultag nach Neujahr auf dem Flur an mir vorüberstreifte, hörte ich ihn sagen:

»Konnte das nicht ins Auge gehen?«

Wieso vermutete er, daß es bei mir ins Auge hätte gehen können? War es *ihm* vielleicht ins Auge gegangen, als er sich im letzten Herbst an der Ausstellung des Oldenburger Künstlerbundes mit zwei Ölbildern beteiligte, die unter ausdrücklicher Nennung seines Namens in der Zeitung gewürdigt wurden? Offenbar nahm er an, daß wir zwei verschieden gefährdete Augen hatten.

Ein Kuß und ein Dankeschön

Es waren unter den Seminaristen manche, die bereits mit Mädchen techtelmechtelten. Auch mich zogen sie an, vorausgesetzt, daß sie schön waren; und das muß wahr sein: sehr viele *waren* schön. Unvermittelt waren sie erblüht und kamen daher, wie aus dem Boden gelöste Blumen; duftiger, quellender und erregender als sie konnte es nichts geben. Wie beschwingt ihr Wesen sich äußerte! Und reizende Gesichter hatten sie, jedes ein wenig verschieden von dem andern; und genau so war es beim Haar: in jeder Stufe von Blond, in jedem Braun, ja, gar in Ebenholzschwarz wellte, lockte und flocht es sich.

Waren diese herrlichen Geschöpfe dumm? Von einigen unter den älteren Schülern und zwar von solchen, die für gescheit galten, wurde es behauptet. Hans Bade, Freund der kleinen Dido, bestritt es. Angenommen, daß es sich so verhielt, wie die älteren Schüler meinten – tat es der Schönheit, Heiterkeit und Frische der Mädchen auch nur im geringsten Abbruch? Und dann erhob sich ja auch noch die Frage: Waren echte Göttinnen klug? Davon war nie und nirgends die Rede, und also durfte man bei diesen Mädchen, die an Göttinnen gemahnten, gut und gern auf Klugheit verzichten. Ich war dazu bereit.

Aber – ob ich wirklich nicht so kühn geworden war, wie

ich spätestens mit siebzehn Jahren hatte sein wollen – ich konnte mich nie dazu überwinden, eine von ihnen anzusprechen und mich mit ihr zu befreunden. Um ganz genau zu sein: In früheren Jahren hatte ich es einmal versucht, aber das nette Kind war mir einfach davongelaufen. Wie sollte ich übrigens als Seminarist, dem alle Orte und Gelegenheiten, wo die Mädchen sich zeigten, verschlossen waren – wo anders konnte ich sie kennenlernen, als auf der Straße? So verfiel ich darauf, ihnen auf der Straße nachzugehen. Ich wartete, wenn sie in ein Geschäft eingetreten waren, bis sie wieder erschienen, und folgte ihnen unauffällig in gehörigem Abstand. Ich bin so mancher bis vor ihr stilles Gartentor nachgegangen. Eine Glocke erklang, wenn sie in das Haus verschwanden. Mir ist der Ton von so mancher Glocke in der Erinnerung geblieben. Vielleicht erblickte ich dann durch die mit Gardinen bespannten Scheiben der Haustür eine rötlich schimmernde Ampel oder, wenn Nebel war, einen matten Lampenstern.

Viele dieser halben Göttinnen sind mir im Nebel verschwunden. Aber eines Tages begab es sich anders. Es war im Herbst und mein erster Ferientag. Nachmittags – mein Koffer für Brake war schon gepackt – ging ich noch für ein paar Stunden auf den Kramermarkt. Der Kramermarkt mit seinem lauten Treiben galt für uns Seminaristen als ein Freudenort. Lehrer tauchten dort nie auf; höchstens daß einem Herr Plätten begegnete, der heiter lächelnd, die Hände auf dem Rücken, dahinschritt, sich umschaute und ausdrücklich übersah, was die Schüler trieben.

Ich betrat ein Dampfkarussell, kaufte Papierschlangen und begann, die Mädchen in den vorbeibrausenden Wagen zu bewerfen. Wie hübsch, wenn die farbigen Papierbänder flogen und sich abrollten, und wenn einem dann aus dem Wagen erwidert wurde, und all dies Bunt sich unter dröhnenden Orgelklängen und Räderrasseln verstrickte, zerriß und mitwehte! Und als ich so warf und schaute, fielen mir zwei lustige Mädchen auf, denen ich von da ab meine papierenen Pfeile zusandte; und alsbald war ich dann doch so kühn gewesen, zu ihnen in den Wagen zu springen und sie freizuhalten. Im Schreien und Schwatzen waren die beiden gleich begabt, aber von Aussehen recht verschieden: die eine unscheinbar, die andre aber wirklich hübsch, schlank, zwar noch etwas mager, vielleicht fünfzehn; sie besaß eine kräftig gebogene Nase, wie ich es damals liebte, und ihren Hut, einen violetten breitrandigen Filz, trug sie schräg und verwegen auf dem Ohr. Wir drei brausten dahin, schrien uns den entlegensten Unsinn in die Ohren und waren nichts als ausgelassen und ein wenig berauscht. Doch plötzlich, nachdem wir so manche Runde gefahren hatten, wurden die beiden ängstlich und fragten nach der Zeit, und als sie hörten, daß es acht Uhr sei, erklärten sie, jetzt müßten sie aber rasch heim.

Da mein Zug erst um zehn Uhr fuhr, erbot ich mich, sie zu begleiten, und wir gingen durch die Stadt bis zur Amalienbrücke, wo das unscheinbare Mädchen abbog, und ich mit dem reizenden weiterging nach Osternburg. Alsbald war es mir gelungen, ihren Namen zu erfahren: sie hieß Ruth, Ruth Korte. Schon von Anfang an war etwas bei mir beschlossen: ich würde sie küssen; das wars, was ich unbedingt wollte. Ruth war immer noch munter beim Plaudern. Wir gelangten in eine einsame Straße, neben der ein Kanal hinlief, und hier war es nun nur noch der einsame und trübe Abend und das Verschwimmen der Laternenlichter im Nebelgewoge. Die dunkle Wasserfläche schwieg, und das Mädchen war auch still geworden, und so tat ich es: legte den Arm um sie und küßte sie auf den Mund. Der Kuß schmeckte nach Frische und Nebel. »Dankeschön«, sagte sie leise, und wir gingen weiter und schwiegen. Ich glaube mich zu erinnern, daß ich sie einige Zeit später, an der Hecke ihres elterlichen Hauses, noch einmal geküßt habe, vielleicht. Die gleiche Frische und der gleiche Nebel wirds gewesen sein, aber der erste Kuß hat alles überstrahlt. Und daß sie sich dafür bedankte – welch eine Gegengabe!

Ich war in vollem Glück. Holte meinen Koffer und eilte zum Bahnhof; und lag nicht auf allen Straßen welkes Laub, das in voller Wirklichkeit duftete und mit echtem Geraschel meine Füße streifte? Unterwegs im Zug schrieb ich zwei Gedichte in mein Notizbuch. In dem ersten rasselte und posaunte das Dampfkarussell; in dem zweiten schimmerten die Laternen im Kanal, sprühten Nebeltropfen, und wurde ein Kuß genommen.

Bei Bernhard Shaw steht zu lesen: Wie schön ist die Jugend; aber wie schade, daß sie an junge Menschen verschwendet wird. – Und das ist wahr, denn – wie arm war ich damals in meiner Jungheit, wie nichtig; und wie gering waren meine Mittel, den Nebelabend und seinen kühlen Kuß im Vers auszudeuten! Wie kläglich erging es mir – ich mußte jemand zu Hilfe rufen, um wenigstens einen Hauch der schönen Wirklichkeit fühlen zu lassen; und dieser Jemand war Detlev von Liliencron. Um mein erstes und wie sehr frisch gefühltes Liebesglück in Worte zu bringen, habe ich mich der Weise eines andern bedienen müssen!

Zu meinem Heil oder Unheil erkannte ich es damals nicht. Im Gegenteil, ich bildete mir ein: diese beiden Gedichte sind schön und sind ganz und gar von mir; ich muß sie *lieben* und also muß ich sie so schnell wie möglich der Ruth schicken – – oder nein, noch besser, ich werde sie der Welt zeigen und bringe sie in die Zeitung, und also wird das Mädchen sie lesen – als kleine echte Kunstwerke wird sie sie lesen, die auch andere Leute als solche anerkannt und in Druck gegeben haben.

Am andern Morgen schrieb ich sie sauber ab und schickte sie an die ‚Nachrichten', und schon ein paar Tage später standen sie wirklich in der Sonntagsbeilage, mit vollem Namen unterzeichnet. Gewagt werden mußte von nun an alles.

Ob Ruth mir schreiben, mir danken würde? Ein paar Tage verstrichen. Ich saß in meiner Kammer, suchte mich mit Lesen abzulenken und wartete. Damals war mir ‚Das weiße Haus' von Herman Bang in die Hände gekommen. Ich las das kleine Buch wieder und wieder, bis ich es fast auswendig wußte. Dann beschloß ich, ein Bild zu malen. Meine Kammer lag im zweiten Stock unseres Hauses. Nach vorn hinaus, von den Zimmern meiner Mutter, sah man über roten Ziegeldächern die Masten und Rahen der Segelschiffe aus dem Hafen aufragen. Vor meinem Kammerfenster, gegen Süden, stand in hundert Metern Entfernung der Kirchturm mit dem weißen Uhrgesicht und der krausen Krone. Ihn bewohnten die Krähen. Doch umsegelten ihn an den stürmischen Tagen, wie sie damals waren, Schwärme von Möwen – seine Wetterseite blinkte feucht, und die Möwen erschienen im Flug beinah so dunkel wie die Krähen, wenn sie über all das grelle Wolkenweiß glitten, das hinter dem Turm dahinfuhr.

Ich nahm Ölfarben und Pappe und versuchte mich an der Kirche und dem Wolkentreiben draußen. Eines Morgens dann – ich lag noch im Bett und starrte auf die Pappe, die ich den Tag vorher bemalt hatte – kam meine Mutter herein und brachte mir Post. Es war eine

Karte von Ruth. In kindlicher Schrift stand darauf zu lesen: »Daß Sie es in die Zeitung gesetzt haben, ist das allerschlimmste. Ich will nie wieder mit Ihnen zu tun haben. Ruth K.« Und auf der Rückseite der Karte befand sich das Bild der Dragonerkaserne.

Da hatte es also eingeschlagen. Wie das? Das kleine Mädchen begriff nicht, was geschehen war. Daß ich sie geküßt hatte – zugegeben; aber sie hatte es offenbar übel aufgenommen. Immerhin war der Kuß unser eigenstes [und mein schönstes] Erlebnis. Nun aber die Verse! Hatte ich sie, die Ruth Korte hieß, in den Gedichten denn photographiert? Hatte ich etwa ihren Namen darüber gesetzt? Wußte jemand, außer uns beiden, von unsrem Kuß? Und war es nicht überdies so, daß ein Gedicht sein eigenes Leben führte, jenseits von Wahrheit und Wirklichkeit? Und daß ein Kuß, der in einem Vers geschah, mit einem wirklich geschehenen Kuß nicht das geringste zu tun hatte?

Nein, sie hatte es nicht begriffen. Ich wurde sehr traurig. Ich wäre noch trauriger gewesen, wenn ich geahnt hätte, daß die beiden Gedichte mir überhaupt nicht gehörten, daß sie auf Kosten eines Andern ein völlig unberechtigtes Scheinleben führten und besser nie geschrieben worden wären. Andrerseits wäre ich vielleicht weniger traurig gewesen, wenn ich zu mir gesagt hätte: Fort mit den Versen – dieser Kuß ist geküßt worden – das Leben hat mir mit ihm ein Siegeszeichen geschickt – noch nach fünfzig Jahren werde ich ihn wissen!

Als die Ferien endlich herum waren, ging ich Abend für Abend nach Osternburg hinaus, um Ruth zu begegnen. Ich wollte versuchen, mich ihr zu erklären, vielleicht mich entschuldigen oder – wenn es sich so ergab – sie wiederum küssen und sie immer liebhaben oder – wenn sie es wünschte – für immer Freundschaft mit ihr halten.

Aber sie wußte mir auszuweichen, und ich traf sie nie. Oktober und November – stumm lag ihr Haus in der ländlichen Straße. Eicheln prasselten, wenn Wind war, aus den hohen Bäumen und rollten im Laternenschein hin. Regnete es, so stand ich, den Filzhut tief ins Gesicht gerückt, auf der andern Straßenseite neben einer Scheune und fror. Das heiße Herz litt. War der Abend mondlos und dunkel, so wagte ich mich in ihren Garten, tastete an den Sträuchern hin, die mein Gesicht mit Nässe streiften, legte ein neues Gedicht auf die Schwelle der Gartentür und deckte einen Stein darauf, damit es nicht fortwehte. Ich weiß nicht, von wem diese Gedichte gefunden und aufgenommen wurden; jedenfalls waren Blatt und Stein von Mal zu Mal fort.

Viele Wochen trieb ich es so, und wenn ich an den Vorgärten der Straßen hinging, wo sich nach neun Uhr kaum ein Mensch zeigte, so kam es zuweilen vor, daß mir dort ein anderer Poet begegnete und an mir vorüberging. Dieser Poet war Herr Plätten, mein freundlicher und wohlwollender Deutschlehrer. Auch er wanderte hier herum, ganz in sich gekehrt, und ahnte nicht, daß der Jüngling, der ihm, den Hut tief ins Gesicht gezogen, begegnete, sein Schüler war. Auch Plätten mochte Gedichten nachhängen, plattdeutschen Liedern, die er als ‚Botterblomen‘ herausgab [über die wir Grünlinge spotteten]; und erschien, wenn dem Großherzoglichen Hause ein Prinz oder eine Prinzessin geboren war, Plättens Gratulationsgedicht prompt am Tage darauf in der Zeitung, so konnte es gleichfalls unter den Eichen der Osternburger Vorstadt entstanden sein.

Was war nun aber dies? Immer trug ich einen Stechzirkel bei mir in der Hosentasche und durchlöcherte mir das Futter damit. Doch nicht dem Futter galt der Stich, sondern dem Oberschenkel. Wie es prickelte, wenn ich den Zirkel packte und mir die Spitze im Schreiten durch die Haut stieß! Ein leiser immerwährender Schmerz begleitete mich, sobald mir die Lust kam, ihn zu empfinden.

Wochen später war es dann allmählich anders geworden: noch wanderte ich abends die gleichen Wege [und bin sie auch im nächsten und übernächsten Herbst noch gegangen, wenn ich mich allein fühlte oder allein sein wollte], und immer noch mit dem Stechzirkel in der Tasche – aber das Mädchen, die unsichtbar gewordene Ruth, verblaßte mir. Kein Gedicht wurde mehr auf die Treppenstufen gelegt. Mein Glück war aus dem Mädchen fortgeschwunden, nicht aber aus den abendlichen Straßen. Ich hatte hier eine Art Heimat gefunden, bei den Lichtern hinter den Vorhängen am Fenster, wo zuzeiten der Ton einer Geige erklang oder ein Kinderlachen, und bei den kleinen Vorgärten, aus deren Dunkel es wie Duft von weißem Phlox heraufwehte, den es doch so spät im Jahr gar nicht mehr geben konnte. Und wenn Nebel zwischen den Eichen lag, und die Laternenlichter rötliche Monde waren, liebte ich die Straßen am meisten. Der Nebel trennte mich von allem ab, was es gab; er sargte mich ein, als sei ich nicht mehr in diesem Leben. Noch war mir, als ginge ich weiter in einer hier und jetzt noch bekannten Zone dahin. Doch ein einziger Schritt aus ihr hinaus, und es würde geschehen, daß plötzlich jemand vor mir auftauchte: ein wie für einen festlichen Ballabend gekleideter Herr ohne Mantel und Hut käme genau auf mich zu und schritte mit dem betäubenden Duft einer Nelke, die er im Knopfloch trug, durch mich hindurch: Herman Bang.

Diebold zum zweiten

Der Schriftleiter, der mich neben anderen jungen Poeten mehrmals gedruckt hatte, schrieb mir, ich möge ihn in der Redaktion aufsuchen. Ich lernte in ihm einen Mann von bestrickender Liebenswürdigkeit kennen. Mit einem Lächeln, so wie ein reifer Mensch die Jugend betrachtet, deren Herumtapsen ihn rührt, ließ er seine wölbigen blauen Augen auf mir ruhen. Er versicherte, daß er meine Erzeugnisse gern habe, und regte mich an, ihm weiterhin Arbeiten einzusenden, aber mit dem Rat, von nun an unter einem Pseudonym zu schreiben. Er besaß einen riesigen Wald grauer Haare, zwingende Augen und ein tiefes Organ. Seine Stimme verhieß Glück; vielleicht ein Scheinglück; aber sie erhob und ermutigte einen. In der Stadt hieß er der ‚Silberlöwe'. Seine Art gibt es überall. Bei Hamsun heißt er Redakteur Lynge.
»Sie sind aus Brake?« sagte er und machte eine Bewegung, die das Ende unseres Gesprächs ankündigte. »Besuchen Sie dort Frau Hoddersen, mit einem Gruß von mir. Sie wird Sie verständnisvoll aufnehmen.«
Ich sagte es zu.
Honorar scheint der Silberlöwe niemand von uns gezahlt zu haben. Wir jungen Verseschreiber dachten freilich nicht daran, mit dem, was so glühend in uns brodelte [das Erlebnis war ja immer ein echtes und glühendes] – nein, wir kamen nicht darauf, dafür Geld zu er-

warten. Später habe ich mir manchmal gesagt, daß es ganz freundlich gewesen wäre, wenn uns der Silberlöwe zuweilen ein paar Mark geschickt hätte; man hätte sich ein Buch dafür kaufen können, das man sich gerade wünschte. Übrigens erwähne ich das nicht um meinetwillen, denn ich habe mir nicht allzu viel aus Büchern gemacht. Die wenigen, die mir weiterhalfen, habe ich mir kaufen können.

In diesem Frühjahr nun – ich war achtzehn geworden – öffnete sich mir ein Stück Welt. Ich lernte Axel Diebold kennen, und er wurde mein Freund. Wir hatten mehr als drei Jahre in dem gleichen Schulzimmer verbracht und uns gemieden, vielleicht auch belauert; ich aber hatte ihn beneidet. Und nun kam er eines Tages aus seinem Arbeitsraum in den Zeichensaal gegangen, rückte einen Schemel heran und ließ sich bei mir nieder. Er sagte:

»Natürlich habe ich von dir so manches Gedicht gelesen, und die Gedichte haben mir auch ganz gut gefallen. Hättest du Lust, mich am Sonntag zu besuchen? Ich würde dir meine Bilder zeigen, und musiziert wird bei mir auch. Und wenn du willst, bringe Gedichte mit.«

Ich weiß noch genau die Stelle im Zeichensaal, wo Axel diese Worte zu mir gesprochen hat; und ich werde sie immer wissen. Es war ein kühler Tag im April, und das farblose Weiß des Himmels, das durch die Scheiben fiel, lag auf meinem Zeichenblatt. Der neumodische Bau der Garnisonkirche, auf der andern Seite der Straße, stand schiefergedeckt und mit allen Einzelheiten klar in der hellen Luft; die Pflasterung, die seinen Fuß umgibt, war Stein bei Stein zu erkennen, als wäre sie geseift.

Was ich ihm geantwortet habe, weiß ich nicht mehr genau; natürlich nahm ich seine Einladung an. Ich habe ihm dabei vielleicht nicht meine ganze Freude gezeigt; habe sie zu verbergen getrachtet, gleichwohl vermutlich mehr verraten, als ich selber noch erinnere, denn im Verbergen bin ich nie ein Held gewesen. So war ich also gewürdigt worden, ihn zu kennen und gar ihn zu besuchen. Daß ein Diebold zu mir gekommen war, bedeutete mir damals geradezu eine erste und wichtige Anerkennung. Das Leben wünschte, daß wir Freunde werden sollten; Axel besaß die Leichtigkeit, das Hindernis beiseite zu räumen.

Aber bis zum Sonntag hatte ich noch drei lange Tage hinzubringen. Mein Stubenkamerad Franz Laichter war in diesem Jahre aus der Nocturno-Periode in die Dramenzeit gekommen. Alle Abende sah ich ihn skandieren und schreiben. An jenem Samstag dann, kaum vom Essen heimgekehrt, begann er große Buchstaben, lang wie ein Unterarm, aus Zeitungsblättern auszuschneiden, ein H, ein E und andere. Er tat das mit gemachtem Ernst und nahm gewiß an, daß ich bereits neugierig sei. Aber ich fragte nicht. Als er sechs Buchstaben fertig hatte, klebte er sie in Spiegelschrift zu dem Namen HEDWIG auf die Fensterscheiben, und alsbald begriff ich, was er damit bezweckte: drüben, an der andern Seite der Höfe, wo im Oberstock eine Schneiderinnenwerkstatt war, erschienen junge Mädchen am offenen Fenster und blickten herüber. Es war zu erkennen, daß sie lachten und eine von ihnen winkte. Laichter lächelte zurück und verneigte sich tief.

»Das ist die Hedwig«, murmelte er. »Ich werde sie morgen treffen.«

»So klebe doch die Zeit darunter«, sagte ich.

»Die ist verabredet«, versetzte er und wandte sich vom Fenster fort. Plötzlich sagte er in ernstem Tone: »Wenn du immer noch denkst, es sei mir entgangen, daß auch du kleine Verse machst, so irrst du dich.« Er blickte mich gekränkt von der Seite an und setzte hinzu: »Daß du mir das verschweigen konntest, Freundchen!«

Ich äußerte mich nicht. Er fuhr fort:
»Ich beobachte dich nämlich seit langem und freue mich über deine Entwicklung. Jetzt setz dich. Ich werde dir den ersten Auftritt meines Dramas ‚Saul' vorlesen.«
Er holte das Manuskript aus dem Schrank und las wohl eine halbe Stunde lang. Es waren Blankverse, in denen es von Düften troff und von Edelsteinen blitzte. Saul selbst kam noch nicht vor. Als Laichter endete, wünschte er meine Meinung zu hören. Aber ich hatte keine; ob seine Dichtung groß war oder ob sie nichts war, ich konnte es nicht sagen. Alsdann wollte er, daß ich nun meinerseits etwas Eigenes vorläse. Wozu nur? Ich konnte ihm nicht vergessen, daß er im ersten Jahr, als ich vierzehn war, mich mit Schuhputzen geplagt hatte. Immer waren ihm meine Schuhe nicht blank genug, und immer wieder bemühte er sich, mir klar zu machen, wie die Sache anzupacken sei; und wie oft hatte ich hören müssen, daß ausgerechnet er ‚von einer gewissen Stelle beauftragt sei, ein Auge auf meinen Wandel zu haben'. Das mit dem ‚Wandel' hatte sich mir unausrottbar eingeprägt, und so weigerte ich mich, ihm eigene Arbeiten zu zeigen, worauf er den ‚Saul' seufzend wieder einschloß.
Der Sonntag war endlich da. Als Laichter sich entfernt hatte, haftete der Mädchenname immer noch an den Scheiben. Die Höfe lagen wie ausgestorben. Ich schritt im Zimmer auf und ab und sah alle fünf Minuten auf die Uhr. Um vier Uhr sollte ich bei Axel sein. Endlich war es so weit, daß ich losgehen konnte. Klopfenden Herzens betrat ich die Straße. In meiner Jackentasche knisterten ein paar Blätter mit Gedichten. Ich hatte sechs, die mir die besten schienen, ausgewählt.
Diebolds Eltern wohnten im Kuhviertel – ich weiß nicht, warum die Gegend so hieß. Der Vater war Kaufmann

gewesen und hatte sich dort in einem hübschen Haus, das er selber hatte bauen lassen, zur Ruhe gesetzt.

Axel öffnete mir. »Zuerst mußt du meine Herren Eltern kennen lernen«, sagte er.

Ich wurde zu den Eltern ins Zimmer geführt, und man nötigte mich, Platz zu nehmen. Axel setzte sich nicht. Die Mutter, eine dicke, noch nicht alte Frau mit hellen gescheiten Augen, fragte mich:

»Wollen auch Sie jetzt nur noch Wasser trinken? Oder sind Sie etwa ein Künstler?«

Ich wußte nicht, was sie meinte.

»Nun, nur heraus mit der Sprache!« rief sie, unterdrückte ein Lachen und blinzelte ihrem Sohne zärtlich zu.

»Laß doch«, sagte der Vater sanft, »Herr Krog ist ja ganz verwirrt.« Er berührte den breiten Oberarm seiner Frau und schüttelte, selber lachend, den grauen Kopf. Dann wandte er sich zutraulich an mich und bemerkte: »Da Sie ein Klassenkamerad von Axel sind, werden Sie gemerkt haben, daß er zwei Seelen in seiner Brust hat. Die eine –«

»Nur zwei? Na na!« spottete die Mutter und legte den Kopf auf die Seite. »Ich komme bei all seinen Seelen nicht mit. Hat er die von dir, Mann?«

»Unsinn«, verwahrte sich der Alte. Wieder richtete er seinen freundlichen Blick auf mich und sagte: »Es handelt sich darum, daß unser Sohn alle Welt zum Wassertrinken bekehren will. Wie steht es nun mit Ihnen? Trinken Sie Alkohol oder nicht?«

»Wenig«, sagte ich.

»Wenig ist doch wohl genau so schlimm wie viel, wie?« vermutete die Mutter und schaute grübelnd zu ihrem Sohne auf.

Axel lächelte nachsichtig. Er schritt ungeduldig auf und ab und sagte:

»Es ist nicht richtig, daß ihr mir vorgreift.«
»Um Gottes willen, man greift dir also vor«, sagte die Mutter. Wieder suchte sie ihre immerwährende Bewunderung für den Sohn unter nachsichtigem Spott zu verbergen und meinte: »Was sind das doch für bedauernswerte Kinder, denen so Eltern vorgreifen. Also geht nur hinüber. Aber machs mit dem Klavier gnädig und denk an die Ohren deiner armen Mutter.«
»Das dürfte wohl nicht gut möglich sein«, versetzte Axel.
»Nicht einmal das? Nun, huldigt der Kunst. Wenn ihr getobt habt, bringe ich euch Kaffee.«
»Ich hoffe auch auf Kuchen.«
»Du sollst nicht vergebens hoffen. Geht also. Nebenan warten noch zwei, Herr Krog.«
Axel führte mich zuerst in sein Schlafzimmer. Dort hing eine Lithographie. Er erklärte mir die Technik der Steinzeichnung. Der Lithographie gegenüber befand sich ein Ölbild, ein ‚Weidenbaum in der Landschaft'. Die Weide stand mit sommerlichem Laub groß in dem hochformatigen Bild.
»Oh, ich könnte sie lange anschauen«, sagte ich.
»Beachte die Schatten unter dem Baum«, sagte er. »Es ist Rot im Schatten, Zinnoberrot. Ich habe es so gesehen, oder besser ausgedrückt: so empfunden.«
Wirklich, im Schatten war ein wenig Zinnober! Es wunderte mich, daß das Rot gar nicht störte, sondern im Gegenteil den Baum und sein Blaßgrün erst zum Glitzern zu bringen schien; und ich begann, mir darüber Gedanken zu machen; wie ein Korn war es in mich eingedrungen und suchte eine Stelle, um sich festzusetzen.
Nach einiger Zeit gingen wir in sein Atelier hinüber. Es war ein gewöhnlicher, ziemlich großer Wohnraum, sehr hell, ohne Gardinen, in dem es angenehm nach Terpentin

roch. In der Nähe des Fensters erhob sich eine Standstaffelei, und zur Linken war ein schwarzes Klavier. Rechts auf der Chaise lag ein langer junger Mensch, der in einem Buch las und eifrig etwas darin anstrich. Er besaß einen blutvollen runden Kopf und kahl geschorenes schwarzes Haar. Als wir an der Chaise vorbeikamen, drehte er sich lächelnd her und hielt mir seine gewaltige Rechte hin, die ebenso rot war wie sein Gesicht. Ich gab ihm die Hand, und er umschloß sie mit hartem Druck. Er trug ein kragenloses Hemd, das ein Blechknopf zusammenhielt.

»Das ist der Primaner Ruge«, sagte Axel. »Und dies ist Krog.«

Der Riese blickte wieder ins Buch und fuhr fort, sich Notizen zu machen. Wir traten an die Staffelei und schauten ein Porträt an, das den Vater Diebold darstellte und offenbar noch in Arbeit war. Das Porträt schien mir schon recht ähnlich zu sein. Der Kopf des Alten befand sich vor dem Grün von Blattpflanzen, von dem sich die Gesichtshaut zart abhob.

»Mein alter Herr ist sehr leicht zu treffen«, sagte Axel. »Ganz anders steht es mit meiner Mutter. Wie ich sie auch anpacke –«, er machte eine ärgerliche Handbewegung.

Ich fragte ihn, ob er schon einmal ein junges Mädchen gemalt hätte.

»Hanna!« sagte er und stöberte zwischen seinen Keilrahmen. »Die Hanna ist gemalt, gewiß, aber schon vor mindestens zwei Jahren. Schau sie dir also nicht zu genau an. Weil sie meine Kusine ist, kam ich nicht daran vorbei.« Er zog eine Pappe hervor und lehnte sie an den Fuß der Staffelei.

Das war also die Hanna, mit der gemeinsam ich damals versucht hatte, Diebold aus dem Klubzimmer des ,Roten

Hauses‘ zu holen. Ich war ihr seither zuweilen auf der Straße begegnet und hatte vor ihr die Mütze gezogen. Ich mußte an jenen Abend und an den Streit denken, und wie gut es war, daß Axel und ich von heute an Freunde waren und uns nie mehr zanken würden. Ja, dies war wirklich die Hanna, kühl wie eine Anemone im März.

»Die Ärmste will Lehrerin werden«, sagte Axel.

»Warum das?«

»Weil sie eine Närrin ist. Sie hat schon jetzt die Natur einer Lehrerin und keinen Hauch von Eros.«

In diesem Augenblick kam ein schlanker rötlich gelockter Mensch, der offenbar hinter der Staffelei am Fenster gesessen hatte, eilig mit einem Blatt Papier in der Hand an uns vorbei. Diebold wollte ihn anhalten, aber der Rothaarige sagte: »Gleich, gleich« und hockte sich zu Ruge auf die Chaise. Ich hörte ihn flüstern, und das Papier knistern. Dann sagte die rauhe Stimme des kahlgeschorenen Ruge:

»Baldachin? Baldachin? – Reim doch mit Tamburin!«

Der Andre schien Einwendungen zu machen. Aber Ruge rief:

»Nimm Tamburin. Das ist ganz fraglos. Also Tamburin, wie ich sage.«

»Dies ist der Sekundaner Zedelius, ein verschmähter Verehrer der Hanna«, sagte Axel leise. Und er rief ihn heran und machte uns miteinander bekannt.

Zedelius gefiel mir weniger als Ruge; er war elegant gekleidet, zierlich wie ein Mädchen und hatte weiße Augenwimpern. Staunen mußte ich aber, als ich hörte, die zwei seien Gymnasiasten. Es kam überhaupt nie vor, daß Gymnasiasten und Seminaristen miteinander verkehrten, denn jene waren weit angesehener als wir. Es kam ja auch nicht vor, daß ein Dragoneroffizier mit einem Artillerieoffizier zusammen gesehen wurde, denn jene stan-

den als Kaste höher; und die Artillerieoffiziere waren wieder mehr als die von der Infanterie. Diese Rangunterschiede waren eine ganze Wissenschaft. Nun, Axel Diebold machte eben das Unmögliche möglich.
Jetzt wurden vier Stühle an den Tisch geschoben, und man setzte sich. Zedelius breitete Papiere aus und begann eigene Verse vorzulesen. Er las nicht gut und zu leise. Doch glaubte ich Strophen zu hören, die neuartige Gedanken aussprachen. Es war mir jedoch kaum möglich, sie aufzunehmen, zumal er sehr viele Gedichte las. Als er die Blätter zusammenraffte und aufsah, sagte Diebold:
»Ganz schön. Aber wieso Fremdwörter in deutschen Gedichten? Wörter aus verschiedenen Sprachen stoßen sich mit den Ellbogen. Merkst du das nicht? Es tut doch der Melodie weh.«
»Wozu Melodie?« erwiderte Zedelius. »Übrigens wirst du erleben, daß Fremdwörter wieder modern werden.«
»Ich möchte wissen, wo du es her hast!« sagte Axel; und zu Ruge: »Jetzt du!«
»Ich habe heute nur ein einziges neues«, erklärte Ruge, wobei sich sein Gesicht rot färbte. »Und ich will euch vorher erzählen, wie es entstanden ist. Ich saß mit dem Rücken vor unserer Wanduhr und lehnte mich weit hintenüber, so –« er kippte den Stuhl zurück, der unter ihm ächzte, und legte den Kopf in den Nacken, »und da fiel es mir ein und war da.«
Er blieb in dieser Haltung und sprach mit seiner trotzigen Stimme ein Gedicht, das ‚Turmbesteigung' hieß, auswendig hin. Es war darin viel von Schwalben die Rede. Wieder und wieder flogen sie vorbei und begleiteten den Mann, der höher und höher stieg; oben angelangt, stand der Mann an der Brüstung und erblickte eine Landschaft von unsäglichem Reiz – der Ausdruck ‚unsäglich' wurde

gebraucht. Das Gedicht war ziemlich lang und ungereimt.

Ich war überzeugt, daß meine kurzen Lieder sich neben den Gedichten Ruges und Zedelius' allzu naiv und armselig ausnehmen würden und hatte bei mir beschlossen, sie auf keinen Fall vorzulesen; und als Ruge zu Ende kam, und Axel mich aufforderte, erklärte ich, ich hätte keine bei mir. Axel warf mir einen unmutigen Blick zu; aber Ruge war schon aufgestanden, holte das Buch von der Chaise herüber und sagte:

»Jetzt ans Klavier!«

Diebold setzte sich ans Klavier. Ruge nahm mit dem geöffneten Buch neben ihm Aufstellung. Einige dumpfe Akkorde erklangen. Danach begann Ruge mit der Vorlesung der Novelle ‚Der rote Tod' von Edgar Allen Poe, und Diebold untermalte sie melodramatisch. Noten hatte er nicht vor sich. Es erklang eine erstaunliche, meist wild brodelnde, dazwischen wieder eisig fragende Musik, ein Töneschwall von einer halben Stunde, den Ruges Worte mit Macht durchdrangen, und der sich an manchen Stellen des Textes zu Feuerschlägen steigerte. Worte und Musik dröhnten an mir vorüber und betäubten mich völlig; in meiner Verwirrung suchte ich nach eigenen Gedanken. Was ich fand, war die Erinnerung daran, daß ein Schatten rot sein durfte, wenn das Grün eines Baumes gehoben werden sollte. Und an diese Erinnerung schloß sich das freudige Glücksgefühl, von heute ab einen Freund zu haben, nur diesen einen, den besten, den es gab.

Als der letzte und äußerste Feuerschlag verhallt war, brachte Frau Diebold Kaffee und Kuchen herein, legte eine Decke und ordnete das Geschirr auf den Tisch mit munteren Anspielungen. Auf unser Kaffeesieren folgte noch als mehr heiterer Teil der Darbietungen ein seltsamer Firlefanz. Zedelius stellte zwei Kerzen auf die Klavierkanten und entzündete sie, geriet in Verzückung und besprach sich mit ihnen in improvisierten Versen. Ruge drückte etwas mit seiner gewaltigen Faust in Stücke, und Axel warf die Scherben aus dem Fenster. Eine Nippesfigur? Ein Wetterhäuschen? Hab's vergessen.

Der Flurenpfad

Diebold hatte an jenem Tage, als er die Musik zum ‚Roten Tod' improvisierte, kein Wort von den Wassertrinkern gesprochen, vielleicht weil seine Eltern ihm ‚vorgegriffen' hatten. Er holte es aber alsbald nach und klärte mich über den Alkoholismus auf. Wer mithelfe, diese Weltpest auszurotten, diene der Menschheit. Halbwegs begriff und billigte ich, was er so eindringlich vortrug. Von besonderem Interesse war es nicht für mich, aber Axel zuliebe trat ich der ‚Gruppe' bei; ich wäre bereit gewesen, auch Ungereimtes für ihn zu tun.

In seiner Gruppe traf ich die verschiedenartigsten Burschen, ernste und lustige, Grübler und Naive, errettete Selbstmörder und bekehrte Zecher. Mich wunderte, daß sich keineswegs besonders begabte Burschen dort zusammengefunden hatten. Vor allem vermißte ich einen, nämlich Unverfehrt. Dieser Fritz Unverfehrt war ein Schüler unserer ersten Klasse und also schon ein Mann von zwanzig Jahren. Er galt als sehr gescheit und war überaus beliebt. Jedermann wußte, daß er den Lehrern gegenüber bei Vorträgen und in Aufsätzen seine eigene Meinung vertrat, es hieß sogar, daß er bereits an einer pädagogischen Zeitschrift mitarbeite. Er war ein aufgeschossener etwas zarter Mensch mit einem kecken Bärtchen. Ich hatte ihn viel beobachtet, aber nie gewagt, ihn anzusprechen. Doch grüßten wir uns im Vorübergehen so freundschaftlich, als wüßten wir Gutes voneinander und als schätzten wir uns deswegen. [Gleichgesinnte und Gleichstrebende, die in verschiedenen Klassen waren, warfen sich, ohne miteinander zu sprechen, nur freundliche Blicke zu.] Wie leicht und lustig wußte dieser Fritz seine Bücher zu tragen! Mit wieviel Freundlichkeit umfaßten seine dunklen Augen die Welt!

Ich sprach über ihn mit Diebold und machte geltend, daß es seiner Gruppe ein besonderes Ansehen geben würde, wenn es gelänge, Unverfehrt zu gewinnen. Axel erklärte, es sei in diesem Punkt einiges getan worden, aber Fritz hätte abgelehnt und zwar mit der leichtfertigen Begründung, ihm schmecke der Wein viel zu gut. Ich hatte komischerweise den Eindruck, als sei Diebold über Unverfehrts Ablehnung ganz froh.

Seltsame Dinge gehen unter jungen Leuten vor. Mir selber merkte ich an, daß sich seit meiner Zugehörigkeit zu den Wassertrinkern ein Dünkel bei mir einnistete, als könnte ich jetzt auf jene, die gern Biere und Schnäpse zu sich nahmen, herabsehen. Diese ausgemachte Blödigkeit, die ich auch anderen anmerkte, sodann, daß endlos über den Alkohol gesprochen und über Statistiken diskutiert wurde, störte und langweilte mich; daß Fritz Unverfehrt einen guten Tropfen nicht verschmähte, machte mich stutzig.

Eines Tages kam meine Mutter nach Oldenburg. Sie reiste so gern und hat so wenig von der Welt sehen dürfen. Immerhin nahm sie jede Gelegenheit wahr, mich in der Residenz aufzusuchen. Unser Verhältnis war mit den Jahren immer schöner geworden; es war nicht eigentlich nahe, doch bestand jetzt – ich kann es nicht anders sagen – ein reizendes ‚Geperle' zwischen uns, eitel Freundlichkeit also, ein Nichts und doch schön. Sie erschien meistens an Wochentagen, und wenn ich dann wegen des Unterrichts oder wegen Hausarbeiten nicht viel Zeit für sie hatte, so pflegte sie zu einer Bekannten zu gehen, die in der Elisenstraße wohnte, zu einer Frau Kulpig. Zuweilen begleitete ich sie dorthin. Die Frau Kulpig besaß schöne alte Möbel, über die ich jedesmal staunen mußte. Vor allem eine Uhr unter einer Glaskuppel zog mich an. Frau Kulpig hatte ein verkürztes Bein. Sie hinkte um mich herum, wenn ich die Uhr ansah, und versicherte, daß sie mir das Stück einmal vererben werde. Sie hat mir die Uhr nicht vererbt. Das hat seinen ausdrücklichen Grund; davon später.

Um diese Zeit war also meine Mutter wieder einmal in Oldenburg gewesen und hatte einen Brief von Onkel Sophus aus New York mitgebracht, in dem er der Großmutter seinen Besuch ankündigte. Aus dem Brief ging hervor, daß wir den Onkel schon in den nächsten Tagen erwarten durften.

»Er wird seine alte Mutter noch einmal begrüßen wollen«, sagte meine Mutter. »Und das Grab seines Vaters wird er sich gewiß auch ansehen.«

Wir machten aus, daß ich, sobald die Nachricht bei mir einträfe, daß er da sei, einen Sonntagsurlaub erbitten sollte. Ein paar Tage darauf kam die Karte. Mit freudig erregtem Herzen fuhr ich nach Brake. Als ich nach Hause kam, war Sophus nicht da; er sei zu Hillmer nach Ovelgönne gegangen, um dem alten Hillmer von seinem Sohn August zu berichten, der jüngst in Amerika gestorben war. Großmutter sagte:

»Du weißt, August ist damals mit Sophus hinübergefahren, und auf Long Island hatten sie all die Zeit den gleichen Chinesen als Diener.«

»Totgesoffen hat er sich dort«, sagte Rosi.

»Sophus wäre imstande, dem alten Hillmer das zu sagen«, meinte meine Mutter. [Sie mochte Sophus nicht sehr.]

»Im Gegenteil«, sagte Rosi. »Sophus ist imstande, überhaupt kein Wort zu Onkel Hillmer zu sagen. Er sitzt da, stiert in die Luft und sagt keinen Ton, genau wie hier.«
Großmutter senkte, wie sie es zu tun pflegte, den Kopf und deckte die Hand auf die Augen.
»Mein großer Junge hat lange mit mir gesprochen«, sagte sie.
Die beiden Töchter blickten sich an und schwiegen.
Was nur diese Frauen gegen Sophus hatten! War er ihnen zu herrlich? Ich begriff es nicht. Mir ging es so, daß ich mein Verlangen nach ihm nicht mehr bezähmen konnte und mich fertig machte, um ihm entgegen zu gehen. Der Flecken Ovelgönne liegt eine Wegstunde von Brake entfernt.
»So geh immer den Flurenpfad entlang«, sagte Rosi. »Dort kommt er zurück.«
»Wenn er aber mit dem Zug fährt?« gab meine Mutter zu bedenken.
»Der fährt nicht mit dem Zug«, widersprach Rosi, »denn im Zug könnte er ja, um Himmels willen, alte Bekannte treffen!«
Ich hatte die Stadt bald im Rücken und schritt auf dem Steinpfade dahin. Der Apriltag war kühl und bewölkt, aber die Lerchen stiegen schon. So leicht und froh war mir zu Sinn; und ich rief in mir die alten Erinnerungen an Sophus wach. Ich hatte ihn wenig genug gesehen, denn er war immer nur kurz zu Hause gewesen, und ich war elf Jahre alt, als er dann nach Amerika ging. Am deutlichsten konnte ich ihn mir als Schlittschuhläufer vorstellen. In meiner Kindheit mochten die Winter streng gewesen sein, denn der Hafen war wochenlang zugefroren. Und jedesmal war der Onkel zu Weihnachten gekommen und nun würde er den Brakern zeigen, was man alles auf dem Eise anstellen konnte. Viele Leute

kamen eigens, um Sophus Wolken laufen zu sehen. Wie ein Torero war er gewachsen, die Jacke hatte er abgeworfen – in Kniehosen, schwarzer Wolljacke und Pelzmütze kreuzte er die Eisfläche zwischen den eingefrorenen Schiffen, von der russischen Brigg am Seeschuppen bis zu dem kleinen Kohlendampfer neben der Schleuse. Und plötzlich konnte man bewundern, wie er, als sei ein andrer Geist in ihn gefahren, weite Sprünge vollführte, die niemand für möglich gehalten hatte. Auch Ziffern lief er ins Eis, eine Acht, eine Sechs, oder ein unendliches Schneckenhaus, in dessen Mittelpunkt er stehenblieb und, die Hand auf die Hüfte gesetzt, aus seiner Tonpfeife rauchte. Und kaum stand er in seinem Schneckenhause still, so begannen wir Kinder wieder zu laufen – ein vielfaches Schleifen erhob sich, und wir glitten an den vereisten Schiffen entlang und betasteten die riesigen Steuer, die aus dem Eise bis unter ihr Heck aufragten.

Wie stolz war ich auf ihn! Doch nie kam es mir in den Sinn, mit ihm gemeinsam zur Eisfläche zu gehen. Er war wie unantastbar. Sah ich, daß er zu den Schlittschuhen griff, so versteckte ich mich geradezu und machte den Weg allein, als sei es so in der Ordnung. Freilich, entdeckte er mich dann auf dem Eise, so war plötzlich alles ganz wundersam anders. Er rief:

»Aba!« – allezeit nannte er mich mit dem Kosenamen meiner ersten Jahre – »Aba!« rief er und umkreiste mich.

Der Erinnerungen waren viele, und ich holte sie mir mühelos hervor: Daß er mir einen Drachen klebte! Daß er mich lehrte, einen richtig getakelten Segelkutter zu zeichnen! Und vor allem von ihm zu wissen, daß er nie und nimmer ein Sklave hatte sein wollen!

Mit diesen Gedanken strebte ich eilig über das Marschland dahin, folgte dem roten Steinpfad an Wassergräben entlang und überschritt sie auf schmalen Stegen; und ich war schon ziemlich nahe an Ovelgönne herangekommen, als zwei Männer am Ortsrande auftauchten, ein schlanker, der mußte Sophus sein, und ein kurzer breiter, das war wohl der alte Hillmer. Sie kamen langsam näher gegangen, und als ich dicht vor ihnen war und den Onkel ansah, erkannte er mich – erst schien sein bräunliches Gesicht zu grübeln, und dann entstand ein kaum merkliches Lächeln. Er war genau so, wie ich ihn im Gedächtnis behalten hatte. Wir blieben voreinander stehen und er sagte:

»So groß ist also jetzt der Aba!« Wir gaben uns die Hand. »Mein Neffe ist das, Onkel Hillmer. Er ist gekommen, um mich abzuholen. Un nu seggt wi beiden us Adjes, un du geihst torügg, si?«

Ich begrüßte den Alten. Er meinte seufzend:

»Wenn blot min Mantel nich so swar weer, so güng ick noch mit jo up Brak.« Er trug seinen uralten bleischweren Wintermantel.

»Nä nä, Vadder Hillmer«, sagte Sophus. »Nu behol dat: Uns August hät en Graff, as sik dat vor minen Fründ gehört. Un em is good. Em is bäter as us.«

»Ward so sien, as du seggst«, murmelte der Greis. »Un den swaren Mantel warr ick, wills Gott, nu ok bold los. He hät sik sowieso slecht dragen, denn ik hebb em erst sössuntwintig Jahr. Un an dat Graff von August denkst du also. Is recht.«

Damit nahmen sie Abschied. Ihre letzten Worte verstand ich nicht, denn eben vollführte ein Schwarm von Kiebitzen ein zorniges Geschrei, und einer nach dem andern stürzte sich im Flug auf uns herab und brauste dicht an uns vorüber. Ihre Nester mochten in der Nähe liegen. Die Kiebitzpaare beruhigten sich erst, als ich mich mit meinem Onkel, der sich nicht mehr nach Hillmer umsah, entfernte und hinter ihm auf dem schmalen Steinpfade dahinschritt. Er schien erregt, ich merkte, daß er nervöse Bewegungen mit den Schultern machte. Nach längerer Zeit, als wir uns der Stadt näherten, sagte er:

»Du bist nun also groß. Achtzehn, wie? Und du willst Lehrer werden?«

Ich fing an, ihm von meinem Leben auf dem Seminar zu erzählen. Er äußerte zuweilen ein »Hm« oder ein »So so«. Plötzlich unterbrach er mich und sagte:

»Aber Soldat wirst du ja auch werden müssen.«

Ich bejahte. Er schwieg, und wir gingen und kreuzten die Gräben auf ihren Stegen. Schließlich nahm ich das Wort und erkundigte mich, ob er in Amerika schöne Bilder male.

»Rosen und Engelchen an die Zimmerdecken«, versetzte er. »Es sind reiche Leute. Sie wollen es so haben. Ich lebe davon.«

»Ist das also – Kitsch?«

»Genau, Aba!« Er lachte los, doch das Lachen klang nicht fröhlich.

»Und Freiheit? Gibt es sie dort?«

»Es gibt sie dort erstaunlicherweise. Und wäre ich gewiegter, so würde ich dort vielleicht nicht einmal Kitsch malen brauchen. Aber –« er wandte sich mit einem Ruck zu mir her, und sein stolzes Gesicht, wiewohl es sich umfinstert hatte, war mir so lieb in seiner Erschrockenheit und Besorgtheit – »aber Junge«, stieß er hervor, »du solltest dich lieber rechtzeitig nach Marokko in die Fremdenlegion melden.«

»Warum das?«

»Dann würdest du wenigstens bestimmt wissen, wofür sich ein Soldat kaputtmachen läßt, nämlich für nichts und wieder nichts. Diese kleinen Völker in Europa kommen mit ihren Schießereien nie zu Ende, das laß dir gesagt sein. Möglicherweise hat der Krampf auch deinen Vater veranlaßt, damals, auf und davon zu gehen. Nun, ich habe Willibald nicht genug gekannt. Hör aber zu – wie wäre es, wenn du mitkämst nach Amerika?«

»Das könnte ich doch wohl nicht.«

»Warum aber nicht? Wegen deiner Mutter? Oder wegen dem Seminar, das du besuchst? Wer hat denn das mit dem Lehrerwerden ausgebrütet? Man hätte dich ein solides Handwerk erlernen lassen sollen, mit dem man überall in der Welt durchkommt. Kannst du Englisch?«

»Wenig.«

»Das lernt sich. Und ich würde dir voranhelfen. Überleg's.«

Ich würde darüber nachdenken, sagte ich, und wir gingen weiter. Als uns dann abermals Kiebitze umflogen und umschrien, sagte Sophus:

»All diese Vögel habe ich gern. Hab drüben oft an sie gedacht, an ihre herrlichen Flüge. Vorhin hab ich sogar eine Lerche gehört, den kleinen Punkt am Himmel. Freue dich daran, Aba, aber überleg gut, was ich dir vorgeschlagen habe. Schau, wieder ein Kiebitzpärchen! Sie wollen uns ernstlich zu Leibe.«

»Wer ein Lied über sie machen könnte!« entfuhr es mir.

»Ein Lied? Von Liedern verstehe ich nichts. Aber freue dich an Kiebitzen und Lerchen und allem Getier und mach Lieder auf sie, meinetwegen. Alles ist schön und wahrhaftig, was nichts mit Menschen zu tun hat. Und denk an das, was ich gesagt habe.«

»Ich glaube nicht, daß es so kommen wird«, sagte ich.

»Wieso nicht?«

»Ich weiß es selbst nicht recht. Vielleicht, weil ich gern gute Verse machen möchte.«

»Die kannst du doch auch dort machen.«

»Aber es ist eine andere Sprache, und ich werde sie sprechen müssen.«

»Das wohl. Und Verse? Wieso Verse? Bist du denn ein Poet, Aba? Dein Großvater ist so etwas wie ein Poet gewesen, als er jung war, das hast du wohl nicht gewußt, wie? Nun, vielleicht ist es so, daß ein Poet nur dort singen kann, wo er aufgewachsen ist und die Lerchen und die Kiebitze hört.« Nach kurzem Überlegen fuhr er fort: »Vielleicht braucht auch ein Maler den Heimatboden, die Landschaft seiner Geburt. Das ist mir schon manchmal eingefallen, drüben. Aber – was sollte ich machen? Ich hatte die Menschen hier satt, die einem in alles hineinpfuschen, und ein ungeschorenes Leben ist mir wohl wichtiger gewesen, als gute Bilder zu malen. So so, da hast du also leider den Großvater beerbt mit deinen Gedichten. Das ist ganz schön; andrerseits ist es schlimm für dich, denn sei sicher, sie bekommen dich zu fassen; und gerade einer, der sinniert, liegt denen besonders bequem in den Klauen.«

Ich antwortete ihm, es käme mir so vor, als sei das Leben so – als sei es Leuten unsrer Art zugedacht – eben lauter Feindseligkeit.

»Zugedacht? Nun, du bist ein Schwarzseher. Aber du magst nicht ganz Unrecht haben. Zugedacht? Und du schreibst Lieder? Gedichte? So mußt du wohl in deinem Deutschland bleiben, wie? Schlimm, Aba, schlimm.«

So ging unser Gespräch. Am folgenden Tag und noch bei einem späteren Besuch in Brake suchte ich ihn über Malerei auszufragen und erzählte ihm von Bilderausstellungen, die ich in Oldenburg gesehen hatte, und von Diebolds Arbeiten. Er hörte mir zu, blieb aber schweigsam. Als ich in ihn drang, sagte er nur:

»Von mir kannst du nichts lernen. Denk an den Kitsch,

den ich dort mache. Bleib nur allezeit fröhlich und trau dir was zu.«
Bald darauf verreiste er, ich glaube, nach München. Vor seiner Rückfahrt nach USA war er noch zwei Tage zu Haus; aber ich habe ihn nicht mehr gesehen.

Herr Sperling

Wenige Wochen nach Sophus' Abreise ereignete sich etwas Unfaßliches. Ich fand unten in dem Kasten neben dem ausgestopften Pferd einen Brief von der Großmutter. Sie schrieb in ihrer zittrigen Handschrift, daß meine Mutter in Oldenburg einen Herrn kennen und schätzen gelernt habe und nun habe sie die Absicht geäußert, sich mit dem Herrn zu verheiraten. Es handle sich um einen Witwer schon gesetzten Alters, der in auskömmlichen Verhältnissen lebe. Nun wisse sie [die Großmutter] freilich nicht, wie ich über eine Wiederverheiratung meiner Mutter dächte. Ich solle aber nicht darüber schreiben, sondern am nächsten Samstag nach Brake kommen und den Herrn, den man für den genannten Tag einladen werde, kennenlernen und mir ein Urteil über ihn bilden. Er heiße Sperling und sei Reisender oder Vertreter.
Diese Botschaft aus heiterem Himmel versetzte mich in gräßliche Bestürzung. Ich hatte daheim mit halbem Ohr vernommen, daß Rosi sich verloben wolle – sehr gut, so würden ihre Tränen endlich aufhören zu fließen. Jetzt aber hatte meine Mutter eine neue Heirat im Kopf! Ich konnte es überhaupt nicht begreifen. Ich lebte wohl immer noch in der Vorstellung, daß Lenchen trotz der Scheidung auf irgendeine Weise mit Willibald, wo auch immer er sich befinden mochte, und wiewohl er nie von sich hatte hören lassen, verbunden sei. Er war ja doch

mein Vater; und er war ein Jemand, der, seine Fehler zugegeben, einen eigenen Willibaldkopf besaß; ein Wildling war er, der den Mut oder die Waghalsigkeit oder die Übereiltheit aufgebracht hatte, gegen ein sicheres Nest die unsichere Welt einzutauschen und damit für sich und einige andere Leute Schicksal zu spielen. Mochte, wer wollte, ihn verbrecherisch nennen, jedenfalls war er, das bekundeten mir alle Erzählungen über ihn, ein *Mann*. Was aber stellte jener dar, der daher kam, Herr Sperling hieß und Willibalds Lenchen heiraten wollte? So waren seltsamerweise meine Gedanken über den Vater, durch den ich wahrlich nichts Gutes erfahren hatte. Dort, wo er einmal gewesen war, befand sich seit langem eine leere Stelle, und jetzt war ich plötzlich der Meinung, daß diese Stelle leer bleiben müsse, einfach leer. Hinzu kam, daß ich die Familie Wolken, aus der ich stammte, für etwas Gefügtes und in mancher Beziehung besonderes hielt – man sieht, es war ein ganzer Qualm von Empfindungen, die Großmutters Brief in mir aufgewühlt hatte.

Nachdem der erste Schreck vorüber war, ging ich mit mir zu Rate. Zunächst würde es notwendig sein, Erkundigungen über den Freier einzuziehen. Wo mochte meine Mutter den Mann kennengelernt haben? Bei Frau Kulpig etwa? Sollte ich zu ihr gehen und sie ausfragen? Ich glaubte voraussehen zu können und stellte mir vor, wie Frau Kulpig geschäftig um mich herumhinken und mir mit silbrigem Stimmchen die glänzende Partie anpreisen würde, die meiner Mutter mit Herrn Sperling in Aussicht stehe. Sicher war sie es, die diese Verbindung geknüpft hatte.

In meiner Not vertraute ich mich Diebold an.

»Sperling?« sagte er. »Adreßbuch her!«

Wir schauten im Adreßbuch nach und fanden den Namen Sperling dreimal. An zwei Stellen waren es einzeln

lebende Frauen. Der dritte Sperling war ein Er, mit Vornamen Heinrich, von Beruf Vertreter. Dieser mußte es sein.
»Wohnhaft Röwekamp 6«, sagte Axel, »das ist ja ganz nah bei Hannas Elternhaus. Gehen wir also zu Hanna.«
Hanna war nicht zu Hause, die Mutter war im Garten. Diebold klopfte an eine Tür im Oberstock und zog mich mit zu seinem Onkel, dem Rektor Schütz, ins Arbeitszimmer. Hannas Vater, ein massiger Mann mit einer Stahlbrille auf der Entenschnabelnase und viel Zigarrenrauch um sich, war so freundlich, uns anzuhören. Als Axel ausgeredet hatte, sagte er:
»Liebe junge Freunde, ihr seid mit eurer Frage nach einem Sperling zu einem Ornithologen gekommen und also zweifellos an den rechten Ort. Ich gebe mich allerdings vorwiegend mit Seevögeln ab, und wenn ihr also was von mir wissen wollt, so muß ich euch antworten, daß ich euren Sperling persönlich nicht kenne. Von Ansehen, zugegeben, kenne ich ihn, denn er nistet drüben in dem kleinen gelben Haus.« Herr Schütz deutete zum Fenster, und wir standen auf und blickten über den Gartenzaun zu dem Häuschen hinüber. »Das graue Hemd, das dort an der Leine hängt«, fuhr der Rektor fort, »dürfte eurem Sperling gehören und, sofern er im Augenblick eines anhat, sein Reservehemd sein. Wäre er selber im Garten, und stünde der Wind günstig, so hätten wir Gelegenheit, eine breite Zone von Fuselgeruch zu spüren, der diesen Sperling als einer schärferen Spielart seiner Familie zugehörig kennzeichnen würde. Der Liegestuhl aber, der drüben an der Hauswand lehnt, wird von der Sperlingstochter, sagen wir: von Sperline benutzt, wenn sie nicht grade Besuch von einem Sperlingsbübchen hat.«
»Verflixt!« rief Axel.

»Mehr kann ich nicht für euch tun und so darf ich wohl bitten, mich wieder mit meinen Silbermöwen und Sturmschwalben allein zu lassen. Der wirkliche Sperling, niederdeutsch Lüning, ist übrigens ein netter und munterer Bursche – nichts gegen ihn!«

Damit und mit Erheben des Zeigefingers entließ uns Rektor Schütz.

Als wir auf die Straße traten, äußerte ich Diebold meine Bedenken. Mir schien es ausgeschlossen, daß meine Mutter diesem Schnapsbruder erlaubt haben sollte, sich ihr zu nähern. Axel meinte:

»Wir machen ihm einfach einen Besuch und schauen ihn uns an, und am Sonntag, wenn er zu euch kommt, erkennst du, ob er der ist.«

»Aber – was für einen Grund geben wir an, wenn wir ins Haus kommen?«

»Grund? Sehr einfach: Lebensversicherung oder sowas – aber schau, da ist Hanna.«

Am Ende der Straße war ein junges Mädchen erschienen und kam unter den Bäumen heran. Der Röwekamp ist mit rotblühenden Kastanien bepflanzt, die an jenem Maitage in Blüte standen. Wie schön schimmerte unter all dem Purpur das matte Goldbraun von Hannas Haar, nun sie durch den Wechsel von Licht und Schatten auf uns zuschritt. Ich mußte staunen, denn sie wirkte bereits wie ein junges Fräulein. Sie trug das Haar als Knoten im Nacken wie eine Griechin, und dabei war sie eine Seminaristin mit einer Tasche voll Bücher, die sie ihrem Vater aus der Landesbibliothek geholt hatte.

»Du erscheinst zur rechten Zeit«, sagte Axel und trat auf sie zu. »Wir wollten dich sprechen.«

Nun wir sie begrüßten, strahlte sie ganz wie damals im ‚Roten Hause'. Aber ich sah: das Lächeln ihres sehr roten Mundes und das Glitzern ihrer weißen Zähne, es war niemandem gespendet als dem Vetter Axel. Der sagte:

»Es handelt sich nämlich darum, ob du uns etwas über die Leute drüben sagen kannst, die Sperling heißen.«

»Warum aber?«

»Das erfährst du hernach. Was wir brauchen, ist dein ganz unbeeinflußtes Urteil über die Leute.«

»Mein Urteil über die Leute kann durch nichts beeinflußt werden, Axel.«

»Laß es gut sein, Hanna, und mach die Sache nicht unnötig schwierig. Wir wollen nur eine Auskunft von dir, eine gute oder eine ungünstige.«

»Eine ungünstige kommt gar nicht in Frage. Der Herr Sperling ist ein höflicher Mann, der fleißig seinem Beruf nachgeht und Knöpfe verkauft; und Ida, die Tochter – sie war viel bei uns im Haus, als ich klein war, hat mich bewacht und mit mir gespielt und mir vorgesungen. Sie ist ein reizender Mensch mit einer auffallend schönen Stimme.«

»Wird Sängerin, wie?«

»Unsinn, Axel. Aber ihre Stimme wäre eine aufmerksame Pflege wert.«

»Ist sie – etwas gebildet?«

»Wie könnte sie gebildet sein, da sie nur die Volksschule besucht hat. Sie hat aber natürliche Gaben, und man könnte da viel tun. Ich habe mich verschiedentlich bemüht, ihr gute Lektüre zu verschaffen und sie weiterzubringen.«

»Und du hattest Erfolg bei ihr?«

»Früher durchaus. Jetzt ist sie viel zu beschäftigt und kommt nicht mehr zum Lesen. Sie haben dort oft Gäste, weißt du.«

»Und – was sind das wohl für Gäste?«

»Was geht das mich an? Es sind eben Gäste, Axel,

Freunde von Herrn Sperling – was weiß ich, und sie muß sie bedienen. Sie hat auch ihren Haushalt. Wie soll sie da viel zum Lesen kommen!«

»Das ist eigentlich wahr, Albert«, sagte Axel. »Und so haben wir ja allerhand Erfreuliches herausgebracht. Paß auf, Hanna, ich will dir verraten, um was es geht, damit du unsere Neugier begreifst: dieser Herr Sperling bewirbt sich um die Hand von Krogs Mutter.«

»Bewirbt sich?« fragte Hanna verwundert. Sie kniff die Augen zusammen, ob vor den Sonnenstrahlen, die durch das Gezweig auf ihr Gesicht fielen, oder weil sie sehr genau nachdachte. Gleich darauf öffnete sie die Augen wieder und richtete die schöne strahlende Bläue erst auf Axel, dann auf mich. »Was soll denn das heißen?« flüsterte sie.

»Was das heißen soll? Bist du aber begriffsstutzig! Er will Frau Krog, die eine geschiedene Frau ist, heiraten; er hat sie irgendwo kennengelernt und sich vorgenommen, der Papa von diesem Albert zu werden, der vor dir steht und für den also allerhand davon abhängt.«

»Heiraten will er Krogs Mutter? So so.« Sie sah mich immerfort an. Doch jetzt wurde ihr Blick fern, und plötzlich sagte sie: »Das ist dann freilich etwas ganz anderes, Axel. Das hättest du Böser mir vorher sagen sollen!«

»Du würdest dann anders gesprochen haben, wie?«

»Oder überhaupt nicht. Wie könnt ihr mir so viel Verantwortung aufbürden! Das war durchaus nicht nett von euch!«

Diebold lachte los. »Auf diese Weise erkennt man einmal, was deine geschminkten Urteile über Menschen wert sind. Merk dir's, Hanna!«

Sie wurde rot vor Zorn, legte Axel die Hand auf die Brust und gab ihm einen leichten Schubbs. Zu mir sagte sie:

»Ihre Mutter kenne ich nicht. Aber Sie, den Albert Krog, kenne ich gut genug und habe auch schon einiges von Ihnen gelesen. Und so sage ich Ihnen: Lassen Sie nicht zu, daß Ihre Mutter den Herrn Sperling heiratet. Nein, denn es wäre furchtbar, das zu denken – ganz furchtbar wäre das für Ihre Mutter und für Sie. Habe ich das nun ungeschminkt gesagt, Axel?«
»Hoffentlich ist es diesmal deine wirkliche Meinung«, spottete Axel.
Hanna hörte sich nicht mehr an, was er noch räsonierte, und eilte ins Haus.
»Die Menschen sind nicht aus Schokolade«, sagte Axel, »und wären sie's, so wär das eine fade Sache. Ich meine, die Auskunft hätte nicht viel schlimmer ausfallen können, wie?«

Ob die Auskunft schlimm ausgefallen war oder nicht, ob es sich bei dem Freier meiner Mutter um *diesen* Sperling handelte oder um einen anderen, der womöglich ein prächtiger Mann war, das wurde mir von Tag zu Tag gleichgültiger. Ich dachte schließlich überhaupt nicht mehr an einen jemand, denn ich war mit meinem Grübeln dahin gelangt, daß ich mir sagte: es ist unmöglich, daß meine Mutter sich wieder verheiratet. Und wer würde es bewirken, daß sie darauf verzichtete? *Ich* würde das sein – ich, achtzehn Jahre alt, Tyrann und verrückterweise Platzhalter meines verschollenen, vielleicht längst gestorbenen Vaters.
Als ich am Samstag in Brake aus dem Zug stieg, traf ich Tante Rosi, die im Begriff war, über Samstag-Sonntag zu ihrem Verlobten nach Bremen zu reisen. Sie hatte sich sehr fein gemacht, richtiger gesagt: aufgedonnert. Offenbar machte sie sich wegen der Reise Gedanken, denn sie sagte:

»Oma ist es in dieser Woche gar nicht gut gegangen. Du weißt: das Herz. Aber mein Verlobter will mich seinen Eltern vorstellen, und so konnte ich es ihm auf keinen Fall abschlagen. Deine Mutter kommt ja auch bald aus dem Unterricht.«

»Ich laufe rasch heim«, sagte ich und nahm meinen Koffer.

»Und höre, Albert. Sei nett zu deinem neuen Vater. Du wirst ihn ja heute sehen. Deine Mutter ist so glücklich, und ich gönne es ihr so sehr.«

Ich sagte nichts und ging, kam also ins Haus zu Großmutter und setzte mich zu ihr ins Sofa. Ich fand sie ganz gut aussehend. Angeregt erzählte sie mir, daß es Frau Kulpig gewesen sei, die die Bekanntschaft zwischen meiner Mutter und Herrn Sperling vermittelt habe, und daß es eine durchaus passende Partie sein müsse, nach allem, was Frau Kulpig über die Familie in Erfahrung gebracht hatte.

Ich fragte, ob meine Mutter schon bei ihm im Hause gewesen sei.

»Das würde sich nicht gehören, und ich glaube es auch nicht. Er soll eine Tochter haben, die ihm den Haushalt führt. Ich habe gedacht, daß dieses junge Mädchen später als Hilfe zu mir kommen könnte, denn Rosi heiratet doch.«

»Und meine Mutter wird nach Oldenburg auf den Röwekamp ziehen?«

»Röwekamp? Ich weiß den Namen der Straße nicht. Es kann ja auch sein, daß Herr Sperling zu uns ins Haus zieht. Er ist Vertreter und hat gemeint, für seinen Beruf sei es gleichgültig, an welchem Ort er wohne.«

»Das ist wahr«, sagte ich. »Knöpfe sind überall zu verkaufen.«

»Knöpfe? Warum meinst du, daß er Knöpfe verkauft?«

»Ich hab es zufällig gehört – wenn es *der* ist. Nun gib aber acht, Oma. Ich – ich kann das nicht gut aushalten.«
»Daß deine Mutter ihn nimmt?«
»Von ‚ihm' spreche ich noch gar nicht. Ich kann es einfach nicht gut finden, daß sie sich wieder verheiratet.«
»Warum aber nicht?«
Ich schwieg. Wie konnte ich ihr das erklären?
»Mir gefiel der Gedanke ganz gut«, sagte Großmutter. »Ich wüßte deine Mutter dann versorgt. Und dich wüßte ich, wenn du in einem Jahr die Prüfung bestehst, was wir doch hoffen wollen und nach deinen Zeugnissen auch erwarten dürfen – dich wüßte ich in deinem Lehrerberuf ebenfalls versorgt. Von Rosis Heirat sprachen wir schon. Und Udo hat inzwischen auch ein nettes bescheidenes Mädchen kennengelernt, das bei deiner Mutter schneidern gelernt hat.«
»Schön wärs für dich«, räumte ich ein.
»Für alle Teile, meine ich. Nun sag aber, was du denkst?«
Mir schwirrte der Kopf und ich wußte nicht, was ich vorbringen sollte. Es war einfach so, daß ich es nicht ertragen konnte und also nicht wollte. Und warum wollte ich es nicht? Weil ich mich nicht überwinden konnte, es zu wollen! Etwas in mir sagte: Es darf nicht sein.
Die Haustürglocke ging. Meine Mutter kam aus ihrem Unterricht. Sie trat herein. Froh und erwartungsvoll sah sie mich an, als wir uns begrüßten. Sie mochte aber merken, daß ich bedrückt war, und nahm etwas verwirrt uns gegenüber Platz.
»Sprich also, Lenchen«, sagte Großmutter.
»Du hast wohl schon gehört, Albert, was sich inzwischen ereignet hat«, begann meine Mutter. »Nun, was sagst du?«
Ich konnte nicht antworten.

»Sprich dich doch rasch aus«, bat meine Mutter, »denn ich muß mich ja noch umziehen. Wenn du ihn kenntest, Albert! Er ist ein so lieber Mensch und will dich so gern kennenlernen! Am liebsten hätte er dich schon in Oldenburg aufgesucht und Freundschaft mit dir geschlossen.«
»Wohnt er denn auf dem Röwekamp?« fragte ich und starrte zur Seite durch das Fenster, auf die Geranien und auf die sommerliche Straße draußen.
»Dort wohnt er. Denke aber nicht, daß ich schon in seiner Wohnung gewesen bin. Wir haben uns nur drei- oder viermal bei Frau Kulpig getroffen.«
Er *war* es also, der von mir ausgemachte Sperling. Von nun an hatte ich ja doch wohl ein gewisses Recht, starrsinnig zu bleiben. Aber noch schwieg ich und sah an den erwartungsvollen und ängstlichen Augen meiner Mutter vorbei.
»Sag ein Wort«, mahnte mich Großmutter.
Nein, ich konnte es einfach nicht aussprechen und nicht mitansehen, daß ich meiner Mutter eine schöne Freude verdarb. Nach einem längeren Schweigen sagte Großmutter:
»Er will es nicht, glaube ich.«
Meine Mutter brach plötzlich in Weinen aus. Nie, solange ich denken konnte, hatte ich sie so bitterlich weinen gehört, und es tat mir so weh wie ihr.
»Es wird wohl besser sein, wenn wir es lassen«, sagte Großmutter. »Wenn Albert weiß, daß er auf dem Röwekamp wohnt, so wird er wohl noch mehr von ihm und seiner Familie erfahren haben. Ist es so, Albert? Hast du sehr Ungünstiges über ihn gehört?«
Ich nickte und murmelte etwas.
»Aber was denn?« rief meine Mutter mit einer ganz hellen, fast kreischenden Stimme, über die ich erschrak, so feindselig war sie. »Was denn? Was denn?«

Aber ich schwieg, saß da und schämte mich für mich selbst, für meine Mutter, für die ganze Welt.
»So müssen wir es wohl lassen, Lenchen«, sagte Großmutter.
»Ich habe es so gerne gewollt!« stieß meine Mutter hervor. »So gerne, oh –« Und sie verließ schluchzend das Zimmer.
Großmutter nahm ihr Tuch und wischte sich die Augen. »Sind die Leute wirklich nichts für uns, dort auf dem Röwekamp?«
Ich schaute ihr in die nassen Augen und erzählte, was ich wußte; und ich fügte hinzu, daß ich das Haus verlassen würde, wenn Herr Sperling käme.
»Gut, beruhige dich, Junge. Er wird nur kurz da sein. Man hätte es auch nicht durch die Zeitung machen sollen, wie Frau Kulpig es wollte.«
Es kam dann so. Als die Klingel läutete, war ich draußen im Hof, stand eine Weile bei der Werkstatt und starrte auf die frischen Efeuranken, die auf der grauen Wandfläche emporkrochen; und es waren knapp zehn Minuten verstrichen, als die Flurtür wieder klingelte, und jemand sich entfernte.

Die Erdmänner

Ob meine Mutter alsbald begonnen hat, sich über ihren gescheiterten Heiratsplan zu trösten, und wie wir zu jener Zeit zueinander gestanden sind, weiß ich nicht mehr. Mir scheint, daß ich, wenn ich auf Urlaub daheim war, mehr und mehr meiner Wege gegangen bin. Der Kamerad Hans Bade studierte damals schon und war in Berlin.

Nicht viel später mag es gewesen sein, daß ich endlich dem Hinweis des Silberlöwen folgte und Frau Hoddersen meinen Besuch machte. Sie wohnte nur ein paar Schritt von unsrem Hause, und von Ansehen kannte ich sie seit meiner Kindheit. Es kostete mich einen Entschluß, zu ihr zu gehen, denn ihre Familie gehörte zu den ‚ersten Kreisen' unsrer Stadt, zu denen die Familie Wolken sich nicht rechnete. Denke ich heute an sie, so tauchen kahle Kastanien und Ahornbäume vor mir auf. All die abgestreuten Blätter bedecken im Umkreis der Zweige den Boden. Stämme und Äste verraten die Wintergestalt. Inmitten der gelichteten Bäume erhebt sich eine noch voll belaubte Linde und leuchtet wie ein riesiger gelber Helm. In diesem Baumgarten lag das graue Haus der Frau Hoddersen.

Sie war Witwe und hatte zwei Kinder, eine Tochter und einen Sohn, beide waren noch klein. Ich sehe sie in einem schwarzen Seidenkleide unter dem hellen Schein der Linde stehen. Es kam öfters vor, daß ihr Kleid auf dem Rücken nicht ganz geschlossen war, und daß ein weißer ‚Blitz' von ihrem Nacken niederfuhr. Sie verstieß in so vielen Dingen, zwar ohne es zu wollen, gegen die gesellschaftlichen Regeln, und unsre Stadt wußte und verurteilte es.

Sie war eine echte Kindermutter. Ihr Söhnchen und ihre Tochter genügten ihr nicht. Ging irgendwo im Reich unter den hundert Künstlerfamilien, die sie kannte, ein Sängerpaar auf Tournee, so pflegte es sein Kind, ob es nun ein zurückhaltender Säugling oder ein wüster Tertianer war, der Frau Hoddersen zu bringen. Und hatte sie Geld, was nicht immer der Fall war, so hatten auch andre Leute Geld, die abends in der Dunkelheit zu ihr kamen. Meistens waren es Frauen aus dem Hafenviertel.

Der Silberlöwe hatte ihr von meinen Gedichten erzählt, und sie verlangte also von mir, daß ich ihr davon vorläse. Ich tat es ungern, denn es kam so, wie ich befürchtet hatte: sie zeigte sich begeistert. Es tat zwar im Augenblick wohl, war mir aber auf die Dauer peinlich, weil sie mit ihrem Lob leider im Unrecht war. Nicht diese Verse waren lobenswert, die ich ihr vorgelesen hatte, sondern möglicherweise jene halbgeahnten, die – wer auch immer – mir noch vorenthielt und mir vielleicht niemals freigeben würde.

Als sie an einem Novembertage am Klavier saß, und die Tochter und ich ihr zuhörten, meldete sich ihr Söhnchen Ringelhaar und wollte unterhalten sein. Mutter und Tochter nahmen den Knaben zwischen sich, und die Mutter erzählte ihm die Schöpfungsgeschichte. Besonders das mit dem lebendigen Odem, den der Herrgott dem Adam einbläst, mußte sie immer wieder vormachen. Endlich, da sie ganz außer Atem geriet, war es genug.

Ringelhaar verließ das Zimmer. Die Backen glühten ihm.

Das Klavierspiel ging weiter. Eine halbe Stunde später trat ein Etwas ins Zimmer, das wir als das Söhnchen Ringelhaar ermittelten. Es hatte sich gegen vorhin sehr verändert. Seine Kleider waren mit einer feucht glänzenden Lehmschicht überzogen. Auch das Gesicht, um Mund und Nase herum und bis in die blonden Locken hinauf, starrte von Schmutz, von den Händen ganz zu schweigen. Was vor uns auftauchte, war wie eine kleine Erscheinung aus Lehm.

Frau Hoddersen, die sich auf dem Klavierschemel herumgeschwungen hatte, richtete die Augen auf die Gestalt, die langsam auf sie zukam. Ob sie aufschreien würde? Sie öffnete den Mund, noch schrie sie nicht. Das Söhnchen suchte ihr zuvorzukommen, es sagte begütigend:

»Sei nur still, Mutter. Du kannst jetzt kommen. Komm mit nach draußen. Wenn wir Glück haben, so stehen morgen zwei lebendige Kerle im Garten.« Und er öffnete und schloß seine zehn Finger, wegen des erstarrenden Drecks, und ging uns in den Garten voran.

Was wir ahnten, bestätigte sich. Er hatte zwei Männer erschaffen; das heißt, es ruhten hier unter den Bäumen, mitten in feuchtem Laub und nasser Erde, drei Lehmklöße aufeinander. Das war der eine Mann, und neben ihm, ebenso groß und dreiteilig, erhob sich der zweite.

»Du hast ihnen deinen Atem eingeblasen?« fragte Frau Hoddersen in beklommener Begeisterung.

Ringelhaar nickte. Genauso war es gewesen. Wir bewunderten die Schöpfung.

»Warten wir also bis morgen, ob wir Glück haben«, sagte die Mutter. Ihre Stimme klang ein wenig traurig,

und ihr Blick, der mich streifte, war es auch und schien zu sagen: Ach, daß wir doch Glück hätten!
»Obendrein sind es seine Sonntagskleider«, stellte die Tochter fest.
Er wurde ins Haus gebracht, umgezogen und gewaschen. Dann ging die Schwester mit ihm ins Kinderzimmer hinüber.
Ich stand am Fenster und hoffte, daß Frau Hoddersen sich wieder ans Klavier setzen würde. Sie trat zu mir, und wir schauten in den Regen hinaus. Die kleinen Blätter der Ziersträucher, die von den Tropfen getroffen wurden, schwirrten zu Boden.
»Kennen Sie die Stadt da draußen?« hörte ich sie fragen. »Sie kennen sie nicht. Sie ist schon allzu wohlhabend, und also haben ihre Frauen viel zu wenig zu arbeiten. Seit Bismarck das Reich groß gemacht hat, halten sie sich für Damen, das ist der Anfang allen Übels. Sie haben genug kostbare Zeit, aber sie wissen sie nicht zu verwenden und kommen auf einfältige und lästerliche Gedanken.« Nach einem Schweigen fuhr sie fort: »Denken wir aber lieber an die beiden Erdmänner im Garten. Wenn wir Glück haben, hat Ringelhaar gemeint, werden sie Leben gewinnen. Aber kommt es denn allein auf Glück an, Krog? Ach, wenn ich mich doch besser ausdrücken könnte. Auch andre sind ja nicht glücklich!«
»Sie aber sind es!« entfuhr es mir.
»Wieso denn ich?« fragte sie und war rot geworden. Sie fand sich wieder und sagte: »Was hatte ich Ihnen denn noch predigen wollen? Über das höchste Ziel, das es gibt? Daß jeder, der sich bescheidet im Leben, verächtlich ist und sich strafbar macht? Und wenn es auch ein Leben ohne jedes Glück würde? Und wenn ihm die Menschen aufsäßen wie ein Geierschwarm? – Ei was, nun haben Sie mich ganz durcheinander gebracht. Ich

sollte glücklich sein? Wäre ich glücklich, so dürfte ich Ihnen ein so bitterschweres Leben gar nicht anraten und wünschen!«

Wie gut! Sie wußte also, wieviel mir noch zu tun blieb. Immer, wenn ich es später dachte und ratlos und traurig war, sah ich, wie kleine gelbe Blätter, von Regentropfen getroffen, zu Boden fielen.

Die Schmähung

Die Dichter sind zu hart und gemein gehalten auf Erden.

Lenau

Was ich jetzt erzählen muß, ist in dem darauffolgenden Sommer, 1908, geschehen, und hat die anderen Erinnerungen jener Zeit blaß gemacht.

In Oldenburg werde ich mich manchen Abend mit Diebold, Ruge, Zedelius und den andern Abstinenten getroffen haben. Noch ein andrer Junge fällt mir ein, mit dem ich eine Zeitlang spazieren gegangen bin. Sie nannten ihn den ‚Selbstmörder'. Er hieß Tönning und war ein aufgeschossener bleicher Mensch mit vernachlässigter Körperhaltung. Er hatte einmal versucht, sich mit einer Schere die Pulsader zu öffnen; im Krankenhaus dann, als die Wunde schon heilte, schickte er sich an, Tinte hineinzufüllen. Es wurde verhindert. All das lag einige Zeit zurück. War ich mit Tönning unterwegs, so pflegte er mir Fragen zu stellen wie: Was heißt Genie? Er gab sich die Antwort selber, denn von mir konnte er keine erwarten. Die philosophischen Bauten, die er auftürmte, waren mir fremd und unverständlich. Zuweilen gelang es mir, mit ihm ein schlichtes Gespräch zu führen; so gestand er mir einmal, daß seine Verwirrungen daher rührten, daß er die Augen seiner verstorbenen Mutter nicht vergessen könne.

An manchen Abenden bin ich auch mit Ruge über den Wall marschiert. Der bärenhafte Bauernjunge mit der roten aristokratischen Schülermütze des Gymnasiums auf dem Kopf und dem proletarischen Blechknöpfchen am kragenlosen Hemd stampfte neben mir dahin und deklamierte zur Verwunderung der Begegnenden mit Pathos Balladen und Romanzen. Hatte er Dehmels Dichtung von den ‚Drei Ringen' gesprochen, so waren wir schon um die halbe Stadt gelangt. –

Die Sache begann damit, daß Tante Rosi mir einiges über Sophus berichtete. Sophus hatte sich ja mehrere Wochen in der Heimatstadt aufgehalten, und er war doch von Amerika herübergekommen, um seine Mutter wiederzusehen. Nun, Großmutter hatte sich mit ihm ausgesprochen. Aber er hatte doch auch das Grab seines Vaters besuchen wollen. War er am Grabe gewesen? Keineswegs. Und warum war er nicht dort gewesen? Als man ihn vor seiner Abreise darüber fragte, murmelte er etwas wie: er habe das Grab nicht gefunden. Woran lag das? Er hatte nicht fragen wollen, wo es sich befand. Er mochte befürchtet haben, daß, wenn er sich etwa an meine Mutter oder an Rosi gewandt hätte, diese mit ihm zum Friedhof gegangen wären. Davor und vor vielerlei Geschwätz und Getue hatte er einen unüberwindlichen Abscheu. So war er allein nach dem Dorfe Hammelwarden gegangen und hatte nach dem Grab seines Vaters gesucht; und da er es nicht fand, sah er sich nach dem Totengräber um, und weil der Totengräber beim Schilfmähen auf der Plate war, so ging Sophus wieder heim. Ich kann ihm nachfühlen, daß er sich von einem Friedhofsbesuch wenig versprochen hat. Für mich gibt es dort niemand. Daß es für Großmutter ein arger Kummer war, sich vorzustellen, daß er, ohne am Grabe seines Vaters gestanden zu haben, wieder abgereist sei, und daß meine Mutter und Rosi sich darüber erregten, ist zu begreifen.

Ich hörte das also von Rosi, und es beschäftigte, ich kann

wohl sagen: es rüttelte mich so, daß ich Sophus' Erlebnis niederschrieb und zwar überwiegend als ein längeres, stockendes Gespräch zwischen der Großmutter und ihm. Sie führten es in der Nähe des Kabinettfensters, und ihre Worte erklangen in dem bitteren Duft der feuerroten Geranien, die wir bei uns Meteore nennen. Ich schrieb's also hin und es wurde unversehens eine Geschichte daraus. Weil ich sie mit der Besessenheit meines Mitgefühls geschrieben hatte, durchwehte sie ein Hauch der schrecklichen Einsamkeit, in der wir Menschen leben. Ähnliches war mir noch nie gelungen. Vielleicht hätte meine Erzählung ohne Jens Peter Jacobsen nicht werden können wie sie war. Ich kann das nicht nachprüfen, denn es gibt sie nicht mehr, weder auf dem Papier noch in mir drinnen; als ob sie irgendwohin zurückgenommen worden sei.
Ob diese Prosa in ihrer Kargheit, die ihr ohne mein Zutun geworden war, andre Menschen anrühren würde? Ich las sie Axel Diebold vor. »Du kannst sie verantworten«, sagte er. So schickte ich das Manuskript unter dem Titel ‚Der große Junge' an meinen Gönner, den Silberlöwen, und weil ich nicht mehr gesonnen war, mich hinter eine Hecke zu ducken, so schlug ich dessen Rat in den Wind und gab mich als den Verfasser bekannt.
Drei Tage später, an einem Freitag, bestellte Direktor Meyer-Salzer mich zu sich. Was mochte er von mir wollen? Ich klopfte an seine Tür, eine mir sehr unangenehme Tür, und er rief Herein. Ich fand ihn mit Bücherräumen beschäftigt. Meinen Gruß beantwortete er nicht. So blieb ich bei der Tür stehen und wartete. Eine ganze Weile warf er die Bücher hierhin und dorthin, sortierte sie anscheinend. Der Mann erinnerte mich immer an einen zerzausten Kakadu, mit seinen wohl rot gewesenen, jetzt weiß gesträubten Haupt- und

Barthaaren. Plötzlich sagte er, ohne sich zu mir herzuwenden:

»Sie! Wenn Sie Liebesgedichte auf der Pfanne haben, so behalten Sie die gefälligst für sich. Haben Sie mich verstanden?«

So war es, zweifellos, denn er hatte laut genug gesprochen. Da er weiter mit den Büchern herumwarf und nichts mehr sagte, zog ich mich zurück.

Zwischen dem Seminardirektor und mir bestand eine schwer erklärliche Abneigung. Sie datierte vom ersten Tag an und mußte vom Urgrund der menschlichen Beziehungen stammen, denn einen Zusammenstoß hatte es nie zwischen uns gegeben. Bei ihm kam der Abscheu darin zum Ausdruck, daß er mich nie anblickte und im Unterricht kaum je heranzog; bei mir wirkte er sich so aus, daß ich mich für den Geschichtsunterricht, den er erteilte, unlustig und ungenügend vorbereitete. Bei den übrigen Lehrern, besonders bei denen, die Deutsch gaben, tat ich meistens mehr, als verlangt wurde.

Vom Direktorzimmer führte mich der Weg in die Orgel-Übungsstunde. Orgel übten wir immer zu zweien; während der eine für Luft sorgte, spielte der andere Choräle und Choralvorspiele. Und als ich so die Bälge trat, überlegte ich mir, wie ich mich jetzt verhalten müßte. Sollte ich zur Redaktion gehen und das Manuskript zurückfordern? Es würde zu spät sein, denn erfahrungsgemäß wurde die Kulturbeilage, die am Sonntag früh erschien, schon Donnerstag oder Freitag gedruckt; überdies hatte Meyer-Salzer von ‚Liebesgedichten‘ und von ‚Pfanne‘ gesprochen, und es handelte sich diesmal weder um das eine noch um das andere; schließlich war es ja auch noch leicht möglich, daß die Geschichte abgelehnt wurde.

Sonntag früh! Ich war glücklich, denn ich fand sie auf der ersten Seite der Beilage; und wie sehr gefiel es mir, daß sie dort ein Gasel von Platen umrahmte, das ich aus dieser Zeitung erst kennenlernte. Die vier letzten Zeilen des Gasels lauteten:

O Glück, wenn je du kommst, so tu es jetzt,
Du triffst mich noch bei jungen Jahren an!
Ich hab euch früher trüben Wein gemischt,
Die Hefe sank, ich biete klaren an.

Einige Kameraden hatten die Geschichte schon in der Frühe gelesen, denn mittags, als wir uns zum gemeinsamen Essen in dem Seminar versammelten, redete man mich deswegen an, entweder mit freudigem Ernst oder in bissigem Spott. Und das Schönste: Zum erstenmal in meinem Leben sprach Fritz Unverfehrt mit mir. Als ich mich im Speiseraum auf meine Bank setzte, kam er gegangen und sagte, indem er sich neben mir niederließ und mir die Hand drückte: »Das hast du gut gemacht, Junge. Arbeite ganz ruhig so weiter, und wenn du schlicht und einfältig bleibst – na, du weißt es selber. Noch eins: Vergiß über der Prosa die Verse nicht!«
Seine Anerkennung war mir so wert wie die Sonne von hundert Geburtstagen.
Aber der Festtag endete. Montag, als wir Schüler wie an jedem Wochenbeginn zur Andacht in der Aula saßen, und die Lehrer erschienen und sich nach vorn begeben hatten, stellten wir fest, daß Meyer-Salzer erregt auf seine Kollegen einsprach. Auch dauerte es diesmal eine ganze Weile, bis der Direktor und die Lehrer Platz genommen hatten und der Schüler der ersten Klasse, der oben vor der Orgel saß, mit dem Choral beginnen konnte. Ich dachte bei mir: Da hat er gestern wieder ein paar Fußballspieler erwischt, die in einer Vereinsmannschaft gespielt haben [und ich sah die wackeren Torschützen schon, wie üblich, für vier Stunden in den

Karzer wandern] oder aber, es ist ihm geglückt, einige Betrunkene, die vom ‚Roten Hause' aus ihre Wohnung zu erreichen trachteten, aufzulesen. Fußballspiel und Betrunkenheit wurden bei uns gleich schwer bestraft.
Aber es handelte sich diesmal um ein Vergehen anderer Art. Unsere erste Stunde war Geschichte beim Direktor. Kaum schwankte er – er war schlecht zu Fuß – zu uns in die Klasse und bestieg das Katheder, so rief er meinen Namen. Ich stand auf.
»Habe ich Ihnen neulich nicht verboten, in die Zeitung zu schreiben!« schrie er.
»Ich hatte es schon hingeschickt«, sagte ich.
Jetzt brach eine Schmährede auf mich und meine Geschichte los. Je länger er schrie, um so mehr steigerte er sich in eine häßliche und unwürdige Ausdrucksweise hinein. Und die Klasse, mit Ausnahme von Diebold und vielleicht ein oder zwei andern, zollte ihm bei jedem Kraftausdruck ein beifälliges Gelächter.
Was war zu tun? Mein Herz schlug, als wirbelte drinnen jemand auf einer Trommel. Plötzlich kam mir wie ein Blitz der Gedanke: Wie würde mein Vater jetzt an meiner Stelle verfahren? Ihn mit einer Ohrfeige ausschalten? Mir war das offenbar nicht gemäß, denn ich rührte ja keine Hand. Würde es mich später nicht bitter reuen, es unterlassen zu haben? Es galt, darüber sehr rasch ins Klare zu kommen. Jetzt brauchte er gar das Wort ‚Klugscheißerei'. Und bei diesem schrecklichen Wort begriff ich, wie ich mich zu verhalten hatte. Es war doch so: Handelte ich, wie mein Vater handeln würde, so gab ich damit zu, daß Meyer-Salzer sich mit mir auf gleicher Ebene befand. Aber das stimmte nicht.
Schließlich ebbte seine Wut ab. »Setzen« befahl er und nahm selber Platz, um sich für den Unterricht zu sammeln. Wenn ich mir in späteren Jahren diesen Auf-

tritt als Bild zurückrief, so sah ich nie ihn selber, sondern etwas Zerzaustes, das sich in Ekel vor mir geradezu zerriß.

Verwunderlicherweise wurde mein Vergehen geringer bestraft als das der Fußballspieler und der Betrunkenen – ich bekam nur *zwei* Stunden Karzer, wegen Ungehorsam. Am Samstag darauf hatte ich sie abzusitzen. Mein früherer Lehrer in den Unterklassen, Herr Westphal, empfing mich; er mochte sich erboten haben, die Aufsicht zu führen. Wir gingen in eines der leeren Klassenzimmer, und er übergab mir einen Zettel, auf dem ein Aufsatzthema stand, das ich zu bearbeiten hatte.

Übrigens benahm sich Herr Westphal zurückhaltend und sprach kein unnötiges Wort. Es war wunderlich zu erleben, wie sich die Lehrerschaft jetzt zu mir stellte. Wenn ich früher bisweilen ein Gedicht veröffentlicht hatte, und ich begegnete einem der Lehrer auf der Treppe oder auf dem Schulhof, so kam es nicht selten vor, daß man mich anhielt und mir ein freundliches Wort mehr zuraunte als sagte. Jetzt, nach dem ‚Skandal', verhielten sich die Lehrer kühl, als ‚vereidigte Diener des Staates'.

Ich saß also und begann über das Aufsatzthema zu grübeln. Der Direktor mochte es selber formuliert haben. Es lautete: ‚Der Gehorsam, eine Tugend.' Herr Westphal hatte sich für die beiden Stunden mit einer Zeitung versorgt und verbarg sich dahinter. Vor den offenen Fenstern lag der Schulplatz mit dem hohen Staket und dahinter die leere Straße. Vom Nebenflügel, wo die Aula war, kamen Orgelklänge herüber.

»Wer mag denn da am Samstagnachmittag spielen?« fragte Westphal und ließ die Zeitung sinken.

Ich sagte ihm, daß es Diebold sei. Axel hatte mir

versprochen, während meiner Karzerzeit Bach zu spielen.
»Die Toccata d-moll«, stellte Westphal fest. »Nicht jeder Delinquent bekommt eine solche Musik zu hören.«
»Aber ich!« hörte ich mich antworten. Der Hals war mir wie zugeschnürt. Möglicherweise standen mir Tränen der Wut in den Augen, weil ich wieder an die Schmähung dachte. Aber ich beherrschte mich. Es war alles sehr, sehr gut.
Als die Toccata geendet hatte, teilte ich dem Aufsichtführenden mit, daß ich mit dem Thema nichts anfangen könne.
Er sagte: »Das erinnert mich an Ihren Aufsatz über das ‚Klassenzimmer', den Sie mir vor Jahren einmal ablieferten, als Sie ein kleiner Mann waren und nicht begreifen konnten, was aus solch einem Thema zu machen ist.«
Damals hätte mir eine Schutzmannsfrau geholfen, sagte ich.
»Die ist jetzt nicht zur Hand.« Er sprach's, legte die Zeitung fort, kam vom Katheder und klemmte seine lange Gestalt zu mir in die Bank. »Definieren wir zunächst: Was ist Gehorsam?« sagte er und begann seine Darlegungen. Ich schrieb mit und hörte auf das Orgelspiel, das wieder begonnen hatte. Es lenkte auch Westphal von seinen Gedankengängen ab, so daß wir nur langsam vorankamen. Einmal kratzte er sich den braunen Bart und fragte:
»Haben Sie von der ‚instinktiven großen Obhut seiner selbst' gehört?«
Ich verneinte.
»Das steht bei Schopenhauer. Sie benehmen sich so, als hätten Sie's gelesen. Nun, sehen wir zu, daß wir weiterkommen.«
Wir waren etwa auf die sechste Konzeptseite gelangt,

und die zwei Stunden mußten nach meiner Schätzung beinah herum sein, als ziemlich heftig an die Tür geklopft wurde. Mein Aufsichtführender befreite sich aus der Bank und stapfte zur Tür. Als er öffnete, ließ sich eine Frauenstimme vernehmen. Gleich darauf kam ein schlankes Fräulein in rotem Kleid herein, die eine Schneeballdolde in der Hand hielt. Es war Hanna Schütz. Sie mochte die Dolde unterwegs von einem Strauch gerissen haben.

»Ich habe das erst vor einer Viertelstunde bei Tante Diebold erfahren, Herr Westphal«, sagte sie und heftete die Augen auf mich.

»Es ist aber unmöglich, Fräulein Schütz –« begann Westphal.

»– erfahren, daß es sowas gibt, einen jungen Poeten einzusperren, weil er –«

»Ich versichere Ihnen, daß dies nicht der Ort –«

»– einzusperren, weil er etwas Schönes und Zartes geschrieben hat –«

»– nicht der Ort ist, darüber zu sprechen, und daß es sich keineswegs um die kleine Erzählung an sich –«

»– geschrieben hat, und ich wollte das, weil ich es einfach nicht glauben konnte, mit eigenen Augen – verstehen Sie? – mit eigenen Augen wollte ich mir diese Gemeinheit ansehen.«

Sie kam zu mir gegangen und steckte mir die Schneeballdolde ins Knopfloch.

»Ich bitte Sie«, sagte Westphal, »verlassen Sie doch das Zimmer. Es ist möglich, daß – jemand erscheint.«

»Was kann er mir wollen?« versetzte sie.

»Aber Hanna, wie hübsch! Hat man dich zu ihm eingesperrt?« rief Axel, der plötzlich in der Tür auftauchte. »Ich glaube, die zwei Stunden sind rum«, sagte er zu Westphal. »Keine Minute wird geschenkt.«

Der Lehrer sah auf die Uhr. Sein verstörtes Gesicht klärte sich auf, und er sagte:
»Sie können jetzt bitte dableiben, Fräulein Schütz.« Und zu sich: »Diable! se faire le plastron.« Damit raffte er die Zeitungen zusammen, nahm meinen [seinen] Aufsatz und verließ den Raum.
»Nun, Albert Krog, geruhst du von nun an wieder mit der Menschheit zu sprechen?« fragte Diebold und gab mir einen Stoß in die Seite.
»Hat er denn die ganze Woche geschwiegen?« fragte Hanna, und als Axel nickte:
»Das hätte ich nicht getan. Ich hätte –« Sie zögerte.
»Na, verrate uns, was du getan hättest«, sagte Axel.
Sie blickte ihn schwärmerisch an und sagte:
»Ich hätte genau dasselbe getan wie du.«
»Und was traust du mir besonderes zu?«
»Daß du Schluß gemacht hättest mit dieser idiotischen Schule. So hättest du doch gehandelt, wenn dir das passiert wäre, Axel.«
»Erstens bin ich kein Poet, Hanna, und zweitens passiert mir sowas nicht.«
»Passiert dir nicht? Wieso nicht?«
Diebold hob die Schultern. Plötzlich ging ein Strahlen über sein Gesicht, und er sagte:
»Es ist eben so, daß ich es einfach nicht hervorrufen kann. Aber los, wir gehen. Bloß raus aus dieser Bude.«
Gerade jetzt hätte ich keinen Grund gehabt, meine Schwermut von mir abzutun, denn ein paar Tage später rief mich ein Telegramm nach Hause: die Großmutter war gestorben.

Ein besonderer Tag

Die Trauerwoche verbrachte ich droben in meinem kleinen Zimmer, dem Turmgesicht gegenüber, und ging nicht aus. Um den Kummer zu vergessen, kramte ich Pappe und Ölfarben hervor und begann ein Selbstbildnis zu malen, mein erstes. Sicherlich taugte es wenig und es ist auch verschollen. In Erinnerung ist mir geblieben, daß dem Dargestellten die Haare düster in die Stirn gefallen sind, und daß er einen hohen Stehkragen und eine schwarze Krawatte getragen hat.

Nach dem Begräbnis ging ich in die Schilfhütte. Etwas war mit diesem Tage zu Ende, so fühlte ich. Was folgte, blieb dem Vorgefühl nichts schuldig, denn das Fischerhaus samt Schilf und Hütte mußten bald darauf zwangsweise an den Staat verkauft werden, der das Gelände brauchte, weil er den Pier verlängern wollte. Binnen kurzem war der Platz verwandelt. Wo meine Jugendfreundschaft im Flor gestanden hatte, und mir zum erstenmal die Last meiner Aufgabe fühlbar geworden war, heulten Elevatoren und rollten Güterwagen.

Auch im Haus daheim veränderte sich vieles. Rosi heiratete und zog nach Bremen. Udo tat das gleiche und bezog mit seiner jungen Frau die Räume im Erdgeschoß, samt dem Kabinett. Meine Mutter blieb im ersten Stock, eines der Zimmer hatte sie vermietet. Ganz und gar war meine gute Zeit dahin. Kein Hans und kein Schilfhaus mehr,

keine stille zerbrechliche Großmutter und kein Kabinett mehr.
Ich war jung und fand mich darein, kehrte nach Oldenburg an meine Schularbeit zurück [die Abschlußprüfung nahte heran] und ließ mich, anfällig, wie ich damals war, durch Diebold anstecken. Zu was anstecken? Zum fleißigen Lernen. Mir selber entsprach das nicht, ich tat es ihm zuliebe. Ihm schwebte wohl ein glänzendes Zeugnis vor, das er erringen wollte, denn öfters hörte ich ihn sagen: Los, los, streben wir! ‚Streben' hatte bei uns einen verächtlichen Nebenklang, etwa von elender Schufterei. Ich fand es eher bitter als süß. Aber, wie gesagt, Axel konnte mich damals zu allem verführen.
In der Oberklasse erteilte uns Professor Jeremiassen den Deutschunterricht, ein ungefüger Riese mit schwarzem Haar und gebuckelter Stirn. Er war Theologe und unterrichtete uns auch in Religion. Er war furchtbar streng, darüber Schweigen. Seine Kenntnisse und Einsichten in Literatur und Dichtung waren mehr als dürftig. Diebold und ich kannten uns weit besser aus als er. Wir warfen ihm bisweilen einen Klotz zwischen die Beine, und dann ging es bei ihm los mit Stottern und Stammeln. Aber Jeremiassen rächte sich dann an uns mit Überraschungsfragen: Krog, wann hat Schiller die ‚Braut von Messina' vollendet? – Wußte man es nicht auf's Jahr genau, so zog er wie ein Gott der Rache ein winziges Notizbuch heraus und trug mit einem Bleistift, den er anleckte, ein tüchtiges Minus ein. Wollte er uns ducken, so sagte er: Das war damals, als Sie nicht wußten, in welchem Jahr Schiller die ‚Braut von Messina' – Nun, es ist nicht interessant.
Dieser Halbgebildete also gab mir eines Tages den Befehl, einen Vortrag über ‚Schiller und Lotte' auszuarbeiten. Was war das für ein entsetzlich schweres Thema!

Ich half mir, so gut es gehen wollte – man wird sehen wie – hielt den Vortrag vor der Klasse und war froh, die Sache hinter mich gebracht zu haben. Jedoch ich war sie noch nicht vom Halse los. Damals, im November 1909, übernahm das Seminar einen ‚Volksunterhaltungsabend', der von den Lehrern und Schülern der Anstalt bestritten wurde, mit Orchestermusik, Chorliedern und Deklamationen. Da ließ also kurz vorher Jeremiassen mich rufen und teilte mir mit, mein Vortrag ‚Schiller und Lotte' sei als Kernstück für den Unterhaltungsabend gewählt worden; und er gab mir auf, ihn bis zum kommenden Samstag auswendig zu lernen, er werde ihn mir dann abhören. Eine Rede von mehr als einer halben Stunde Dauer und ohne Konzept, das würde eine tüchtige Arbeit geben. Ich ergab mich darein und unterzog mich ihr mit Eifer. Eigentlich war es doch so etwas wie eine Auszeichnung. Meiner Mutter schrieb ich eine Karte und lud sie zu dem Abend ein. Schwer zu begreifen war, daß Meyer-Salzer mir diese ‚Ehre' zugebilligt hatte. Wünschte er, daß ich mich blamierte? Ich war so verstockt gegen ihn, daß ich es annahm. Axel behauptete dagegen, der Direktor habe eingesehen, daß er an mir etwas gutzumachen habe. Ich hielt dann die Rede so gut ich konnte, ohne stecken zu bleiben, war aber hernach vollkommen heiser, denn ich hatte in dem riesigen Saal, der wohl tausend Personen faßte, fürchterlich schreien müssen.

Zwei Tage später – es war ein Regenabend – trat ich, in meine Pelerine gehüllt, auf die Straße hinaus; hatte einen wichtigen Gang vor und befand mich in begeisterter Stimmung. An diesem Morgen hatte mich nämlich Fritz Unverfehrt in meiner Klasse aufgesucht. Fritz stand bereits im Schuldienst und unterrichtete an der Schule in Osternburg. Da war also Unverfehrt zu mir gekommen und hatte mich eingeladen, ihn am Abend zu besuchen. Ein größeres Glück hätte mir nicht begegnen können.

Jetzt, um halb sieben Uhr war ich auf dem Weg zu ihm, marschierte am Schloß vorbei, das mit seinem langen Dach und der runden Krone in den regendurchflirrten Abend aufragte, ließ die Front der Landesbibliothek, ebenfalls mit schwarzen Fenstern, hinter mir und gelangte an niedrigen Häusern hin zur Kanalbrücke. Von hier führte der Weg zu jenem Hause, wo die Ruth wohnte, die ich einmal geküßt hatte; aber ich dachte weder an sie noch an jenen Herman Bang, dessen Schatten mir dort im Nebel begegnet war. Das Surren einer Dampfmühle erklang, und aus den Fenstern des Maschinenhauses strahlten Lichtsterne durch den Regen herüber. Drüben in der Dampfmühle wohnte Unverfehrt. Ich sah auf die Uhr, stellte fest, daß ich zu früh gekommen war, und blieb auf der Brücke stehen.

Über was wird er mit mir sprechen wollen? überlegte ich – über den Vortrag bestimmt nicht, denn er ist nicht so interessant gewesen, daß ein Unverfehrt sich darüber Gedanken machen wird. Wie freundlich er mich angeschaut hat! Was kann der Grund sein, daß er mich mag? Sollte er aus meinen Schreibereien spüren, daß ich, zum Beispiel, eine *Aufgabe* habe? Habe ich denn eine Aufgabe? Ich bin ein Schüler des Seminars und werde bald Lehrer sein, wie er es geworden ist. Es scheint wahrhaftig so, daß das Leben seine Aufgaben auf eine beunruhigende Weise verborgen hält.

Von der Stadt kam der Stundenschlag herüber. Ich verließ die Brücke und betrat die Dampfmühle. Eine Magd wies mich einen Gang hinunter, auf dem links und rechts Mehl in Säcken bis zur Decke aufgestapelt war. Ich zog die Pelerine an mich heran, um sie vor dem Mehlstaub zu schützen und schritt auf eine Tür zu, die in dem

Augenblick, als ich sie erreichte, geöffnet wurde. Fritz stand auf der Schwelle. Er begrüßte mich mit einem Lächeln und sagte:

»Pünktlich bist du, mein Junge, und hast dich bereits durch die hohle Gasse gesteuert. Komm also und staune weiter. Mein Onkel hat nämlich seit gestern Transportschwierigkeiten, und so bin auch ich ein wenig in die Enge geraten. Vertrackt, es scheint ja heute ein besonderer Tag zu sein! Schau dich nur um, und wenn du genug geschaut hast, so legen wir deinen nassen Mantel an eine Stelle, wo kein Mehl ist.«

Ich mußte in der Tat staunen, denn auch Unverfehrts Zimmer war zu einem guten Teil mit Mehlsäcken angefüllt. Durch eine mehr niedrige Gasse gelangte man in den Teil des Zimmers, der frei geblieben war, und in dem in drangvoller Enge der Tisch, drei Stühle, ein Büchergestell und das Bett standen. Aber des Überraschenden war für mich noch kein Ende, denn von einem der Stühle erhob sich jetzt ein dritter Mann und das war ein Klassenkamerad von mir, ein rotbäckiger Junge mit dem Namen De Boer. Wie sehr mußte ich mich darüber wundern, daß ich De Boer hier antraf! Es verstimmte mich, mit ihm zugleich eingeladen zu sein. Meine Vorfreude zerrann beinahe in nichts, denn ich schätzte De Boer durchaus nicht. Nun, Unverfehrt kannte ihn vielleicht besser.

Ich gab De Boer die Hand. Ihn schien die ungewöhnliche Zimmerausstattung ebenso heiter zu stimmen wie Unverfehrt, denn er kam eine Weile aus dem Lachen nicht heraus.

»Und eine weitere Überraschung dieses besonderen Tages«, sagte Fritz, als wir Platz genommen hatten, »oder sozusagen ein Pflaster für euer verletztes Schönheitsgefühl wird, weil Krog pünktlich gewesen ist, sogleich erscheinen. Da ist sie bereits.«

Die Magd kam herein und schob eine gehäufte Schüssel mit heißen Pfannkuchen auf den Tisch, brachte Teller und legte Messer und Gabeln hin, und jetzt konnte begonnen werden. Der Pfannkuchenberg erlag alsbald dem von drei Seiten erfolgten Zugriff. Während des Essens wurde geplaudert und gelacht.

Als Fritz die Schüsseln hinausgetragen hatte, saß er eine Weile schweigend da. Seine braunen Augen starrten ins Leere, in all das Weiß des Zimmers. Wir schwiegen zu dritt. Es war ein wahrhaft barbarischer Raum, nicht nur deswegen, weil er überheizt war oder wegen der Einengung durch die Stapel der Mehlsäcke, sondern vor allem durch seine Beleuchtung. Der Lichtquell befand sich nahe unter der Zimmerdecke. Es war eine überstarke Glühbirne, sie steckte in einem trichterförmigen Schirm aus spiegelndem Blech und bestrahlte die weißgetünchten Wände, die weißen Fenstervorhänge, den hellgelben Heizkörper, sowie das Weiß der Bettkissen und das der Säcke. All diese Helle schien zu rauschen. De Boer hielt den Blick gesenkt, sein Gesicht war rot wie eine Tomate. Fritz hingegen war blaß.

Plötzlich begann er über meinen Vortrag zu reden. Ging es also doch darum? Er sprach langsam und leise. Er habe sich über meinen Vortrag gefreut, denn er sei eine beachtliche rethorische Leistung gewesen. Ihm sei, wiewohl er in einer der hinteren Stuhlreihen gesessen sei, kein Wort entgangen. Wenn ich meine gelegentlich noch etwas provinzielle Aussprache ablegen würde, so könnte ich einmal ein guter Sprecher werden. So viel über das Rethorische; über den Inhalt werde sich jetzt De Boer auslassen.

De Boer? Das war zum Staunen! Fritz beachtete meinen fragenden Blick nicht und starrte gegen die Wand der Säcke. De Boer schien übrigens keine besondere Lust zu haben, den Auftrag zu übernehmen. Er sagte es denn auch und meinte, das könne Unverfehrt weit besser.

Der aber widersprach. »Nein, nein, los!«

Darauf zog De Boer eine Zeitschrift aus der Tasche und legte sie geöffnet vor sich auf den Tisch. Ich konnte sehen, daß auf den Blättern manche Druckzeilen mit Rotstift unterstrichen waren. Denken konnte ich mir nichts. De Boer begann:

»Als ich den Aufsatz über Schiller in dieser Zeitschrift las, kam mir vieles darin merkwürdig bekannt vor. Mir schien, als habe Krog allerlei daraus für seinen Vortrag abgeschrieben. Ich konnte es natürlich zuerst nicht glauben. Als er den Vortrag dann vorgestern zum zweitenmal hielt, hatte ich die Zeitschrift wieder zur Hand und strich mir die Stellen darin an. Krog hat all diese Sätze, mindestens vierzehn, wörtlich in seinem Vortrag gesprochen.« Er reichte Unverfehrt die Zeitschrift hinüber und sah mich gleichmütig an, als überlasse er es der Welt, dies zu beurteilen. Ich erwiderte seinen Blick und dachte: Du willst mir also eine Lektion erteilen – recht hast du, Bursche. Und mir klopfte das Herz. Wieder gab es etwas zu bereuen.

Fritz warf einen flüchtigen Blick in die Zeitschrift und legte sie vor sich auf den Tisch.

»So ist das«, sagte er.

»Ich habe also abgeschrieben«, sagte ich.

Plötzlich mußte ich lächeln, unsinnigerweise; ich lächelte drüben die Wand an. Dort befand sich, mit Heftzwecken befestigt, ein Blatt, ein dunkler Kunstdruck, der einzige Schmuck des Raumes. Das Blatt zeigte ein Porträt und war zur Hälfte durch einen Sack verdeckt. Nun, er ging mich nichts an – das Zimmer, die ganze Wand ging mich nichts an. Dann aber dachte ich an Fritz und weswegen ich gekommen war. Ich wollte ihn anreden, ein paar

Worte sprechen, wußte aber nicht was. Ich hätte ihm wohl einiges erklären können: die Eile, all die viele andre Arbeit, und daß ich selber einfach nichts im Gehirn hatte. Aber das waren ja keine Entschuldigungen.
Da hörte ich ihn sagen:
»Mit dieser Sache wären wir also fertig.« Sodann wandte er sich an De Boer: »Du hast gehört, daß Krog zugibt, die von dir unterstrichenen Sätze abgeschrieben und für seinen Vortrag verwendet zu haben. Du hast in dieser Sache scharf aufgepaßt, und ich kann dir nur sagen: Mach so weiter. Es ist immer ganz nützlich, wenn jemand die Augen offenhält. Weil ich jetzt noch mit Krog zu reden habe, will ich dich durch die hohle Gasse auf den Heimweg bringen. Entschuldige, wir sehen uns vielleicht ein andermal.«
De Boer stand auf. Noch wollte er wissen, ob Unverfehrt das Beweismaterial eine Weile zu behalten wünsche. Da die Frage verneint wurde, steckte er die Zeitschrift ein und trat auf mich zu. Die Ohren leuchteten ihm jetzt, vor dem scharfen Deckenlicht, noch roter als der Kopf. Er streckte mir die Hand hin und sagte:
»Also nichts für ungut.«
Ich übersah die Hand, und ich sagte:
»Du mußt nicht denken, daß du mich jetzt gekränkt hast. Wir sprechen uns noch darüber. Ich werde dich vielleicht einmal zeichnen, wenn dein Gesicht wieder ruhig ist.«
»Mein Gesicht sollte nicht ruhig sein?« spottete er. »Da schau du nur selber in den Spiegel.«
»Er hat aber recht, De Boer«, sagte Fritz. »Sein Gesicht ist ruhig. Du solltest dir überlegen, woran es liegt, daß du selbst jetzt unruhig aussiehst.«
»Oh, ich habe keinen Grund dazu.« Er folgte Unverfehrt nach draußen.
Kaum war ich allein, so empfand ich einen Kopfschmerz,

der mich zittern machte. Auch all das grelle Licht wurde mir zur Pein. Ich schaltete es aus, tastete mich zu meinem Stuhl zurück und saß in der Finsternis.

Jetzt wird er mit der Zeitschrift zu Jeremiassen gehn, dachte ich erbittert, und also ist es nichts mit einer guten Abgangszensur. Unverfehrt mag es sich ebenfalls merken. Das alles habe ich meinem Leichtsinn zu verdanken.

Doch, wie wunderlich! Kaum herangeweht, verflog die trübe Stimmung samt dem Schmerz in der Stirn, und als ich nach einiger Zeit Schritte auf dem Gang hörte, war ich fast heiter geworden – ich freute mich dem raschen Schritt entgegen, weil Fritz es war, der kam.

»Hallo!« sagte er und schaltete das Licht wieder an. »Oder wolltest du im Dunkel sein?«

»Jetzt nicht mehr«, sagte ich. »Es war aber sehr schön.«

»Ich brauche nämlich Licht, weil ich dir etwas zu zeigen habe.« Er deutete auf den Kunstdruck an der Wand.

Wir suchten den Sack, der das Bild verdeckte, zur Seite zu schieben, was uns nach einiger Mühe gelang. Das Bild stellte einen jungen Mann dar, der in einem Buch las.

»Von wem ist es?« fragte Unverfehrt und deckte die Hand auf die Unterschrift des Bildes. »Du weißt es nicht? Von Rembrandt. Und der Dargestellte ist sein reizender Sohn Titus. Wenn du mir aber noch was über deinen Vortrag mitzuteilen hast, so tu es jetzt und mach's kurz.«

»Ich will's. Mir ist eingefallen, daß ich noch manches aus verschiedenen Literaturgeschichten entnommen habe. Was ich abgeschrieben habe, macht im Ganzen etwa die Hälfte des Vortrages aus. Immerhin war auch etwas von mir darin.«

»Gewiß«, sagte Unverfehrt. »Und grade dies ‚Etwas' hat mich angerührt. Ich hab dich schon lange zu mir einladen wollen, weißt du. Hab auch geglaubt, du würdest einmal von selber kommen; aber das tun ja immer die Unrichtigen. Über das, was du abgeschrieben und dir zusammengesucht hast, wollen wir nicht viel Worte verlieren. Stehlen ist ja am Seminar Sitte. Die Lehrer wissen, daß es geschieht, denn sie sind ja nicht blind. Schlimm ist, daß sie es stillschweigend dulden und billigen. Sie billigen es nicht nur, sie rufen es geradezu hervor und zwar vor allem dadurch, daß sie uns Themen stellen, die wir in unserem Alter noch gar nicht bewältigen können. Sie scheinen der Meinung zu sein, daß der falsche Schmuck, mit dem wir unsere Aufsätze und Vorträge behängen, für Schüler und Schule von Wert sei. Ich nehme an, daß sie uns aus Dummheit zum Stehlen verleiten, oder – was auch möglich ist – daß man sie dazu zwingt, und daß sie sich also zwingen lassen. Beides wäre gleichermaßen erbärmlich.«

Weil mich das Gerede über die Schulmeister langweilte, sagte ich:

»Du aber stiehlst nicht.«

»Meinst du? Das wäre freilich gut. Man soll es nämlich wirklich nicht tun. Da wir nun aber bei deinem blinkenden Vortrag ‚Schiller und Lotte' sind, so sag mir, wie denkst du selbst eigentlich über die Ehe? Ich meine über die Ehe, wie es sie überall gibt und wie sie nun einmal in der Welt ist?«

»Habe ich das nicht in meinem Vortrag gesagt?«

»Nur, daß du noch nichts von ihr weißt. Du kennst mit deinen neunzehn Jahren ein wenig die Mädchen, das ist alles.«

»Ich kenne auch die Mädchen noch kaum«, versetzte ich. »Aber ich finde sie schön.«

»Du findest sie schön. Auch ich finde die kleinen schnatternden Gänse entzückend. Aber um die handelt es sich nicht. Ich habe dich gefragt, was du über die Ehe denkst. Mir graut vor dem Gedanken, daß ich einmal so eine heiraten sollte und den ganzen Tag und das ganze Leben mit ihr verbringen muß.«

»Vielleicht wird sie mit der Zeit keine schnatternde Gans mehr sein. Auch sagt mir eine Ahnung, daß es noch andre gibt, einige wenige, die von Anfang an nicht schnattern, sondern plaudern – singen – lieb sind.«

»Das hast du hübsch ausgedrückt, bist eben doch schon ein halber Poet; und es mag auch sein, wie du sagst. Was meinst du aber dazu, wenn ich dir berichte, daß die Schillerin, deine von dir [und von deinen Literaturbonzen] emporgelupfte, verruchterweise zur Göttin gemachte Lotte nach Schillers Tode in den weimarer Klatsch über Goethe lauthals mit eingestimmt hat? War sie vor Kummer über Schillers Tod kopfkrank geworden? Oder hatte sie gar nichts von diesem Mann begriffen und angenommen?«

»Aber ist das denn wahr?« rief ich.

»Das ist leider wahr, mein Junge. Wir Menschen steigen nach oben und trudeln nach unten. Nach oben geht es langsam und nach unten geht es schnell. Und wer sich nicht gut festhält – na, Schluß damit.«

Ich hatte noch so manches auf dem Herzen und fragte ihn, ob er es hören wolle.

»O bitte«, sagte er und richtete seine traurigen Augen her. »Sprich, Junge, es ist vielleicht wirklich von Wert, was du jetzt sagen willst.«

Ich hatte den Gedanken, den ich vorbringen wollte, noch vor niemandem geäußert. Aber Fritz gegenüber kannte ich keine Scheu, und wenn der Gedanke dumm war, was schadete es schon. Ich sagte also folgendes:

»In mir ist der Glaube – und ich weiß nicht, von wo er in mich eingedrungen ist – daß ich nur mit einem Mädchen zusammen ein Ganzes werden kann. Ich habe mich schon lange als ein Halbes gefühlt und bin oft fast krank davon gewesen. Vielleicht finde ich einmal eine, die zu mir gehört, auf daß wir beide ein Ganzes werden. Heute bin ich ein kleiner Dieb, und sie ist eine dumme Gans. Zusammen aber werden wir dann ein Wesen bilden, das nicht mehr stiehlt und nicht mehr schnattert. Wie dies neue Wesen dann sein und was es erreichen und bewirken wird – das warte ich ab.«

»Sprich weiter. Vielleicht weißt du es schon.«

Ich überlegte. Dann sagte ich:

»Auch das scheint mir ganz klar zu sein. Als ein Ganzes werden wir lieben, wie?«

»Wen aber lieben? Wen? Was?«

»Ganz und gar lieben sollen wir. Und was? Ja, was? Alles was gut und schön ist? Nein, ich weiß es noch nicht.«

Unverfehrt deutete auf den Kunstdruck und sagte träumerisch:

»Auch dieser, der Titus, weiß es nicht; und der Arme wird es auch nie erfahren, denn der Tod wartet schon auf ihn. Niemand weiß es, der nicht, ich nicht.« Plötzlich veränderte sich sein Gesicht, es wurde ganz wach. Er sprang vom Stuhl auf, setzte sich breit auf den Tisch, beugte sich vor und starrte auf das Bild. »Ich glaube aber«, setzte er erregt hinzu, »jetzt hast du mich auf den Weg gebracht, du Vortragskünstler. Ich meine dich, du.« Er packte meine Schulter und schüttelte sie. »Dich meine ich, mit deinen grünen Gedanken über das Liebenmüssen. Jetzt ist mir ja wahrhaftig ein Schleier von den Augen gefallen.« Er schnaufte und ließ kein Auge von dem Bild. Ich wartete.

»Hör also zu«, flüsterte er. »Höre gut zu, du, damit wenigstens jemand behält, was ich jetzt sagen werde, falls ich selber es später vergessen haben sollte. – Es war ein Maler, der hieß Rembrandt, und er malte den Sohn Titus, und er liebte ihn, und das war nicht schwer, denn er war ja sein Sohn. – Nun aber weiter: Er malte auch andre Leute, einzeln oder als Gruppen, zeichnete Landschaften, sein Leben lang, malte alles, was er wollte, und – das ist entscheidend – alles gelang ihm meisterlich. – Und nun gib acht: Gelingen konnte es ihm nur – ja, wodurch? Weil er liebte. Er liebte die Welt und das Leben in ihr, und weil er sie liebte, so wurde sie ihm wert, und darum konnte er sie erkennen und in ihrem wahren Kern gestalten. Die Liebe war wie eine Flamme in ihm, sie erfaßte und verschlang alles, was er ansah, und heraus trat aus der Asche die von ihm gewollte Gestalt, die verwandelte Gestalt, die Liebesgestalt seiner Bilder, die wir heute nach ihm benennen. – Fertig, wie? Ja, fertig.« Er stieg vom Tisch und atmete stark.

»Ihm gelang alles, weil er das Schöne liebte!« rief ich.

»Aber nein, aber nein, du! Begreif doch! Er liebte die Welt und das Leben in ihr! Das Schöne lieben, das ist leicht, es reißt einen hin, was tut man selber schon viel dazu! Aber die Welt lieben, wie sie ist, so fragwürdig oft und so häßlich und kleinlich, wie sie sich einem darbietet, das ist furchtbar schwer. Das kann ich, verdammt, noch nicht. Das lernt man aber vielleicht. Das kann man doch lernen, wie?«

»Wieso lernen?« Mir war, als könnte ich das bereits, oder als hätte ich es immerzu und von Geburt an gekonnt. Ich sagte es ihm.

»Du wohl, das ist wahr, du wohl!« rief er. »Es ist dir da gewiß und unglaublicherweise etwas zugefallen, Junge, sei also nicht stolz darauf. Goethe nennt es ‚das angeborene Verdienst‘. Und weil ich dir das ansah, habe ich dich zum Freund haben wollen. Ich aber? Wie stehts mit mir? Warte nur ab, ob ich es nicht eines Tages noch lerne.«

»Bestimmt!«

»Bin ja schon dabei. Darum wohl hängte ich mir den Rembrandt auf. Seit Wochen habe ich ihn angesehen, ihn belauert. Immer war ein Schleier vor dem Bild. Jetzt – ist er fort. Ich wiederhole die Lektion: Seine Aufgabe im Leben kann man nur erfüllen, wenn man das Leben liebt, wie – es – ist. Alles andere ist Schwäche und Narrheit. Und jetzt: Paß auf –« Er holte Zigarren und eine Flasche Wein aus dem Büchergestell und brachte zwei Gläser.

»Aber ich bin doch abstinent, Unverfehrt«, sagte ich kleinlaut.

»Du? Abstinent?« Er sah mich so entgeistert und verzweifelt an, daß ich nicht anders konnte, als irgendwohin ins Leere mit der Hand abzuwinken. Immer hatte ich gedacht: Die größte Sünde ist die Inkonsequenz – und nun war auch das auf einmal nicht wahr. In jener wunderbaren Stunde stellte es sich anders heraus, und so würde es genauso gut heißen können: Eine Sünde kann auch die Konsequenz sein.

Er sah mich strahlend an, denn er erkannte wohl, daß auch ich soeben einen tüchtigen Sprung gemacht hatte, und schenkte uns ein.

»Weil Rembrandt ein Prophet ist, und du in deiner Naivität ein kleiner Enthüller«, sagte er, »so wollen wir – ja, auf was? – auf unsere unbekannte Aufgabe anstoßen. Einmal kommt sie wohl für jeden ans Licht.«

La lune blanche

Und mehr noch Musik und immer und gern!
Und daß dein Vers so schwerelos schwebe,
Wie einer Seele Hauch sich erhebe
Zu anderer Liebe auf anderem Stern.

Und daß dein Vers verkündige nur,
Was dir der Frühwind aus Eignem vertraute
Mit dem Arom von Thymian und Raute . . .
All Sonstiges heißt man Literatur.

Paul Verlaine

In jener Sommernacht, an die ich denke, verließ ich gegen elf Uhr in einer kleinen Station den Zug, holte mein Fahrrad vom Gepäckwagen, schwang mich hinauf und knoberte durch ein Dorf und dann auf der leeren Chaussee davon. Ganze Geschwader von hellen kilometerlangen Wolken waren im Raum des Himmels unterwegs. Ihre Schatten streiften langsam über die Ebene dahin; es schien, als würde auf ihr etwas Stoffliches, ganze Gebiete aus taftener Dunkelheit entlanggezogen. Lichteten die Schatten sich, so drang fast unvermittelt eine Zone von greller Helligkeit herzu, der alsbald ein neues Schattenfeld folgte. Die Tafel des Landes, gen Norden, gen Osten, gen Süden, lag unter einem sich ruhevoll bewegenden Muster aus Schatten und Licht, durch das ich auf glatter Straße, ohne das Pedal viel zu rühren und ohne jemandem zu begegnen, dahinrollte. Eben noch blitzte die Klingel auf der Lenkstange; gleich danach sah ich nicht einmal meine Hände mehr.
Ein weiteres Dorf tauchte auf, mit Bäumen, dem stillstehenden Flügelkreuz einer Mühle und lichtlosen Häu-

sern. Alles überragte der turmlose Bau der romanischen Friesenkirche. Ihre langen Dachflächen gerieten plötzlich in die Mondhelle, und man konnte glauben, hier liege ein riesiger Bergkristall, dessen gerade Kanten glitzerten. In den Dorfstraßen lagen die Gerüche der Scheunen und der strenge Duft von Holundersträuchern, deren taunasse Blütengehänge mein Gesicht streiften. Kein Hundegebell, kein Menschenschritt unterbrach die Stille. Hinter dem Dorf war dann wieder das wandernde Muster der Mondnacht. Im Feld rührten sich Kiebitze, die der Wechsel von Licht und Finsternis wachhalten mochte, und in der Ferne wurden einzelne Bauerngehöfte sichtbar, langgestreckt wie Särge, von Bäumen umbuscht, als lägen Trauerkränze auf ihnen.
Ich war lange gefahren, als sich ein Rauschen erhob. Die Brandung der Nordsee sandte mir ihren Ton herüber. Es klang, als würden dort unermüdlich Fugen in Steine geschliffen. Der Ton verstärkte sich von Minute zu Minute. Vor mir, gegen Osten, schien sich die Ebene jetzt zu begrenzen. Ein finsterer Strich schloß sie ab, das war der Deich, und weit hinaus zur Linken glomm das Feuer des Leuchtturms von Blauhand. Sobald die Mondhelle wiederkehrte, schien sein rötliches Licht zu erlöschen, dafür tauchte weiter rechts ein Genist aus Häusern und Bäumen auf, das den Strich des Deiches unterbrach. Es versank in Dunkelheit und erschien nach längerer Zeit wieder. Jetzt blinkten schon die Dächer des Strandhotels. Doch neben dem Hotel stieg beim Näherkommen ein seltsames Gebilde auf, das anfangs wie ein breiter Turm aussah, dann aber mehr und mehr einer schwarzen Glocke ähnlich wurde. Das Gebäude entschwand, doch in dem von neuem herstreifenden Licht war es wieder da. Der grelle Mond beschien die Ziegelsteine seiner runden Wandung, die sich nach oben ver-

jüngte, und ließ die breiten Eisenringe erkennen, die sie zusammenhielten. Und jetzt wurden bereits die Sprungstellen sichtbar.
Das war ein Muschelofen. Ich umfuhr ihn und lenkte in den Schulhof ein. Die Schule und die übrigen kleinen Häuser um ihn ringsum lagen ohne Licht. Unter meinen Radreifen knirschte und glitzerte es von Muscheln, und schon rollte das Rad mich wie von selbst zur Schultür. Ich schob es in den Vorraum, der zum Klassenzimmer führte, und erstieg die Treppe. Die Treppe knirschte, als wollte sie splittern. In meinem Zimmer stand das Fenster offen. Der Brandungston füllte den Raum.
Hier war meine erste Lehrerstelle. Der Ort hieß Pysum. Ich verwaltete die Unterklasse, vier Jahrgänge, regierte die Jugend, etwa vierzig Jungen und Mädchen, war also plötzlich von einem Gehorchenden zu einem Befehlenden, aus einem zu Erziehenden zu einem Erzieher geworden und verdiente dafür gutes Geld, das in Goldstücken bezahlt wurde. Daß man mich an einen Ort, fern von einer Eisenbahnstation, schicken würde, hatte ich erwarten müssen. Diejenigen jungen Lehrer, die in ihrer Seminarzeit ausgeprägte geistige Interessen bekundet hatten, pflegte der Staat, um ihnen die Möglichkeit der Weiterbildung durch den Besuch von Theatern und Konzerten in der Residenz vorzuenthalten, entweder tief in den Mooren oder hoch an der See unterzubringen. Sie sollten dort ‚in sich gehen', will heißen, brauchbare Landlehrer werden. In meinem Fall konnte die Behörde nicht vermuten, daß ich weder Theater noch Konzerte brauchte, sondern gerade das, was für mich in Pysum vorhanden war, die Einsamkeit. Eine Wohltat, die irrtümlich geschah – ich will sie dem Staat, in Anbetracht alles dessen, was ich insgesamt gegen ihn vorzubringen habe, gutschreiben.

Frühmorgens – welch herrliches Erwachen! Die Stare quinquilierten in den Kirschbäumen, und immer sprach das Meer. Eine Weckuhr brauchte ich nicht, denn mich weckten die Schulkinder, die mit dem Gescharr ihrer Stiefelchen und dem Getrappel ihrer Holzpantinen unter mir den Klassenraum füllten. Sie waren gewiß mit den Hühnern aufgestanden, schon wegen der weiten Wege, denn sie kamen vom Leuchtturm zu Blauhand und fast von Rottsiel, also eine Stunde weit, heranmarschiert. Weil sie mich so früh geweckt hatten, fand ich Zeit, zum Strandhotel zu eilen und zu frühstücken. Kehrte ich gegen acht auf den Schulplatz zurück, so war das Kindervolk vollzählig versammelt und vollführte seinen ohrenbetäubenden Lärm. Auch der Hauptlehrer und Kollege, ein verheirateter Mann namens Wolf, der im andern Flügel des Gebäudes wohnte, war zur Stelle, und nachdem ein paar Worte gewechselt waren über das Wetter oder über einen vorüberfahrenden Bauernwagen, klatschte er in die Hände, und die Kinder drängten in die Klassenräume, die größeren zu ihm, die kleineren zu mir.

Die Kinder zeigten sich anfangs etwas verschüchtert, waren abwartend, aber es dauerte nicht lange, so hatten sie Vertrauen gefaßt. Ich erzählte ihnen aus der Biblischen Geschichte, rechnete mit ihnen das kleine Einmaleins, sprach über einen Vogel oder über ein Gewächs, lehrte sie ein kleines Gedicht verstehen, das sie auswendig lernten und einzeln oder mit ganzer Klassenstimme vortrugen, und vieles mehr. Nach jeder Stunde klabasterten sie auf den Schulhof hinaus. Die Abc-Schützen wurden bereits nach einer halben Stunde ins Freie geschickt; sie vergnügten sich bei den Turngeräten oder bei den Muschelhaufen, oder aber sie standen, als noch nicht ausgesöhnt mit der Schule, schweigend an der

Hauswand und sehnten sich nach ihrer Mutter. Die Mädchen waren im allgemeinen sauber gehalten. Den Jungens stank, vor allem im Winter, das Haar; und wenn man die Fenster nicht mehr ständig offenhalten konnte, wurde es arg. Meine Versuche, die Unsauberkeit, ohne die Eltern zu verletzen, zu bekämpfen, hatten wenig Erfolg. Nur die Haargerüche würden mich abhalten, dort den Unterricht wieder zu übernehmen, falls mir dies in einem andern Leben angetragen würde. Da fällt mir übrigens ein, daß ich damals nicht nur auf der Geige gefiedelt habe, sondern auch eine Gitarre besaß, auf der ich mir manchen Griff eingeprägt hatte, und die von den Kleinen als Begleitinstrument geliebt worden ist. Die hellen Stimmen singen hören »Alle Vögel sind schon da!« – das könnte mich freilich reizen, in einem andern Leben dennoch in Pysum aufzutauchen.

War der Unterricht zu Ende, so lag der Schulplatz einsam da. Vier magere Linden standen im Kies um das Denkmal des Siebziger Krieges herum. Kohlweißlinge flatterten zwischen ihnen hin auf den Muschelofen zu, den sie umflogen. Jetzt begann meine eigene Zeit. Meistens machte ich einen Gang über den Grodendeich. Die Fläche des Jadebusens dehnte sich in ihrer Sommerbläue hinaus. Zuweilen sah man einen Segler. Ein paar Torpedoboote, wie schwarze Schwimmkäfer, folgten einander, oder ein Kreuzer lief von Wilhelmshaven zu Schießübungen aus, und es erklangen Schüsse. Auf dem Deich begegnete einem der grüne Zollbeamte, der seinen Gang machte, und man blieb stehen und wechselte ein paar Worte. Daß aus dem Schießspiel einmal Ernst werden könnte, daran dachte in jenem Jahr 1910 niemand.

Auch die Abende gehörten mir. Ich verbrachte sie auf meinem Zimmer. Dämmerte es, so entzündete ich die Petroleumlampe, die meine Mutter mir mitgegeben hatte.

Die Lampe besaß eine hübsche weiße Kuppel und hat mir für die Arbeit das Licht gespendet. Was für eine Arbeit war das? Ich hatte all die Jahre Benzmanns ‚Moderne Lyrik' studiert und kannte die meisten der darin enthaltenen Gedichte auswendig. Axel Diebold urteilte sehr streng über dies Buch; er pflegte zu sagen: Es sind höchstens fünf oder sechs gute Gedichte darin, tu es also weg. – Ich war anderer Meinung. Mindestens sechs wunderbare Gedichte hatte ja allein Detlev von Liliencron aufzuweisen; und was Stefan George anlangte, der nur in der Vorrede des Buches mit zwei Gedichten vertreten war, so traute ich ihm das gleiche zu und womöglich noch mehr. Nun aber Richard Dehmel, der mich zwar im Ganzen fremd anmutete: bei ihm stand ein Gedicht ‚Helle Nacht', das für mich das allerschönste Gedicht der Benzmannschen Sammlung war, ein Juwel – doch trug es den Vermerk ‚Nach Verlaine'. Verlaine war Franzose, soviel hatte ich herausgebracht. Wenn durch diesen Verlaine dem Dehmel, mit dessen Übertragung, ein solches Gedicht geschenkt worden war, so mußte jener Franzose ein größerer Lyriker sein als alle bei Benzmann versammelten.

Ich ließ mir einen Band ausgewählter Gedichte von Paul Verlaine kommen und beschloß, ihn zu meinem Meister zu machen und von ihm zu lernen; und zwar auf die Weise, daß ich wie Dehmel seine Verse ins Deutsche übertrug. Vielleicht würde Verlaine mir darüber Aufschluß geben, wie ein gutes Gedicht sein, wieviel es an Melodie enthalten müsse und was es nicht enthalten dürfe. Anfangs fiel es mir schwer, ihn zu verstehen. Dann aber stieß ich auf das Gedicht ‚La lune blanche', das Dehmel als ‚Helle Nacht' übertragen hatte; und jetzt, als ich das deutsche mit dem französischen Gedicht verglich und feststellte, was Dehmel aus dem Poem Verlaines gemacht hatte, mußte ich staunen. Dehmel hatte ja völlig frei gearbeitet und ein völlig neues Gedicht geschaffen, das dennoch dem Geist des Originals entsprach. Wie seltsam: statt ‚C'est l'heure exquise', wie die letzte Gedichtzeile bei Verlaine lautete, stand bei Dehmel ‚O hin – o Traum –'.

Darüber galt es zu brüten. Der Abend schritt vor, vielleicht war es schon Nacht. Und dann konnte es sich herausstellen, daß ich versäumt hatte, an die Lampe zu denken; daß sie qualmte, daß sie schon lange gerußt und gequalmt hatte, und daß ich erst durch heftige Kopfschmerzen gewahr wurde, wie völlig mich die Rußwolken umlagerten.

Ich würde vorerst getreu bleiben müssen bei meinen Übertragungen, soviel begriff ich bald. Soweit sie mir damals – vorsichtig gesagt – gelangen, hielten sie sich nahe am Original, machten aber entsetzliche Mühe und befriedigten mich nicht recht. Dehmels Beispiel sagte mir, daß es auch für mich einmal nötig sein werde, Mut zu zeigen. Und da ich mir dies schon längst geschworen hatte, so blieb ich in der Erwartung und Spannung, wann ich – meinen Hieb tun würde. Einmal, ein einziges Mal, schien er mir bereits geglückt zu sein, der Hieb. Man wird sehen.

Alle Sommer stellten sich einige Badegäste in Pysum ein. Sie bevölkerten das Strandhotel oder wohnten bei den Fischern und Handwerkern. Beim gemeinsamen Essen entstanden Bekanntschaften.

Eines Abends ließen sich zwei Herren von mir im Blechboot des Hotels eine Strecke weit auf das Meer hinausrudern. Das Wasser der Bucht, kaum bewegt, spiegelte die rosa Töne der Himmelswölbung wider, ein schönes Licht wiegte uns. Es war stille Ebbe, die Seevögel schwiegen. Weit draußen verschmolz der Rotesand-Leuchtturm mit dem veilchenfarbenen Horizont, und neben ihm fuhr, schwach erkennbar und dem bloßen Auge kaum von der Stelle rückend, ein Ozeandampfer in die Wesermündung hinein.

Wir drei plauderten ein wenig vom Leben. Es kam mir wenigstens so vor, als gehe es um so etwas, aber was konnte ich schon wissen. Der eine, der am Heck des Bootes saß, war ein Schwede; der andre, hinter mir, ein Bankbeamter aus Berlin. Der Schwede, seit Jahren in Deutschland verheiratet und beheimatet, war ein kleiner muskulöser Mann mit einem rötlichen Vollbart. Er trug einen breitrandigen Stoffhut, hatte die Hände auf die nackten Knie gelegt und blickte ins Weite. Der Bankbeamte war kaum älter als ich. Er kleidete sich hier im Seebade genau so korrekt, wie er sich in seiner Bank tragen mochte. Auf seiner Nase zappelte ein Klemmer mit dicken Gläsern; er hatte die Gewohnheit, sobald er ihn absetzte, sich die Augen zu reiben.

An jenem Abend war es seltsam. Ich hatte uns mit kräftigen Ruderschlägen bis weit hinter die letzte der Strauchpricken, die den Verlauf des Siels bezeichneten, gebracht, als sich plötzlich die Zungen lösten; das heißt, der Schwede fing an. Er teilte etwas mit, worüber ich staunen mußte – versicherte nämlich, daß er dichte. Tut denn das alle Welt? ging mir durch den Sinn. Er erklärte sich genauer und sagte etwa dies: Das Leben hämmere an uns Menschen herum, und also flögen die Gedichte als Funken auf das Papier. Kaum hatte der Schwede sein Geheimnis preisgegeben, so räumte auch der Bankbeamte ein, daß er Verse schreibe, er habe in Berlin zuzeiten Erlebnisse von hoher Schönheit, vornehmlich mit Mädchen, kleinen Verkäuferinnen und so weiter.

Ich schob die Ruder unter die Knie und lauschte den

Bekenntnissen dieser Männer. An mir hatte das Leben ja noch nicht ‚gehämmert'; auch kannte ich kein Mädchen. Da die beiden dann in mich drangen, wurde ich bis zu einem gewissen Grade weich – wußte voraus, daß ich mich am nächsten Morgen gräßlich darüber ärgern würde – wurde also weich und gestand ihnen, daß ich Gedichte aus dem Französischen übersetze, und zwar von Verlaine. Sie nahmen es zur Kenntnis, hatten offenbar von Verlaine nicht gehört. So fing ich wieder an zu rudern.
Nach einer Weile war es soweit: Der Schwede begann ein eigenes Gedicht aufzusagen. Ich erinnere mich an dessen Schluß, in dem behauptet wurde, daß alles, was das Menschenleben einem bringe, sich in Reinheit und Trug scheiden müsse, daß es aber ohne schmelzende Hitze nicht möglich sei, das Edle von Asche zu scheiden. Wir nahmen sein Gedicht mit achtungsvollem Schweigen auf. Dieser Mann schien ja ein geistiger Ringer zu sein! Es begann zu dunkeln, die Röte am Himmel war unversehens erloschen, und das Veilchenblau des Horizonts drang bis zum Zenit.
Darauf begann nun auch der Bankbeamte eigene Verse zu sprechen. Eine seiner Dichtungen richtete sich an ein Mädchen mit Namen Luischen. Diesem Luischen wurde darin versichert, daß sie ihrem Jungen noch nie so gefallen habe wie in der jüngst vergangenen Nacht. Solcher Art also war das. Auch die Gedichte des Bankbeamten schienen Spiegel des Lebens zu sein. Es wurde Nacht, und ich ruderte langsam zurück. Man schwieg. Der Schwede mochte sich ärgern, daß er sich mit dem Bankbeamten in einen Wettstreit eingelassen hatte, denn er sagte:
»Ihr jungen Menschen, das Leben ist sehr, sehr ernst.«
Als wir zum Hotel zurückkamen, standen einige Lehrerinnen und andere Badegäste am Bollwerk und wühlten

das Meer nach Infusorien auf. Die etwas dicke Frau des Schweden, die ihm, wie er mir selbst anvertraut hatte, bei seinen inneren Kämpfen oft recht lästig war, hielt sich hinter den Damen. Diese nahmen den Vollbärtigen freudig in ihre Mitte und begleiteten ihn zum Hotel hinauf.

Der Bankbeamte half mir, das Blechboot ans Ufer zu ziehen. Ich lud ihn ein, mit auf mein Zimmer zu kommen. Er sagte zu, und wir gingen. Ich zündete die Lampe an, die alsbald von Nachtfaltern umkreist wurde, und mein Gast nahm Platz. Er fragte:

»Und gemerkt haben Sie also nichts?«

Ich wußte nicht, was er meinte.

»Gemerkt haben Sie also nicht, von wem ich – und übrigens auch jener Jensson oder Svensson – meine Gedichte, wenn ich das Zeug so nennen darf, gestohlen habe?«

Von jemand gestohlen? Was mochte er sagen wollen? Die Gedichte des Schweden und die seinen waren ja völlig voneinander verschieden.

Er lachte, griff in das Büchergestell und zog den ersten Band meines Goethe hervor. »Hier«, sagte er, »steckt ja die Quelle des reinen Gefühls, wenn Sie diesen Gemeinplatz entschuldigen wollen. Ich bin zwar ein Zahlenmensch, aber wie Sie sehen, nicht unempfindlich für dies und jenes und in gewissem Sinne, wie der Goethe, mir selber treu.« Er blätterte, legte den klobigen Klemmer ab, hielt sich das Buch dicht vor die Augen und begann aus dem Goethe vorzulesen. Er las sehr gut, seine Stimme klang verzückt, und ich empfand trotz meiner Einfalt etwas von der Gültigkeit dieser Aussage. Früher hatte ich geglaubt, Verse müßten einen traurig machen; diese, obwohl sie vielfach traurig waren, machten mich fast froh. Woher mochte es rühren? Daher, daß sie so schlicht waren wie Baumblätter oder wie die Nachtfalter an der Lampenkuppel? So direkt, so nah vor einem wie diese?

Er las so manches Gedicht. Als er den Goetheband beiseite gelegt hatte und mit dem Augenreiben begann, fand ich den Mut, Verlaine auszuspielen. Ich holte das Gedicht ‚Armer junger Hirt', das ich kurz vorher übertragen hatte, herbei, und weil ich wohl erproben wollte, ob es wirklich mein erster ‚Hieb' war, so las ich es vor; wie folgt:

Angst hab ich vor Küssen,
Als wären sie Bienen.
Wozu sie nur dienen!
Ach, wird man es müssen?
Angst hab ich vor Küssen.

Zwar lieb ich mein Kätchen,
Das mag ihr genügen.
Ein kitzliges Mädchen
Mit länglichen Zügen –
Ach, liebt ich kein Kätchen!

Daß sie mir verlobt ist,
Schon gut. Aber müssen,
Was nie noch erprobt ist:
Umarmen und küssen ...
Wo nichts als verlobt ist!

Am Valentinstage
Da soll ich sie treffen.
Was ich ihr nur sage?
Nichts kann mich mehr äffen
Als Valentinstage.

Angst hab ich vor Küssen,
Als wären sie Bienen.
Wozu sie nur dienen!
Ach, wird man es müssen?
Angst hab ich vor Küssen.

Kaum hatte ich es gelesen, so sprang der Bankbeamte vom Stuhl auf mit dem Ruf:
»Donnerwetter, ja!« und schlug sich mit der flachen Hand gegen die Stirn.
»Sie finden es also geglückt?« fragte ich freudig erregt.
»Geglückt oder nicht«, versetzte er. »Das Gedicht dieses Gerlaine oder Buerlaine ist ja, Donnerwetter nochmal, auch von Goethe! Merken Sie es denn nicht?«
»Wie kann das aber sein?«
»Wie das sein kann? Nun, der Goethe, der *ist* eben der ‚Mensch an sich', der lebt ja noch in all den modernen Dichtern, der hat ja auch in Ihrem Franzosen da gelebt und er lebt sogar – wenn auch ein wenig verschweint – in mir. Sie aber, Mann Gottes, der heute noch Angst hat vor Küssen, warten Sie nur ab!« Damit setzte er den Klemmer auf und stieg mit einem Gutenacht die wie im Protest knirschenden Treppenstufen hinunter.

Der Weiberheld

Im Herbst verödete das Strandhotel. Der Wirt spazierte in Filzpantoffeln durch die Gaststube und schenkte den Zollbeamten und den paar Fischern und Handwerkern den Wermuth in die Spitzgläser. Ich, als Antialkoholiker, enttäuschte ihn immer noch. Seine Stammgäste hatten sich vorgenommen, mich den Wermuth ‚trinken zu lehren'. Sie versicherten, das Seeklima sei ohne ihn, vor allem im Winter, nicht zu ertragen.
Daß ich einmal mit Fritz Unverfehrt eine Flasche Rotwein geleert hatte, war geschehen, weil die Stunde es forderte. Als Diebold dies ‚Vergehen' von mir erfuhr und also meinen Austritt aus der Gruppe entgegennehmen mußte, war er mir sehr böse. Nun, ich hatte nicht die Absicht, von nun an, wie Axel befürchtete, ein Volksverderber zu werden, und so lachte ich die Fischer, die mich zum Trinken verführen wollten, aus und rauchte, um den Wirt ein wenig zu versöhnen, täglich eine von seinen ‚teuren' Zigarren.
Bisweilen erschien der Vater des Wirtes, der alte Gerriet, Begründer des Hotels, in der Gaststube. Er war klein und bucklig und hinkte, aber ich habe nie einen Menschen mit mehr Nachdruck einen Raum betreten sehen. Respektvolles Schweigen empfing ihn. Der Alte nahm Platz, blinzelte in die Runde, bekam von seinem Sohn eingeschenkt und leerte das Glas. Dann gab er mir ein

Zeichen, hinkte mir voran die Treppe hinunter, und wir betraten sein Atelier. Es war ein kleiner kalter Raum, in dem die Weinflaschen aufbewahrt wurden. Der alte Gerriet pflegte nämlich, sobald es Herbst wurde, mit Bildermalen zu beginnen. Von anderen Malern wußte er nichts und hielt sich für den einzigen jener Landschaft, was wohl auch stimmte. Nun hatte ich damals eine sehr andere Vorstellung von Malerei. Hätte ich geahnt, daß diese Art Sonntagsmaler [oder Wintermaler wie Gerriet] einmal auf dem Kunstmarkt erhebliche Geltung erlangen würden, so hätte ich mir seine kuriosen Bilder aufmerksamer angeschaut. Er hatte die Gewohnheit, wenn er in einem Landschaftsbilde die oberen emporstrebenden Blätter der Baumwipfel malen wollte – er gestaltete sie sehr ähnlich wie der Pariser Zöllner Rousseau – den Keilrahmen auf den Kopf zu stellen, mit der Begründung: So flutscht dat bäter mit de Bläder. – Wie stolz er seine Bilder vorzeigte! Wie sehr als Auszeichnung sollte ich es empfinden, daß er sich dazu herbeiließ!

Fast täglich traf der Tierarzt mit seinem Einspänner beim Strandhotel ein. Er war ein Trinker, Riese mit blondem verätztem Schnurrbart, zitierte Nietzsche und lud mich regelmäßig zum Wermuth ein. Es verdroß ihn, daß ich ablehnte. Ich ärgerte mich gleichfalls über meine Unhöflichkeit, hatte mir aber vorgenommen, mich nach niemandem und nach keinem Brauch zu richten – und wenn er sich genug geärgert und reichlich betrunken hatte, bekam er das ‚heulende Elend' und murmelte etwas wie: Er könnte dies verdammte Dasein, bei Wind und Wetter von Hof zu Hof und täglich sechzig Schweine verschneiden, nicht aushalten, ohne den Gottestrost, den Schnaps – träumen lassen hätte er sich dies Leben wahrlich nicht, damals als er jung war und sich mit den großen Philosophen auseinandersetzte.

Manchmal war der Tierarzt von seiner Nichte, Adeline Tannen, einem schlanken dunkelhaarigen Mädchen von etwa siebzehn Jahren, begleitet. Fräulein Tannen kutschierte dann; in stolzer Haltung, ohne von der Umwelt Notiz zu nehmen, lenkte sie den Wagen zum Siel hinauf. Sah ich das Gefährt an der Hecke des Schulplatzes hinrollen und hinter dem Muschelofen verschwinden, so redete ich mir ein, daß es unbedingt im Strandhotel etwas für mich zu tun gäbe. Fräulein Tannen und ihr Onkel saßen dann, solange noch die Herbstsonne schien, in der Glasveranda. Ich begrüßte den Tierarzt, der an solchen Tagen verhältnismäßig nüchtern blieb, aber zu mehr kam es nicht, denn die reizende Nichte verhielt sich abweisend und blickte durch die Scheiben auf die See hinaus. Gewiß war ihr ein Schulmeister zu gering. Nach ihrer Haltung hätte sie eine Baronesse sein können. Selbst die herrische Art, wie sie das Pferd antrieb, gefiel mir. Sie war eine düstere Amazone. Ich verliebte mich in sie, sah sie viel zu selten, schrieb Verse an sie; aber es wurde Winter, und ich konnte nichts hoffen. Der Tierarzt wohnte in Rottsiel, eine Wegstunde von uns. Ich freundete mich wegen Fräulein Tannen mit Willi Müller, meinem Kollegen an, der in der rottsieler Schule unterrichtete und genauestens über alle Mädchen der Gegend Bescheid wußte. Er war so freundlich zu ihnen. Jede, unter hundert, war ihm wert. Im Grunde lebte er nur für sie alle. Eigentlich hätte ich wissen dürfen, daß dies die Vorbedingung ist, um jungen Mädchen zu gefallen.

Dem Kollegen gegenüber äußerte ich natürlich kein Wort über meine Verehrung für Adeline Tannen; nicht einmal nach ihr zu fragen wagte ich. Was hätte auch Müller über sie aussagen können, die keinen Lehrer beachtete! Uneingestanden mag ich damals gehofft haben, sie sähe mir womöglich wer weiß was an, mindestens möchte sie merken, daß ich kein Willi Müller sei.

An einem Sonntag im Winter erwachte ich ziemlich spät, zerschlug die Eisdecke in der Waschschüssel und wusch mich mit den Splittern. Schon flammte das Feuer im Ofen auf. Jetzt wurde ein Guckloch in die Eisblumen gehaucht und hindurchgeschaut. Es schien windstill. In der Nacht war Neuschnee gefallen, auf jedem kleinsten Zweig der Obstbäume stand und verlief eine weiße Chinesische Mauer – hunderte von Mäuerchen kreuzten und begleiteten einander. Aber wie sehr war das Meer über Nacht verwandelt. Bis gestern hatte Ostwind geweht und die Eisblöcke der Bucht auf unsere Seite herübergeblasen; jetzt lagen sie wie ein Gebirge hinter dem Deich, und die Sonne glitzerte in ihren geborstenen Flächen. Der leere grelle Himmel und das stumme dunkelblaue Meer stimmten zu meiner Einsamkeit, und alsbald dachte ich an Adeline Tannen. Ich würde am Nachmittag nach Rottsiel hinübergehen. Vielleicht traf ich den Kollegen Müller zu Hause, und möglicherweise begegnete ich ihr, die ich verehrte.

Was sah ich, als ich nachmittags auf der Kappe des Deiches dahinschritt? Auf einem der draußen treibenden Eisblöcke stand ein Mann und stützte sich gemächlich auf eine Stange. Das konnte nur der leichtfertige Willi Müller sein. Bevor ich noch wagte, ihm zu winken – vielleicht würde er wie ein Mondsüchtiger ins Wasser stürzen – sah ich ihn die Stange zum Gruße schwenken. Gleich darauf begann er, sich zum Ufer herüberzuarbeiten. Ich hörte ihn singen. Mehrmals trieb er in schneidiger Fahrt an mir vorbei. Schließlich gelang es ihm, eine landwärts führende Strömung zu gewinnen, und er kam, geschickt die Stange gebrauchend, gefahren. Er sang jetzt mit lauter Stimme, und seine schwarzen Augen blitzten. Plötzlich verließ er den Eisblock, sprang von Scholle zu Scholle und erreichte das Ufer. Er lachte und salutierte mit seiner Lanze. Wenn er ins Meer hinausgetrieben wäre, erklärte er mir, so hätte ihn zweifellos das Rettungsboot zurückgeholt, oder ein Kriegsfahrzeug würde ihn entdeckt haben.

Die Sonne stand schon tief, als wir nach Rottsiel kamen. Möwenschwärme glitten ohne Schrei zwischen den Rauchsäulen der Schornsteine dahin. Die Dorfstraße war leer. Ich würde Fräulein Tannen heute gewiß nicht begegnen. Wir betraten sein Zimmer. Müller bückte sich plötzlich und hob eine Pistole vom Fußboden auf. Er sah mich erschrocken an und deutete auf einen Koffer, der in der Ecke stand. Der Koffer war offen; es sah aus, als sei er durchwühlt worden. Müller trat an den Tisch und nahm ein Photo in die Hand, das dort neben einem Brief lag. Er betrachtete es, drehte es herum und starrte die Rückseite an.

»Hör mal, Krog«, flüsterte er, »sie will sich etwas antun, *hat* sich vielleicht schon was angetan – Tomma nämlich. Was machen wir bloß?«

Er gab mir das Photo dieser Tomma. Ich kannte sie flüchtig, sie war in Rottsiel bei der Post angestellt. Nach Müllers Vermutung hatte sie das Photo vor nicht langer Zeit hingelegt. Auf der Rückseite stand, von ihrer Hand geschrieben, daß sie sich das Leben nehmen werde und zwar wegen eines gewissen Briefes.

Wir waren wie erstarrt.

»Ich hatte hier auf dem Tisch diesen Brief liegen gelassen«, erklärte Müller. »Bloß so eine Spielerei. Der Brief ist an ein anderes Mädchen gerichtet. Tomma muß ihn gelesen haben, dummerweise. Es steht sogar ein Gedicht darin, ein albernes.«

»Wir müssen sie suchen!« rief ich. »Der frisch gefallene Schnee! Man sieht ihre Spur!«

»Los, suchen wir sie!« rief er. »Aber Tempo, bei den Achtzehnjährigen ist das nämlich keine Redensart, bei denen ist es ernst.«

Zum Glück entdeckten wir die Spur sofort, hübsche kleine Fußtritte im Schnee, und folgten ihr eilig. Erst weit draußen, wo man uns vom Dorf nicht mehr beobachten konnte, wagten wir, aus aller Kraft loszurennen. Die Spur führte in einer Birkenallee hin auf den rottsieler Busch zu. Im Laufen sahen wir ein abgebranntes Streichholz im Schnee liegen, später das Mundstück einer Zigarette. Ging Tomma vielleicht spazieren und narrte uns?

Als wir den Rand des Busches erreichten, keuchte Müller:

»Womit wird sie es tun, du?«

»Weiter!« rief ich.

»Wie gut, daß ich das Magazin mit den Patronen versteckt hatte! Sie hätte sofort losgeknallt, sei sicher!«

Er lachte, wie um sich zu beruhigen, hatte aber bereits nasse Augen. Jetzt bog die Spur in den Busch hinein. Es waren junge Tannen, der Schnee umstob uns, als wir uns hindurchdrängten. Die Fußspuren führten bald nach links, bald nach rechts.

Da! Wir erblickten sie. Sie lag neben einem Birkenstamm. Neben ihr war Blut, ein Fleck, und auch Spritzer. Sie schien bewußtlos zu sein, aber soviel fühlte ich: ihr Puls klopfte. Neben den Blutflecken zeigte sich eine Vertiefung im Schnee, von der Form einer Schere. Die Wunde befand sich, vom Mantelärmel verdeckt, am linken Unterarm. Sie hatte zu bluten aufgehört.

Als wir Tomma anrührten, hob sie den Kopf ein wenig und schlug die Augen auf. Wir hoben sie aus dem Schnee und führten sie behutsam fort. Gesprochen wurde nicht.

In der Dunkelheit erreichten wir mit ihr das Dorf. Wir brachten sie auf Müllers Zimmer und legten sie auf das Sofa. Mein Kollege rannte nach Verbandstoff, kam zurück, und wir verbanden sie. Sie lag wie schlafend, ihr Gesicht war sehr blaß. Müller eilte zur Poststube, um mitzuteilen, daß Tomma erkrankt sei und ihren heutigen Dienst nicht antreten könne. Als er zurückkehrte, ging ich ihm auf dem Flur entgegen und fragte, ob er denn nicht einen Arzt heranrufen wolle.
Er winkte ärgerlich ab. »Sie hat sich da ein wenig gekratzt«, flüsterte er. »Diese Mädchen, sag selbst, finden doch ihre Pulsader nicht.«
Sodann fragte ich, an wen er den Brief und das Gedicht gerichtet habe.
»An Adeline Tannen«, sagte er und mußte lachen. »Aber es war ja nur Spielerei.« Er müsse unbedingt noch etwas erledigen, setzte er hinzu und ging wieder fort.
Jetzt wird er sich mit Adeline treffen, wer weiß, dachte ich und wurde traurig. Vielleicht hatte er ihr schon früher Gedichte geschickt. Dieser Willi Müller würde allen Mädchen besser gefallen als ich, dunkelhaarig und schwarzäugig wie er war. Diese da hatte sich gar seinetwegen das Leben nehmen wollen.
Nach einer Weile schlug Tomma die Augen auf. Sie fragte:
»Hast du dich denn verwandelt?«
»Ich bin es ja nicht«, antwortete ich.
Sie seufzte und schloß die Augen wieder. Ich gab ihr vom Tee, der bereitstand. Sie bat um eine Zigarette und rauchte schweigend. Inzwischen besah sie sich die verbundene Hand, ziemlich gleichgültig.
Müller kam zurück. Jetzt hielt er einen Zettel in der Hand. Er warf sich mit einem Stöhnen vor Tomma auf die Knie und versicherte ihr unter Tränen, er sei voll-

ständig unschuldig, Brief und Gedicht seien für den Papierkorb bestimmt gewesen. Er reichte ihr den Zettel, sie solle ihn lesen.
Aber sie wollte nicht und sagte nur:
»Ich bin geheilt.«
Er sprach noch eine Weile mit beschwörender Stimme auf sie ein und gab ihr viele zärtliche Namen. Da sie nicht antwortete, reichte er den Zettel mir, ich sollte ihn vorlesen. Das Geschriebene stammte von Adeline Tannen, ich sah, daß ihr Name darunter stand. Fräulein Tannen erklärte in kurzen Worten, daß sie keine Beziehung zu Herrn Willi Müller habe und auch nie haben werde. Ich las das der Tomma vor. Wie leicht wurde mir jetzt ums Herz! Willi war also zum Hause des Tierarztes gegangen und hatte die Sache in Ordnung gebracht.
Jedoch – Fräulein Tannens Erklärung schien nicht den geringsten Eindruck auf Tomma zu machen. Sie wiederholte:
»Von dir bin ich jetzt geheilt. Nicht wegen der, sondern überhaupt.«
Müller gab mir ein Zeichen, und ich ging. Wie beglückte es mich, daß alles so gekommen war! Draußen war Abend und mattes Schneelicht. Ich ging dreimal vor dem Hause des Tierarztes auf und ab. Beim drittenmal erschien eine schlanke Gestalt, und Fräulein Tannen kam aus dem Garten heran. Ich blieb stehen, grüßte sie und sagte:
»Ich habe alles miterlebt. Wie gut, daß Sie nichts mit ihm zu tun haben!«
»Wen meinen Sie?« fragte sie eisig.
»Sie wissen, wen ich meine. Es ist gut für Tomma, daß Sie auf ihn verzichtet haben.«
»Wieso habe ich verzichtet?«

»Sie haben doch für Tomma einen Zettel geschrieben.«
»Gelogen!« versetzte sie böse. »Ich denke nicht daran, zu verzichten.«
»So hat er den Zettel selber geschrieben?«
»Welchen Zettel? Ich weiß von keinem. Ich sah euch mit Tomma aus dem Wald kommen. Jetzt ist sie im Dienst, wie?«
Ich begriff, daß dies Mädchen entschlossen war, zu Willi Müller zu gehen, zog wortlos den Hut und entfernte mich. Sie grüßte zurück, stolz – und störrisch – und verrückt – –

Lieber Filius!

Bei Frauen hatte ich wenig Glück; oder, auch möglich, ich habe nicht bemerkt, wenn ich es gehabt hätte. Später habe ich es doch bemerkt.

Eines Tages erschien Fritz Unverfehrt bei mir in Pysum. Er war mit dem Fahrrade gekommen, der Märzwind hatte ihn über die freie Landschaft hergeweht. Ich hörte jemand eilig die Treppe ersteigen.

»Lyrik! Lyrik will ich hören!« rief er und schon stand er in wehender Pelerine auf der Schwelle und streichelte mit seinen langen Armen die Luft, als sei ich gemeint. Ich zeigte ihm meine geringe eigene Ausbeute und erzählte, daß ich zu Verlaine in die Lehre gegangen sei und deswegen keine Zeit zu eigenen Versen gehabt hätte und wohl auch zu wenig Mut. Aber er fand es nicht richtig, daß ich übersetzte, und schalt mich, weil das alles aus zweiter Hand sei. Erlebte ich denn nichts in diesem tristen Weltwinkel?

»Hör doch einmal dies!« sagte er und sah mich beschwörend an. Es erklang der scharfe Brandungston. »Und weiter«, rief er, »wie steht es mit den Frauen?« Er ließ seine schönen braunen Augen in aller Freundlichkeit spielen, so daß ich verlegen wurde. Doch ich zwang mich zum Sprechen und berichtete ihm mein Erlebnis mit Adeline Tannen.

»Huch!« rief Fritz. »Wie unverschämt jung du noch bist!

Und grade das ist schuld, daß sie dich nicht will und dir den Weiberheld vorzieht: du bist ihr zu unschuldig. Vertrackt, wie machen wir dich schnell älter! Nun, im Ernst, das Leben wird dich schon bei den Ohren nehmen. Und wenn das geschieht – denk an das, was ich von dir will, an Lyrik.«

Wir gingen fort und schritten vor dem Wind am Strande hin. Das Meer war kaffeebraun, weiße Schaumlinien zogen sich von der Nordsee in die Bucht hinein. Unverfehrt schrie und sang, schließlich tat ich es ihm nach. Wieviel Ermutigung ging von ihm aus! Später las er Muscheln auf, für ein Mädchen, wie er sagte, zu dem er fahren und mit dem er sich verloben wolle.

Ich fragte ihn, ob sie genauso fröhlich sei wie er.

»Sie ist trauriger als traurig«, erwiderte Fritz und wurde ernst. »Aber ich will ihr helfen, es weniger zu sein; will vieles Schlimme, was in ihrem Leben gewesen ist, gutmachen.«

Erst beim Leuchtturm Blauhand, wo am Signalmast die Sturmkörbe im Wind schwankten, fing er wieder an zu singen.

Daß das Leben mich, wie Unverfehrt es vorausgesagt hatte, bei den Ohren nehmen werde, blieb kein frommer Wunsch. Knapp vierzehn Tage nach seinem Besuch traf ein erstaunlicher Brief bei mir ein. Die Adresse war in einer schnörkligen Zierschrift geschrieben, die mir seltsam bekannt vorkam, als hätte ich sie zu irgend einer Zeit einmal gesehen. Ich erbrach den Brief und las. Er war von meinem Vater, von Willibald Krog. Poststempel: Brake.

»Lieber Filius!« schrieb dieser Mann. »Bin seit kurzem wieder aus der weiten Welt zu Hause eingetroffen, und deine Mutter und ich haben beschlossen, uns wieder zu heiraten – –«

Da war es also gekommen; einen Augenblick war mir, als liefen Mäuse über das Briefblatt. Mir fiel ein, daß vor längerer Zeit in Brake ein Jugendfreund von ihm mich angesprochen und gefragt hatte, wie ich mich dazu stellen würde, wenn mein Vater zurückkäme; und als ich den Mann erstaunt ansah, erklärte er, er wisse natürlich nicht, wo Willibald Krog sich aufhalte, ob er so etwas im Sinn habe und überhaupt, ob er noch am Leben sei – dies sei nur beiläufig gefragt; worauf ich ihm ebenso beiläufig antwortete, daß wir ihn, falls er käme, wohl aufnehmen müßten.

Jetzt aber war er da, der Vater! Jener Jugendfreund hatte also nicht in meiner Seele forschen wollen, sondern einen Auftrag gehabt, etwa so: Geh einmal, mein Lieber, und stelle bei meinem Sohne fest, wie er darüber denkt; die Alten sind inzwischen gestorben, und so ist es wohl jetzt der geeignete Augenblick.

Ich habe das erst später überdacht und begriffen – fuhr also am nächsten Samstag nach Brake. Meine Mutter holte mich vom Bahnhof ab. Sie weinte, als wir uns begrüßten, und sagte:

»So ist es also gekommen. Du glaubst nicht, wie gut er jetzt zu mir ist.«

Als wir daheim die Treppe hinaufstiegen, stand der Vater vor der Stubentür. Ich, als müßte es so sein und als würde es von mir erwartet, umarmte ihn und spürte mit Unbehagen seinen starken Schnurrbart an meiner Backe. Dann schritt er mir wortlos ins Zimmer voran. Es war ein Seemann, der hier unvermittelt erschienen war, groß und breit, muskulös, mit rundem rötlichem Gesicht, hellen blauen Augen und kahlem Kopf – mein Vater wars, und er ließ sich schwer in das Sofa nieder und würde von nun an dort sitzen, genau unter Großvater Wolkens Ölbild ‚Der Schiffbruch', auf dem im

Vordergrund ein Seemann einen Mast umklammert hielt und in den Sturmwogen zum Lande trieb.
Hierher, auf das Sofa in Wolkens Hause, hatte er sich gerettet, als einer, der sich vierzehn Jahre lang in der Welt versucht hatte und als der Gleiche zurückkam, der er gewesen war, mit einem blauen Anzug, einer blauen Schirmmütze und einem Wäschesack. Und als ich ihm gegenüber Platz genommen hatte, in beklommener Erwartung, was von nun an zwischen meinem Vater und mir sein werde, erfuhr ich von all den Bosheiten, auf die er in sämtlichen Erdteilen gestoßen war, und wie alle Welt es darauf abgezielt hatte, ihn nicht hochkommen zu lassen; wie man ihm überall seine körperliche und geistige Überlegenheit bestritt, bis er sich entschloß, die eine wie die andere zu beweisen und damit – wie konnte es anders sein! – seine Stellung verlor. »So ist zum Beispiel«, erklärte er unter anderem, »die Drossel hier bei uns ein nützlicher Insektenvertilger, aber drüben in Amerika, wo alles entartet, ist auch sie nur noch ein Schädling.«
All das hörte ich mit Staunen. Später, als die Mutter das Essen aufgetragen hatte, lernte ich seine Tischsitten kennen. Aber wie glücklich war meine Mutter, daß es ihm schmeckte.
Später ging ich zu Udo in die Wohnung hinunter, um ihn und seine Frau zu begrüßen und mir ihr kleines Kind anzuschauen. Die junge Frau sah mich forschend und mitleidig an und fragte flüsternd, wie ich über die Rückkehr meines Vaters dächte. Ich antwortete ihr mit knappen Worten, daß es wohl so recht sei. Sie seufzte, und wir sprachen von anderen Dingen. Udo schwieg. Die Beiden schienen geglaubt zu haben, ich würde mich so verhalten, wie damals in Sachen Sperling.

Udo war zu der Zeit schon sehr leidend. Er durfte wegen der Zuckerkrankheit vieles nicht essen und wog sich die Brotscheiben auf einer kleinen Waage ab. Ich hielt sein Kindchen auf dem Schoß und sah seine mageren Hände und die großen kahlen Stellen in seinem Haar. Diese leisen Leute ängstigten sich vor dem schweren Mann, der über ihnen in der Etage eingetroffen war.
Als ich einige Wochen später wieder zu Hause war, erfuhr ich, daß mein Vater einen Beleidigungsprozeß angestrengt hatte und zwar gegen den Redakteur einer katholischen Zeitung im Münsterland. In unserer Landschaft wohnten, zumal das Münsterland damals zum Großherzogtum Oldenburg gehörte, die Konfessionen in unguter Nachbarschaft, und die Seelenhirten der einen belauerten die Schäflein der andern. So hatte der Redakteur jenes Blattes, ein Kaplan, von der Heimkehr eines Willibald Krog gehört und, um seinen Lesern einen Begriff von den bedenklichen Sitten im evangelischen Landesteil zu geben, des langen und breiten darüber berichtet. Er nannte meinen Vater ein ‚sauberes Früchtchen‘ und anderes mehr und über meine Mutter erlaubte er sich zu bemerken, sie habe in ihrer Schwäche nichts Eiligeres zu tun gehabt, als das ‚Früchtchen‘ wiederum zu heiraten.
Es war also nichts als eine häßliche Sudelei in schlechtem Deutsch, keiner Beachtung wert. Jedoch mein Vater geriet darüber in einen maßlosen Zorn. Er verklagte den Kaplan. Der Prozeß, bei dessen Ausgang dem Beklagten eine Geldstrafe von fünfzig Mark wegen Beleidigung auferlegt wurde, erfüllte monatelang die Luft zu Hause. Wie oft, wenn mein Vater mit blutgefülltem Kopf im Zimmer auf und ab stampfte, und die Lampe bei seinen Schritten klirrte, hörte ich ihn die Worte zischen: »Wenn ich den Lump hier hätte, ich würde ihm –«

Er würde ihn erdrosseln, dachte ich – wohl ihm und wohl uns, daß er nicht zur Hand ist.

Der Zorn über die Beleidigung klang erst gegen den Herbst ab. Inzwischen eröffnete mein Vater in Tante Maries Kabinett ein Geschäft als Auktionator, und meine Mutter kaufte ihm dazu einen Schreibtisch, ein Stehpult, einen Aktenschrank usw. Allmählich stellten sich Kunden ein, die etwas zu verauktionieren hatten. Man hat mir erzählt, daß mein Vater diese Auktionen sehr witzig zu gestalten wußte. Für den Rest der Nachmittage hatte er sich einem Stammtisch in der Ratshalle zugesellt, wo von fünf bis sieben Skat gespielt wurde.

Fremdartiger konnte mir kein Mensch sein. Es ist schwer zu begreifen, daß ich dennoch meine Sommerferien zu Hause verbrachte. An Geld, eine Reise zu machen, hätte es mir nicht gefehlt. Aber ich kam gar nicht darauf. Etwas Schöneres, als mit dem Studenten Hans Bade an den Weserufern hinzustreifen, drinnen im Schilf im Boot zu liegen und Pfeife qualmend die Dampfer vorüberziehen zu sehen, konnte ich mir nicht vorstellen. Meine Wasserstadt, mit Meeresgrund unter sich, blieb das Element, das ich brauchte.

Übel war, daß mein Vater sich offenbar vorgenommen hatte, etwas nachzuholen und mich bei meinen einundzwanzig Jahren erst noch zu erziehen. Gern fand er etwas an mir zu tadeln. Meine Freunde nahm er, als mir zugehörig, zum Ziel seines Spottes. Fritz Unverfehrt hatte die Gewohnheit, seine Kartengrüße auf Englisch zu verfassen. Er tat es, um sich in der Sprache zu üben, er lernte sie durch Selbstunterricht, denn er bereitete sich auf die Prüfung zum Mittelschullehrer vor. Wenn der Briefträger meine Post unten im Büro abgegeben hatte, machte mein Vater sich daran, die Karten zu korrigieren; und wenn er sie mir gab, sagte er wohlig:

»Drei Fehler. Wer eine fremde Sprache nicht beherrscht, sollte sich ihrer nicht bedienen.«
Nichts konnte mich mehr aufbringen als derartiges.
Aber es kam schlimmer. Eines Tages verlegte er seine Erziehungsversuche auf das literarische Gebiet, und da nahm dann unsre kurze Beziehung ein jähes Ende. Warum es erzählen? Nun, auch diese Narrheit verlangt ihren Bericht. Vorauszubemerken wäre, daß ich meinen Vater ernst nahm; es nicht zu tun, wäre um des Friedens willen besser gewesen. Aber wie hätte ich es in mein Gehirn bringen können, den eigenen Vater nicht ernst zu nehmen!
Es begann so: Eines Tages saß ich allein im Wohnzimmer neben den dumpf duftenden Geranien am Fenster und las in meinem Lenauband. Da kam mein Vater herein. Vielleicht war er verärgert, daß sich an diesem Tage kein Kunde gezeigt hatte. Mit seinem beklemmenden Seemannsgange schritt er im Zimmer auf und ab. Ich schloß das Buch, wollte warten, bis er wieder ging. Nach einer Weile fragte er, ob der Photograph die Bilder geschickt hätte. [Er hatte sich mit der Mutter aufnehmen lassen.] Ich verneinte. Er fuhr fort, zu gehen, setzte sich dann in das Sofa und sah mich fortgesetzt an. Ich spürte, daß er mich stören wollte. So öffnete ich das Buch wieder und blätterte darin.
»Was liest du da?« fragte er.
»Ein Gedichtbuch.«
»Weshalb liest du es?«
»Weil es mir gefällt.«
»Pah, wirf es in die Weser.«
Ich wollte einen Streit vermeiden und sagte:
»Die Gedichte sind von Lenau. Du selbst hast in alter Zeit einen Vers von Lenau in Mutters Poesiealbum geschrieben, diesen:

Nie soll weiter sich ins Land
Lieb von Liebe wagen,
Als sich blühend in der Hand
Läßt die Rose tragen.

Ich habe ihn dort als Junge gefunden.« [Und von dem kleinen Vers war mir auch seine verschnörkelte Handschrift in der Erinnerung geblieben.]
Darauf erklärte er kurzweg:
»Ich sagte dir bereits, daß dieser Lenau Mumpitz ist. Jeder kann so etwas machen.«
Was war nun dies? Der Zorn stieg in mir auf, und ich fragte:
»Du vielleicht?«
Er überhörte das oder nahm es als eine Anregung, mit eigenen Arbeiten auf den Plan zu treten, denn er zog seine Brieftasche hervor und stöberte darin herum.
»Zum Beweis, daß ich es auch kann«, begann er, »werde ich dir ein von mir verfaßtes Gedicht vorlesen. Ich habe es in englischer Sprache gedichtet und im ‚Liverpool Herald' erscheinen lassen. Das Honorar strich ein Ire mit Namen Reill, MacReill aus Cork, ein. Da du nicht Englisch verstehst, will ich es dir hernach übersetzen. Hör also zu:

A man went to the monkeyhouse,
Played with another fellows spouse.
The monkey asked: Why Y' do so?
He said: I am Caruso.«

Es folgten weitere Strophen, in denen der berühmte Sänger dem Affen erklärte, sein Name komme von ‚caresser', und daher sei es für ihn, Caruso, Pflicht, sich zu amüsieren. Dies begreifend, räumte der Affe ein:

If I was Caruso,
I should exactly do so.

Als er das Poem, das eigentlich ganz witzig war, vorgelesen hatte, fügte er hinzu:
»Seine zehn Schilling bekam der Dieb MacReill dafür. Dazu machte es ihn bekannt.« Er tat das Blatt wieder in die Brieftasche. »Ich werde es dir einmal abschreiben, nebst Übersetzung ins Deutsche.«
Jetzt hätte ich kurz sagen müssen: Danke. Und nichts weiter. Aber leider, ich nahm ihn ernst, und so sagte ich:
»Danke. Aber –«
»Aber?«
»Aber du mußt nicht denken, daß sich dein Poem mit einem Gedicht von Lenau vergleichen läßt.«
»Weil es besser ist!«
Es war nun einmal begonnen – ich würde hinstehen müssen. Ich erwiderte ihm also:
»Weil es wohl gereimt, aber nicht gedichtet ist wie ein echtes Gedicht, etwa von Lenau«.
Er richtete seine Augen wie Rohrmündungen auf mich, wuchs aus dem Sofa empor und kam gegangen.
»Wie, du Grünschnabel willst deinen Vater lehren, was ein Gedicht ist?«
Wie ein Wegweiser stand er vor mir, mit erhobener Hand.
»Schlag zu«, sagte ich und stand auf. Den Lenauband hielt ich gegen die Brust gepreßt. Im Rausch hatte ich das Verlangen, wegen Lenau gezüchtigt zu werden.
Noch schlug er nicht. Ich wandte mich fort und ging langsam zur Tür. Er folgte mir dichtauf in der gleichen Haltung. Ich öffnete die Tür und blieb vor der Treppe stehen.
»Jetzt gib mir einen Tritt, und ich fliege aus dem Haus«, sagte ich und hielt die Augen in das Dunkel des Treppenabhangs gerichtet, um abzuschätzen, wo ich etwa Fuß

fassen würde, wenn er zustieß. In diesem Augenblick kam meine Mutter aus der Küche geeilt. Sie schrie auf und hob beschwörend die Hände gegen ihn. Er gehorchte sofort und kehrte ins Zimmer zurück. Ich griff mir die Mütze und stieg die Treppe hinunter.

»Komm wieder, komm wieder!« rief meine Mutter mir nach.

So also ging es zu. Den Tag verbrachte ich auf dem Hammelwarder Friedhof, bei den Gräbern der Alten; dort aß ich die Brötchen, die ich mir unterwegs gekauft hatte. Gegen Abend suchte ich Frau Hoddersen auf, bei der ich immer wie zu Hause war. Dort wurde aus dem Faust vorgelesen. Über meinen Streit schwieg ich und kehrte spät in der Nacht auf mein Zimmer zurück.

Mein Vater und ich hatten von da ab kaum ein Gespräch und nie einen Streit mehr. Lyrik, die Fritz Unverfehrt, sobald mich das Leben bei den Ohren nehmen würde, von mir erwartete, entstand damals nicht.

Der Totenkopfschwärmer

Weiße Phloxblume – habe ich sie bei mir genannt; ihren Vornamen weiß ich nicht mehr. Sie war die Frau meines Kollegen, des Hauptlehrers von Pysum. Warum sie diesen Mann geheiratet hatte, habe ich nicht ergrübeln können; sie war nicht dazu geboren. Im Sommer ihres Lebens, der erscheinen würde, hätte sie vor Gewittern bewahrt sein sollen; und wenn ihr Herbst kam, und das Blühen endete, so hätte er sich als ein blauer Septembertag einstellen sollen, mit milder Sonne und stiller Luft, der welkende Phloxblüten noch lange, obschon längst gelockert, an den dürr gewordenen Staubfäden haften läßt.

Der Sommer brachte der friesischen Küste die einzige Zeit der Windstille. Bäume und Blumen blühten, und einige Wochen lang verlor die Landschaft ihre Kargheit. Die Abende waren wie lang währende Erwartungen, sie dehnten sich hinaus, und die Nacht kam spät mit verwischten Sternen. Aus fernen Landstrichen brachen Falter in diese nördlichen Breiten auf. Und es kam die Stunde, eines späten Nachmittags, da erschien der größte von ihnen, der Totenkopffalter bei uns. Er war als Papillon de Mort auf einem Acker Lothringens aus der Puppenhülse geschlüpft und in weiten Nachtflügen durch Hessen und Westfalen bis zur Nordsee vorgedrungen. Er umkreiste das rissige Gemäuer des pysumer Muschelofens, drang in den Schulgarten ein, sog an bittersüß duftenden Phloxdolden und stieß gegen den Bienenstand vor. Da die Bienen Miene machten, ihn anzugreifen, bog er ab und surrte über die Viehweiden davon.

Die Sonne war gesunken, die Dämmerung begann. Ich sehe mich in einem ebenerdigen Zimmer der Hauptlehrerwohnung sitzen. Herr Wolf hatte mich schon mehrmals eingeladen, mit seiner Frau zu musizieren. Jetzt fällt mir ein, daß sie Annette geheißen hat. Er, der Hauptlehrer, war an diesem Abend in den Ort gegangen. Die Frau und ich, wir hatten Schumannlieder gespielt – sie hatte begleitet, und ich hatte gesungen – und nun saßen wir am Tisch und löffelten gelben Pudding in rotem Saft, den Annette hereingeholt hatte; wir unterhielten uns über mancherlei, was einem nach schönen Liedern wohl einfällt. Plötzlich sagte die Frau:

»Waren Sie heute nicht genau so allein wie ich? Seltsam – kaum hatte ich meine Kleine schlafengelegt, so rief ich die Treppe hinauf, und schon kamen Sie.«

»Wenn Sie wünschen, können wir häufiger zusammen musizieren«, sagte ich.

»Wenn Sie aber keine Zeit für mich haben? Da Sie doch abends immer für sich arbeiten?«

»Das sind nur Versuche. Was hat es schon für Wert.«

»Erzählen Sie mir nicht von diesen Versuchen?«

Ich überlegte. Mit ihr ein so nahes Gespräch zu beginnen, konnte ich mich nicht entschließen. Zwischen ihr und mir stand die Tatsache, daß sie den Herrn Wolf geheiratet hatte.

Schwieg ich immer noch? Hatte ich denn keine Freundlichkeit für sie? – Sie war nicht nur heute abend allein, sondern fast jeden Abend, denn ihr Mann langweilte sich, pflegte die Wirtshäuser aufzusuchen und mit

den Fischern und Bauern Karten zu spielen und zu trinken.
Ich hörte die Frau seufzen und blickte auf. In ihrem losen Kleid wirkte sie wie ein verwehender Hauch. Sie war kaum älter als ich, schüchtern und freundlich. Wieder mußte ich an weißen Phlox denken, denn unter ihren Augen waren die gleichen Schatten, die eine Phloxdolde unter sich hat, wenn der Tag trübe ist. Diese Schatten und auch ihr Seufzen, sie würden mir heute folgen, meine knisternde Treppe hinauf und, wer weiß, durch die sternverschleierte Nacht.
»Wenn ich darf, komme ich einmal mit meinen eigenen Noten«, sagte ich und stand auf.
»O sprechen Sie nicht von dürfen«, versetzte sie. «Vielleicht hört auch mein Mann es einmal gern.«
Als ob man jenen Mann durch Musik aus dem Wirtshaus locken könnte! dachte ich, als ich auf mein Zimmer zurückkehrte; es gibt auf der Welt vielerlei Unmöglichkeiten – leider gehört diese dazu.
Jetzt also erwartete mich meine nichtige Arbeit: die leeren Blätter, der Band Verlaine und das Lexikon. Es dunkelte, und ich zündete die Lampe an. Ich hatte schon den halben Sonntag dazu verwandt, ein bestimmtes Gedicht zu übertragen. Es hieß ‚Colombine' und war eine einzige herrliche Narrheit. Setzte mich an den Tisch und versuchte mich wieder in die Verse einzufühlen. Der Tisch stand am Fenster, und das Fenster war geöffnet. Noch war fern hinter dem Deich der Schaumstreifen der Brandung zu erkennen. In das leise und gleichmäßige Rauschen mischten sich von Zeit zu Zeit die trübseligen Klänge eines Karussells, das sich im Dorf vor dem Deichschart drehte. Ich suchte das Gedudel zu überhören und las mir das französische Gedicht laut vor. Doch meine Gedanken schweiften von der Colombine ab und kehrten

zu den Unmöglichkeiten der Welt zurück. Ein junges unerfahrenes Mädchen heiratet einen Mann, der zweierlei bevorzugt: Schulkinder prügeln und sich betrinken; und nun hat sie ein Kind, ein zartes Wesen, von dem man nicht weiß, was aus ihm wird. Weil meine Gedanken nicht davon loskamen, stand ich auf und durchwanderte den Raum. Nicht, daß die Frau mir Liebe eingeflößt hätte. Ich liebte damals keine Frau. Es kam allerdings zuweilen vor, daß mir eine einfiel, die es nicht gab und mit der ich möglicherweise einmal zusammentreffen würde, sofern der Schöpfer ein Einsehen hatte.

Und als ich ruhlos auf und ab ging, klirrte plötzlich die Lampenkuppel, wie wenn jemand einen Gegenstand, etwa einen Erdbrocken, dagegen geworfen hätte. Ich trat zum Tisch. Die Kuppel war heil, und auf dem Tische war nichts zu entdecken. Alsdann beugte ich mich aus dem Fenster. Draußen lagen die Viehweiden in stiller Dunkelheit. Dann aber, als ich mich umwandte, saß auf meiner Sofalehne ein riesiger, dunkel gefärbter Nachtfalter, dessen geöffnete Flügel, wohl so breit wie die Spanne meiner Hand, schwirrten. Ich trat näher und beobachtete ihn. Die oberen Flügel waren braun und die unteren gelb und schwarz gebändert; und da sich auf dem dunklen Rücken des Schwärmers eine gelbe Totenkopf-Zeichnung zeigte, begriff ich, was für ein Wesen dieser Abend mir gegen die Lampe geschleudert hatte. Die Stunde schien nicht dazu bestimmt, daß jemand in Pysum einem leichtfertigen französischen Gedicht nachhing.

Der heftige Anprall gegen die Kuppel mochte den Schwärmer betäubt haben; noch ließ er die Flügel schwirren, blieb aber an seinem Fleck. Ich legte die Finger an eine der Flügelspitzen; kaum spürte der Totenkopffalter die Berührung, so ließ er einen dumpfen Ton erklingen, als ob er durch den Rüssel Luft ausstieß wie zu einer Klage. Bei dem an- und abschwellenden Ton ging mir ein Frösteln über den Rücken. Ich verlöschte die Lampe und tastete mich zum Sofa zurück. Nach einer Weile wurde mir der Schwärmer wieder sichtbar. Er verhielt sich jetzt völlig still. Er würde, wenn er sich erholt hatte, den Rückweg durch das Fenster finden, durch das die helle Nacht schimmerte.

Ich starrte ihn lange an. Plötzlich wurde mir die zweiteilige Zeichnung des Hinterleibes zu zwei Kreuzen. Diese beiden Kreuze, dachte ich, sagen zwei Grabkreuze voraus – auf dem einen wird zu lesen sein: ‚Weiße Phloxblüte', und auf dem andern: ‚Ein kleines Kind'. Die Vorahnung war mit dem Klageton des Totenkopfschwärmers in mich eingedrungen. Ich ertrug es nicht länger in der Finsternis und verließ das Zimmer.

Annette stand in der Haustür der Hauptlehrerwohnung, ihr helles Kleid schimmerte herüber. Aber ich blickte fort und entfernte mich eilig, die Muscheln erhoben unter meinen Stiefeltritten ihr Geschrei. Drüben glitt der Lichtschein des Karussells über die Häuserwände des Dorfes, und das Gedudel verstärkte sich. Ich hatte wohl nicht die Absicht, der Frau den Wolf heimzuholen; in Anbetracht seiner Bissigkeit würde kein Beschwören nützen. Doch ich schritt vor jeder Wirtschaft, in der er sich aufhalten konnte, hin und grübelte – vor vier Wirtschaften schritt ich hin, trat aber nirgends ein. In dieser Stunde galt es, das Unentrinnbare zu ehren, daß auch jener Mann im Weltenplan stand, zu begreifen, daß für Annette jener zum Weinen deutlich mitten darin stand.

Schließlich wandte ich mich fort. Da erblickte ich ihn auf dem Karussell! In den Kutschen saßen Liebespaare, die sich umschlungen hielten. Neben der Besitzerin, der die Geldtasche an der Schulter hing, stand Wolf und fuhr mit im Kreis. Die Frau lachte bei seinen Worten und ließ sich, während sie das Pferd zur Eile antrieb, von ihm den Arm drücken. Auch das war kein unerwartetes Beginnen.

Ich wandte mich zum Schulplatz zurück. Der Schein des Frauenkleides in der Tür war noch zu erkennen. Ich ging darauf zu. Als ich herankam, sagte ich:

»Sie dürfen nicht enttäuscht sein, daß *ich* es bin und nicht Ihr Mann.«

»Ich erkannte Sie am Schritt«, sagte sie.

»Aber Sie warten doch auf ihn.«

»Ich warte nicht. Es war nur so schön, hier zu stehn.«

»War es schön?« Ich mußte mich wundern. »Was aber?« fragte ich. »Was mag so schön sein auf der Welt?«

»Ich weiß es auch nicht«, sagte sie nach einer Weile. »Dieser Tag und dieser Abend, oder – vielleicht alles. Warum sprechen Sie jetzt so traurig?«

»Ich habe nichts Trauriges gesagt.«

Mir war, als ob sie erleichtert aufatmete. Und ich legte es mir so aus: Daß es schön ist für sie, hier zu stehen, muß ein Wunder sein, das ihr zugefallen ist, eine Beschirmung. Ich trat auf sie zu und streifte mit den Fingern über ihre Wange, ganz kurz, als müßte ich es tun; und etwas gesprochen werden mußte wohl auch: als ich die Zartheit ihrer Haut gefühlt hatte, stammelte ich etwas, das ich nicht mehr weiß. Darauf wurde meine Hand von ihren Händen ergriffen.

Sie würde früh sterben, ich glaubte es zu wissen. Damals galt mir das frühe Sterben als ein Unheil.

Nach einer Weile sagte ich:

»Ein so lieber Mensch gibt meine Hand wohl wieder frei?«

Sie gab die Hand sofort frei. Wir standen stumm beieinander in der Finsternis. Schwieg das Karussell, so war das Rauschen der Brandung zu hören. Nichts auf der Welt mag schöner sein, dachte ich, als daß wir hier stehen – Liebe, falls ich sie einmal erleben sollte, kann dies nicht übersteigen.

Diebold zum dritten

An einem Samstagmorgen im Spätsommer, mitten in meiner zweiten Schulstunde, klopfte jemand gegen das nördliche Klassenfenster, das auf den Spielplatz hinausging und gewöhnlich geschlossen war. In Pysum waren die Fenster geweißt, damit die Schüler nicht durch Hinausschauen vom Unterricht abgelenkt würden. Ich konnte also von dem, der da pochte, nur so viel erkennen, als die Gucklöcher zuließen, die sich die Kleinen in den weißen Belag gekratzt hatten – ging an das Fenster und öffnete es: da war es Axel Diebold. Er war, den Rucksack auf dem Rücken, gekommen, mich an diesem Weltenende zu besuchen. Es war ein Stück Freundschaft.
Diebold war in den vergangenen anderthalb Jahren rasch vorangekommen. Direktor Meyer-Salzer hatte ihn bei unserer Entlassung vom Seminar weder an das Meer noch in das Moor verbannt, sondern in nächster Nähe der Residenz untergebracht und schon nach einem Halbjahr als Hilfslehrer an das Seminar berufen. Als dann ein Jahr Schuldienst verstrichen war, wurde er nach Berlin beurlaubt, um sich am Konservatorium und an der Kunstschule zum Zeichen- und Musiklehrer auszubilden. Eben jetzt verbrachte er die ersten Semesterferien in der Heimat; und heute hatte er sich nach Pysum aufgemacht, um nach mir zu sehen.
Schon stand er neben mir im Klassenraum, urlebendig,

reifer und schlanker geworden, mit langem Blondhaar und einer Künstlerkrawatte; und er fragte mich:
»Was gibt's denn bei dir? Rechnen? Gut, setz dich aufs Pult, Albert, ich unterrichte weiter.«
Er tat, wie er wollte, und nun war es ein Vergnügen, zu erleben, wie er das kleine Volk mit seinen Rechenaufgaben wach machte. Er zog die Geldtasche hervor, aber o weh, sie war [wie meistens] fast leer; ließ sich also die meine geben und eröffnete mit Groschen und Pfennigen eine Art Bank. Sogar die beiden Schwachsinnigen, die seit Jahren ihre ungestüm wachsenden Glieder unter die vorderste Bank quetschen mußten und Jahr um Jahr wieder mit den Fingern bei Eins und Eins zu rechnen anfingen, nahmen Notiz von dem unterhaltsamen Herrn, der da hereingeschneit war, und lächelten einander selig zu.
Die letzte Stunde war Singen, sie wurde zu einem Fest. Axel spielte Geige, ich Gitarre, und die Kinder lernten das lustige Lied von der ‚Lammer-Lammerstraat'.
Als wir im Strandhotel beim Essen saßen, fragte er:
»Warum sind eigentlich die Wände in deinem Schulzimmer kahl? Hast du denn keine Bilder?«
Es war mir vor lauter Träumerei noch gar nicht aufgefallen. Die Wände waren weiß gestrichen, gekalkt – es mußte wohl so sein.
»Ich werde sie dir heute nachmittag bemalen«, erklärte er. »Ich male ein Schiff mit einem roten Klabautermann oder, sagen wir, eine schlanke und blanke Nixe, die sich in einem Fischernetz gefangen hat. Farben und so weiter habe ich mit.«
»Male lieber den Klabautermann«, sagte ich. »Was wird aber der Wolf dazu sagen?«
»Mir wurscht.«
Am Nachmittag begann er wirklich sein Fresko. Es wurde ein herrliches Bild, überaus bunt. Wolf, der es sich

ansah, lächelte ironisch, sagte aber nichts dagegen; vielleicht spürte er, was von meinem Freund ausging, oder er mocht's ahnen, daß Diebold mit dem Schulrat befreundet war. Er ging wieder fort, schob sich den Kugelhut in den Nacken und begab sich an seine Gartenarbeit.

Abends, als dem Maler das Licht ausgegangen war, stiegen wir auf mein Zimmer hinauf.

»Hast du Bier?« fragte er. »Ich habe verdammt Durst.«

Ich mußte staunen und glaubte mich verhört zu haben.

»Weißt du«, sagte er, »in Berlin kann man unmöglich abstinent leben. Man würde ja in jeder Gesellschaft übel auffallen.«

Ich teilte ihm mit, daß ich noch immer keinen Alkohol tränke.

»Komm nach Berlin«, lachte er, »dort lernst du es.«

Gut, wir gingen zum Hotel und holten ein paar Flaschen Bier. Aber ich war jetzt trotzig und ließ ihn das Bier allein trinken, denn er hatte mich damals tüchtig ausgescholten, als ich mit Fritz Unverfehrt Wein getrunken hatte.

»Du bist ja ein richtiger Fanatiker«, sagte Axel. »Prosit, alter Junge!« Er begann mir von seinen Studien in Berlin zu erzählen. »Denk Dir, es gibt da Mitschüler, die pünkteln. Sie malen ein Stilleben, in dem sie Punkt neben Punkt setzen. Dieser Stil kommt aus Paris, und man nennt ihn Pointilismus. Andre gibt es, die suchen den Ausdruck zu verstärken, das sind Expressionisten, so halbe Gotiker. Ja, da gehen dir die Augen auf, wie! Ich lerne dort an einem Vormittag mehr als früher in einem ganzen Jahr.«

Ich fragte ihn, in welchem Stil er jetzt male.

»Ich male, wie ich will. Die Professoren schätzen mich, weißt du. Und nun zeig mir einmal deine neuen Malereien.«

Neue Malereien? Ich hätte keine.
»Wie stumpfsinnig! Kein einziges Blatt hast du gezeichnet? Das hättest du aber unbedingt tun sollen, Mensch; ganz bestimmt, und sieh mich nicht so an. Paß auf, du kannst doch gut zeichnen, es liegen daheim schöne Blätter von dir in meiner Mappe. Und nun habe ich mir etwas für dich überlegt. In der Volksschule kannst du natürlich nicht bleiben, das ist dir wohl klar. Du antwortest nicht? Hast du nie darüber nachgedacht, was einmal beruflich aus dir werden soll?«
Ich hatte es wohl nicht.
»Ich aber weiß es schon. Du sollst ebenfalls nach Berlin auf die Kunstschule. Und sei sicher, da wird was aus dir.«
»Aber ich bekomme ja nie und nimmer einen Urlaub!« rief ich. »Bin doch nicht der Axel.«
»Da laß mich sorgen, Albert. Perlicka-perlacka, du gehst nach Berlin; wir zusammen, hah, das wird was geben. Nun aber mußt du dies überlegen: sowie du da hockst, kannst du nicht losstürmen. Du mußt von nun an saumäßig fleißig sein. Zeichnen mußt du, wo du gehst und stehst. Krüge, Flaschen, Gläser, Blumen, Bäume, Hände, die eigenen oder die anderer Leute, Gesichter, das eigene oder andere – so wie's der Menzel gemacht hat. Ihn verehrt man auf der Kunstschule am meisten, ihn und Holbein. Wir sagen übrigens K. S. Wenn du also in die K. S. aufgenommen werden willst, so mußt du sehr gute Arbeiten vorlegen können, denn der Zudrang ist enorm, und man kann nicht mehr als zehn Prozent aufnehmen. – Sind wir klar miteinander?«
So stellte Axel mich unter den Sprühregen und den Regenbogen seiner Beredsamkeit. All die Arbeit, die ich auf meine Ausbildung als Poet verwandt hatte, sollte von nun an nicht mehr gelten.

Ich sagte ihm meine Bedenken.
»Verse machen kannst du später immer noch!« rief er. »Huh, du bist mir einer! Willst hier bei deinem Wolf und bei deinen stinkenden Idioten bleiben. Im Nu hat eine goldene Gans dich geheiratet, und schon bist du beim Kinderzeugen, und alles ist aus. Nein, dazu bist du mir zu schade.«
Unser Unternehmen wurde des langen und breiten besprochen, und am Ende kamen wir zu dem Beschluß, es sollte und müßte so kommen, wie Axel es im Sinn hatte. Am Sonntag malte er, immerfort von Berlin erzählend und schwärmend, das Wandbild fertig, und am Montag stieg er in ein Fischerboot und fuhr zum Siel hinaus und über die Jade, um in Butjadingen Verwandte zu besuchen.

Diebold taucht auf und – die Welt ist mir verändert. Kein Verlaine, kein Fräulein Tannen, keine Frau Annette mehr.
Ich schrieb ein Urlaubsgesuch an die Behörde. Kaum war es im Postkasten, so begann ich mit Feuereifer zu zeichnen, wie Axel es verlangt hatte. Kein Tag verging, ohne daß ein paar Blätter entstanden wären. Auch der Ölfarbenkasten wurde wieder hervorgeholt: ich erinnere mich, einen Sonnenaufgang am Meer gemalt zu haben, sowie eine Deichlandschaft mit Leuchtturm. Mir war bewußt, daß die Bilder höchst unvollkommen waren, aber in der Hoffnung, einmal bessere zu machen, fuhr ich in der Arbeit fort.
Die Wochen verstrichen jetzt wie im Fluge. Plötzlich erschien der Schulrat zur Revision. Er prüfte meinen Unterricht und den Stand der Klasse und schien zufrieden. Als er auf mein Gesuch zu sprechen kam, bat ich ihn auf mein Zimmer und zeigte ihm die Arbeiten. Was mir

halbwegs gelungen war, hatte ich auf die Wände gezweckt. Der Schulrat sah sich die Blätter an und erklärte, er selber traue sich kein Urteil zu, und es würde gut sein, wenn ich eine Mappe mit Zeichnungen einem bekannten Malprofessor in Oldenburg vorlegte. Ich reiste also in die Residenz und suchte, da der Professor verreist war, den Konservator des Augusteums auf, der mich, nachdem er flüchtig geblättert hatte, etwas verächtlich als für den Zeichenlehrerberuf ausreichend begabt erklärte und mir versprach, dem Schulkollegium eine gleichlautende Auskunft zu geben. Bald darauf teilte mir die Behörde mit, ich sei auf zweieinhalb Jahre aus dem Schuldienst nach Berlin beurlaubt.
Nie mehr in meinem Leben habe ich eine Klippe mit so geringer Mühe umschifft wie diese. Und nie bin ich so mangelhaft gerüstet gewesen. Es war, als ob mich etwas trug, und zwar mit geradezu dieboldischer Leichtigkeit; als ob etwas zulasse, daß mir Freundliches geschah.
Was würden die Eltern zu meinen Plänen sagen? Mein Vater war dagegen. Aber da ich mündig war und also über das kleine Erbteil verfügen konnte, das Tante Marie mir [welch wundersamer Talisman von ihr] hinterlassen hatte, so brauchte ich nicht Notiz davon zu nehmen.
Letzter Winter und letztes Frühjahr in Pysum. Ich war froh und wie erlöst, von Hoffnungen erfüllt, und ich gestehe, ich ging leicht fort. An einem meiner letzten Unterrichtstage raste ein Märzsturm über Nordsee, Bucht und Land dahin. Ich sehe mich unterhalb des Deiches ein paar kleine Abc-Schützen zum Leuchtturm Blauhand heimbegleiten. Sie hatten blaugefrorene Hände und zitterten in ihren knatternden Kleidern; vor und hinter mir gingen die größeren Kinder, und auch sie hielten sich, weil es so sehr wehte, an den Händen. Angst

hatte niemand, alle waren munter, aber gesprochen wurde nicht, das hatten wir beim Sturmgebraus aufgegeben. Und nachdem ich sie vor ihren Türen zu den Eltern hatte hineinlaufen lassen und schließlich allein zurückgeblieben war, machte ich den Versuch, den Heimweg oben über die Deichkappe zu nehmen, um mich von den Spritzern der aufgerührten Springflut für die kommenden Jahre taufen zu lassen. Da sah ich, von den Stößen des Sturmes umfaucht und gepackt, noch einmal das Meer kochen. Doch es war nur ein Rest von mir noch da. Den schwarzen steifen Hut, Melone genannt, der damals halbwegs zur Tracht des Lehrers gehörte, riß der Wind mir vom Kopf, trug ihn weit in den braunweißen Trubel aus Gischt und verwühlte mir das Haar.

Die Blattachseln

Mai 1912. Ich bewohnte ein Zimmer in Alt-Moabit, mit dem Blick auf das Kriminalgericht, und fuhr Morgen für Morgen mit dem Fünferomnibus, den ein Pferdchen im Zuckeltrab zog, am Schloß Bellevue vorüber quer durch den Tiergarten und über den Potsdamer Platz zur Kunstgewerbeschule, die an der Prinz-Albrecht-Straße lag. Diebold hatte mir geraten, mich dort das Sommersemester über für die Aufnahme in der Kgl. Kunstschule vorzubereiten. Er war der Meinung, daß ich noch zu wenig konnte. Ich trat als Hospitant ein und besuchte vormittags den Aktkurs und am Nachmittag den für Pflanzenzeichnen. Mich begeisterte dieser Sturz in die Arbeit. Wie glückhaft war die morgendliche Fahrt zum Unterricht und wie glückhaft auch die Heimkehr auf mein Zimmer, wenn die Front des Kriminalgerichts dem Abend entgegendämmerte und verschwamm, und der goldene Siegesengel über den grünen Kuppeln von Berlin die letzte Sonne widerstrahlte. Das frische Grün des Tiergartens war meiner frischen Jugend bei Sonne und bei Regen gleich verheißungsvoll.
Gegen Abend pflegte ich den Freund Hans Bade aufzusuchen, den zukünftigen Landmesser, und dann wurde heimatlich zu Nacht gegessen, denn Vater Bade, der Schlachter, sparte nicht mit Paketen. Hernach ging es mit anderen Studenten, die sich einfanden, zu den ‚Zel-

ten', wo die Musikkapellen ihr Gedröhn durch das junge Laub sandten, oder zum Kurfürstendamm, den die Autos in Rudeln bevölkerten. In vollen freudigen Akkorden hupten sie und ließen ihr Scheinwerferlicht über die Wipfel der Bäume und über die Fassaden der Häuser hinspielen. Ein Poet, der das damals erlebte, – er hieß Paul Boldt – hat es besungen:

Die Stimmen der Autos wie Jägersignale
Die Täler der Straßen bewaldend ziehn.
Schüsse von Licht! Mit einem Male
Brennen die Himmel auf Berlin.

Die jungen Geodäten, denen ich mich angeschlossen hatte, waren heiter und vernünftig, Jünglinge, frisch aus dem Elternhaus. Sonntags durfte ich an ihren Wanderungen in die Mark teilnehmen, und wenn sie an historischen Stätten vorbeikamen, so zückten sie den Photoapparat.

Zu Diebold, der auch in Alt-Moabit wohnte, kam ich weniger häufig, denn er war – verheiratet. Zu meinem Erstaunen hatte er mir auf der Fahrt nach Berlin, als wir munter und selbstbewußt im Speisewagen saßen, die folgende Mitteilung gemacht: er lebe mit seiner Wirtin, dem Fräulein Slavita, in einer Art Ehe; und das sei sehr gut so, und er rate auch mir solch ein Verhältnis an, man arbeite dann besser. Mir stockte der Atem, als ich es begriff. Ich verbrachte die erste Nacht in Axels Zimmer und lernte am andern Morgen das Fräulein Slavita und ihre beiden Knäblein kennen. Die Kinder waren im Alter von vier und zwei Jahren; das ältere hatte sie von einem Juristen, das zweite von einem Studenten der Kunstgeschichte; die Väter hatten ihre Studien bereits abgeschlossen und Berlin verlassen. Die Slavita war vierundzwanzig und stand in starker Blüte; ich fühlte, wenn ich in ihre Nähe kam, sie sei wie die Natur selbst. Sie war nicht eigentlich schön und hatte eine schräge Narbe auf der Oberlippe. Ihr Hauptreiz lag in der Stimme, sie summte so hin, zog an, lud ein. Es würde ihr, das begriff ich, schwer zu widerstehen sein. Noch ein anderer Kunstschüler hatte bei ihr gemietet, ein trockener Mensch, der über Diebold die Nase rümpfte.

Was Axels Rat anlangte, es ihm in Bezug auf die Frauen nachzutun, so hatte ich über Liebe völlig andere Gedanken. Ich verschwieg sie ihm; er kannte sich ohnehin bei mir aus. Und was hatte ich selber im Sinn? Ich wollte es mir nicht leicht machen und mich erst einmal zurechtfinden in meiner neuen und ersten Freiheit, die mich ganz berauschte.

Alle Morgen fand ich mich in einem riesigen Zeichensaal ein und versuchte mich im Kreise von zwei Dutzend anderen jungen Menschen an einem Männer- oder Frauenakt. Es galt, die Verhältnisse des menschlichen Körpers zu treffen. Professor Schnell, unser Lehrer, machte heitere Miene zum trüben Spiel; bei mir nahm er den Fleiß, mit dem ich immer von neuem begann, und den Eifer, mit dem ich seinen Hinweisen zu folgen suchte, für die Leistung. Nicht alle diese jungen Leute, die sich da in weißen Kitteln um das Modell gruppierten, waren fleißig; bemüht waren nur die, die es ‚nötig hatten', und das waren Herr Leonhard und ich. Herr Leonhard, ein mittelloser Schriftsetzer aus einer berliner Familie, hatte sich, das war ihm anzumerken, ein Ziel gesetzt. Wir zwei rührten uns, solange der Unterricht dauerte, nicht vom Zeichenbrett. Die anderen Hospitanten hielten sich gern im Nebensaal auf, sie kochten und servierten dort Tee, ließen Gitarren rasseln und waren begeistert beim Tanzen, bis der Professor zur Korrektur erschien und sie aufstörte. Unter ihnen befanden sich einige elegante schwarzhaarige Mädchen, die aus reichen Familien stammen mochten und sich hier, so hübsch es ging, die Zeit vertrieben. Ich blieb, Seite an Seite mit ihnen, unbeachtet; nur einmal sprach mich eine an und erkundigte sich, woher ich stamme. Ich sagte: »Aus Brake«, – worauf das Fräulein mich großäugig ansah und achtungsvoll ‚wiederholte‘:

»Ah, aus Prag!«

Die Mittagspause verbrachten Herr Leonhard und ich in dem parkartigen Garten der Schule. Wir setzten uns auf eine Bank und verzehrten unter den hohen Kastanien, die knospten, blühten und abblühten, unser Brot. Ringsum ergingen sich junge Menschen aus vielen Nationen, von hellen Nordländern bis zu dunklen Türken. An einer Stelle des Gartens waren Turngeräte aufgestellt, an denen sich die Schüler gelegentlich versuchten. Einmal sah ich dort ein brünettes Fräulein einen Knickstütz vorführen, worauf eine Runde junger Männer und Mädchen Beifall klatschte. Herr Leonhard sagte:

»Das ist Richard Dehmels Tochter, die Vera.«

Ich hätte sie ansprechen können; wer denkt, daß ich es getan habe, vergißt, daß ich schüchtern war. Immerhin hatte das reizende turnerische Kunststück von Fräulein Dehmel mich wieder auf ‚La lune blanche‘ gebracht und überhaupt auf Verse, auf die ich nach Fritz Unverfehrts Meinung allzeit Bedacht nehmen mußte. Eines Abends schrieb ich etwas von ‚Wind in Kastanien‘ nieder, sieben Zeilen, ungereimt. Das kleine Versgebilde, das entstanden war, hing auf gewisse Weise mit meinen Bemühungen im Zeichnen zusammen. Man wird sehen.

Beim Betreten des Saales, wo der Unterricht im Pflanzenzeichnen erteilt werden sollte, fand ich die Luft von starken Blumendüften erfüllt. Ich stand allein im Raum und

bestaunte die Dutzende von kleineren und riesigen Sträußen, die in Vasen und Krügen auf den Wandborden entlang standen. Mehr als ein ganzer Garten war hier versammelt und wartete darauf, gezeichnet zu werden. Der weiße und der blaue Flieder überschäumte sein grünes Laub; Maiglöckchensträuße verschwanden unter der Fülle all der Dolden; Zitterherzen langten ins Zimmer und priesen ihre glitzrige Frische an; Traubenkirschen in Weiß und Apfelblüten in Rosa, Zweige roter Kastanien und heller Magnolien reihten sich bis zu den Fenstern hinüber, mit Schalen von Stiefmütterchen, Vergißmeinnicht und Goldlack zwischen sich. Die Blüten strömten ihre Düfte aus, und alle Düfte durchdrangen und vereinigten sich zu einer Spende von lastender Freudigkeit, die mir fast den Atem benahm.
Sollen wirklich all die Blumen in dieser Woche gezeichnet werden? fragte ich mich und ließ mich auf einer Fensterbank nieder, um zu überlegen, welchen Strauß ich wählen würde. Mein Blick fiel auf die Zitterherzen; sie würden gewiß am ehesten zu bewältigen sein. Aber das Farbengewoge und der Dufteschwall begannen mich zu quälen, und ein Brennen legte sich auf meine Augenlider, so daß ich die Augen schließen mußte.
Als ich so dasaß und mir schon nicht mehr zu raten wußte, kam Herr Leonhard herein. Er legte sein Zeichengerät ab, trat zu den Fenstern und stieß sie eines nach dem andern auf. Sodann nahm er ein schmales Glas aus dem Schrank, füllte Wasser hinein und ging damit zum Blumenbord. In meiner Betäubung sah ich jede seiner Bewegungen als ein einzelnes Tun. Jetzt nahm er eine blaue Akelei in die Hand; jetzt schob er sie in das Gläschen; jetzt trug er Glas und Blume an seinen Platz. Danach tat er wieder Anderes: er spannte sich einen Zeichenbogen auf das Brett und so fort.

In der einströmenden Luft wurde mir der Kopf nach und nach wieder klar. Ich sagte:
»Da können wir aber riesig viele Blumen zeichnen!«
»Mindestens werden wir *eine* studieren«, versetzte Leonhard.
Ich fragte ihn, ob noch viele Schüler kommen würden.
»Es wird niemand kommen außer uns beiden.«
Das schien mir geradezu widersinnig, bei all den Blumen im Raum. Aber es wurde nun wohl auch für mich Zeit, mir einen Strauß zu holen oder mir wenigstens einen Zweig Zitterherzen in ein Gläschen zu stellen.
»Was für eine Blume, meinen Sie, soll ich wählen?« fragte ich.
»Warten Sie damit, bis der Professor kommt, der wird es Ihnen sagen.«
Ich sollte warten, gut. Stand auf und schritt müßig vor den Blumenborden auf und ab. Wieder bedrängte mich Duft um Duft und trieb mich zu den Fenstern zurück, wo Leonhard saß und die ersten Striche zog. Er erklärte:
»Professor Homolka verlangt denen zu viel. Bei ihm geht es sehr anders zu als in der Klasse von Schnell. Die kommen schon gar nicht erst zu ihm; und wer aus Unkenntnis erscheint, verschwindet rasch wieder.«
»Nehmen Sie auch von mir an, daß ich wieder verschwinden werde?«
»Kann ich nicht wissen.«
Er hatte den Umriß der Akeleiblüte angelegt, ich konnte mir die beginnende Blumengestalt schon deuten. Behutsam, wie er die Blume vornahm, würde er sicher den ganzen Nachmittag brauchen, sie zu beenden.
Nach einer Weile trat unser Lehrer ein. Homolka war ein kleiner, noch nicht alter Mann mit vollem braunem Haar. Er kam so still zu uns heran, als sei er bereits im Zimmer gewesen. Ich setzte mich vor einen Zeichentisch

und überlegte, ob ich mir nicht wenigstens ein wassergefülltes Glas aufstellen sollte. Das tat ich dann. Der Lehrer hatte sich inzwischen vor Herrn Leonhards Brett gesetzt und leise zu reden begonnen. Ich hörte ihn sagen, daß *eine* Blüte mehr sei als hundert Blüten.

Dann kam er zu mir. Ich nannte ihm meinen Namen. Wortlos ergriff er das Gläschen und trat zum Blumenbord. Auch für mich zog er eine blaue Blüte aus dem Akeleistrauß und stellte sie vor mich hin. Sodann deutete er mit der Bleistiftspitze auf einen tieferen Teil der Blume, wo aus ihrem Schaft zwei schlanke Blütenstiele herauswuchsen und von zwei Hüllblättern gehalten oder begleitet waren – er umriß die Gabelstelle, indem er ein Viereck in die Luft zeichnete, und ging hinaus.

Ich machte mich an meine Aufgabe, zeichnete, radierte, und hatte nach ein, zwei Stunden etwas auf dem Blatt stehen, das nach meinem Dafürhalten der Blattachsel ziemlich genau entsprach. Herr Leonhard, dem ich die Arbeit zeigte, äußerte sich nicht dazu. Als Homolka kam und sie sich durch seine doppelt geschliffenen Brillengläser ansah, klopfte mir das Herz. Er holte tief Atem, als gewänne er sich Kraft aus der schweren Luft – das schien er angesichts der ersten Versuche von Anfängern zu brauchen. Sodann begann er mit leiser Stimme eine chinesische Geschichte zu erzählen.

Da gab also einmal ein Kaiser einem Maler, den er schätzte, den Auftrag, ihm das Bild eines Hahnes zu liefern. Ein paar Jahre vergingen, und eines Tages fiel dem Kaiser der Auftrag wieder ein, und er fragte seine Diener, ob der Maler den Hahn abgeliefert hätte. Da ihm geantwortet wurde, es sei nicht geschehen, beschloß der Kaiser, bei nächster Gelegenheit den Maler aufzusuchen und ihn wegen seiner Nachlässigkeit zur Rede zu stellen. Die Gelegenheit ergab sich bald. Der Kaiser betrat das Haus des Malers und fragte ihn, warum er das Bild des Hahnes nicht fertiggestellt und geschickt habe. Ich werde es sogleich machen, antwortete der Maler. Er bat den Kaiser, derweil Platz zu nehmen. Der unterdrückte seinen Unmut und setzte sich. Jetzt zeichnete der Maler vor den Augen des Kaisers den Hahn. Es wurde ein herrliches Bild, und der Kaiser war hoch entzückt. Er rief: Warum hast du mir diese Freude nicht schon damals gemacht, als ich dir den Auftrag gab? Ich hätte mich dann schon jahrelang an dem Hahn ergötzen können! – Statt einer Antwort führte der Maler den Kaiser in den Nebenraum und vor seine Schränke und er zog aus den Schränken die Blätter der letzten Jahre heraus: Hähne und nichts als Hähne.

Als ich die Geschichte vernommen und bedacht hatte, begriff ich, daß noch viele Blattachseln würden gezeichnet werden müssen. Ich fragte nach den Fehlern auf meinem Blatt. Homolka nannte und zeigte mir die gröbsten – bei den Überschneidungen stimmte es nirgends. Er verdeutlichte sie mir mit ein paar Strichen auf dem Rand des Blattes. Mich erfaßte eine jähe Zärtlichkeit zu diesem schlichten und leisen Mann, weil mir folgendes aufging: Was er in seinem Unterricht erreichen will, ist das Gleiche, was ich beim Übertragen von Verlaines Gedichten mir habe aneignen wollen – so etwas wie diese Blattachseln und ihre Überschneidungen gibt es auch in den Versen, und bevor man sie nicht beherrscht, ist es ein eitles Unterfangen, sich mit der Kunst abzugeben.

Wie wunderlich also und wie gut: was Homolka lehrte, war eine Bestätigung dessen, was ich aus mir selbst in Pysum getrieben hatte. Von da ab studierte ich die Blattachseln mit Leidenschaft. Der vorschreitende Sommer schenkte immer andere Pflanzen mit anderen Überschneidungen. Dies ist wahrlich ein Blattachsel-Semester

gewesen. Allezeit waren es nur Herr Leonhard und ich, die hier Woche um Woche im Duftschwall neuer Blütensträuße erschienen, die Fenster aufstießen und mit der Arbeit begannen. Und an jedem Wochenschluß drangen die Schuldiener herein und bemächtigten sich der Sträuße, soweit sie noch frisch waren, für ihre Ehefrauen. Wir zwei aber, die keine Beziehung zu Frauen hatten, taten uns nicht einmal ein Blümchen ins Knopfloch.
Im Juli legte ich meine neuen Arbeiten in der K. S. vor. Ein Warten in arger Spannung folgte. Mißglückte mir dies, so würde es heißen: Zurück nach Pysum! Anfang August teilte Herr Schnell, der Lehrer im Aktzeichnen, mir mit, ich sei angenommen worden. Er sagte:
»Bisweilen is es janz jut, wenn wer bei sone Prüfung dabei is und sagt det richtje Wort.«
Also waren es keineswegs meine fleißig studierten Blattachseln gewesen, die den Erfolg bewirkt hatten.

Chromoxydgrün feurig

Herbst 1912. Kunstschule an der Klosterstraße.
Alle Stunde lief nebenan im Turm der Parochialkirche das Glockenspiel ab. Drinnen im Raum, wo wir arbeiteten, klang es, als hätte sich ein Bündel von goldenen Früchten am Oktoberhimmel gelöst, und die Früchte seien auf riesige Schellentrommeln niedergefallen, die auf sieben Töne gestimmt wären.
Neben mir saß einer vor seinem Brett, der hieß Jens Matthissen. Von ihm habe ich viel gelernt.
Die K. S. war eine Schule mit vorbildlichen Lehrern. Den Unterricht im Malen erteilte Maillard. Für die störrischen und selbstgerechten unter den Schülern war er kein leichter Mann; er verhöhnte sie. Es gibt Leute, die für den Kitsch geboren scheinen; sie sind ihm auf keine Weise zu entreißen. Andere trieb er voran wie ein Märzwind. Da ich ja im Malen nichts mitbrachte und also ganz unverbildet war, suchte ich seinen Weisungen mit Freudigkeit zu folgen. Maillard begann damit, daß er aus bunten Papierschnitzeln gegenstandslose Kompositionen kleben ließ, die in uns das Gefühl für Ausgewogenheit einer farbigen Fläche wecken und ausbilden sollten. Ich hörte zum erstenmal vom Gewicht der verschiedenen Farben und von der Bedeutung des Goldenen Schnittes. Das Literarische, das ich bis dahin im Bild gesucht hatte, verlor sich mir allmählich in diesem Farbengewoge.

Als das Kleben mit Buntpapier endete, hetzte Maillard uns in die Farbe. Er zeigte, wie man ein Stilleben aufstellt oder vielmehr *nicht* aufstellt, sondern ‚findet', und dann hieß es: »Los, und feste manschen!« Die Farbe sollte in breiten Bahnen über das Blatt strömen. Wir haben dann an Noldes Blumen gesehen, wie man die Farben fließen lassen kann; aber um so klar zu sein wie er, hätte es der Erfahrung bedurft – wir waren ihm freilich nur an Kühnheit gleich. Was mich anlangt, so schaute ich zur Seite auf das Blatt meines Nachbarn und suchte so mutig zu sein wie er.

Wir waren bei Maillard unversehens zu Expressionisten geworden. Er wollte, daß wir nicht die Erscheinung, sondern das Wesen des Gegenstandes auf der Fläche gestalteten. Um dies zu erreichen, waren jene Elemente, die das Wesentliche verschleierten, auszuscheiden oder so zu verändern, daß sie es stützten oder verstärkten. Ein Beispiel: Bei einer Azalee mit vielen rosa Blüten sollten wir die einzelne Blüte nur insoweit entwickeln, als der Charakter des gesamten Blumenstockes dadurch zu seinem Recht kam. Dagegen: Jede Besonderheit der blühenden Azalee, so beispielsweise die, daß zwei aus der gleichen Zweigachsel gekommene Blüten auf die reizendste Weise voneinander fortzustreben scheinen, war – immer in Rücksicht auf den Blumenstock als Ganzes – darzutun und zu unterstreichen.

Im Zeichnen unterrichtete uns Jordan, ein Naturalist. Jordan forderte ebensoviel wie Homolka. Er beschäftigte sich unter dringendem Geflüster mit jedem einzelnen. Den Unzuverlässigen zeichnete er drei Kreuzchen auf die obere Hälfte ihres Blattes und gab ihnen auf, diese drei Kreuzchen auf der unteren Hälfte in den gleichen Winkeln zueinander und in den gleichen Entfernungen voneinander zu wiederholen. Von Jordans kleiner und zaghaft scheinender Person ging eine beträchtliche Energie aus, die ihm aus der Selbstzucht kam. Er war noch Menzels Schüler gewesen. Sein Menzel, so wünschte er, sollte unser Vorbild sein. Nicht selten wurde bei uns ob seiner grauen Genauigkeit gemurrt, und ich fürchte, daß er sich zuzeiten über uns geärgert hat, wenn der Schaffensdrang über uns kam, und wir uns statt an der Pappenheimpistole, die er uns mit all ihren Nieten und Scharnieren zu studieren auftrug, an einer expressionistischen Reitergruppe versuchten. Wir waren zu jung, um zu begreifen, wie glücklich Maillards Freizügigkeit und Schwung und Jordans nüchterne Naturtreue sich für uns ergänzten. In das, was wir das Wesentliche nannten, waren wir ganz vernarrt.

Der einzige Lehrer, der sich in diese lebendige Schule nicht recht einfügte, war der Direktor. Zu Direktoren bestimmt man offenbar Leute, die in erster Linie über Entschiedenheit des Auftretens und Redegabe verfügen. In den späteren Semestern wurden wir durch diesen Direktor auf die Zeichenlehrerprüfung vorbereitet. Er holte aus dem Damenkurs eine dort entstandene, recht schmissige Porträtzeichnung herüber, hängte sie auf, hielt uns einen Vortrag und schloß mit den Worten: »Zeichnen Sie wie die Damen; aber zeichnen Sie *nicht* wie die Damen.« Und er meinte das wohl so: Wir Männer sollten vorsorglich wegen der einmal zu erwartenden Prüfungskommission mehr auf äußere Wirkung hinzielen – hierin also wie die Damen; aber wir sollten um Himmels willen an unserer ‚mehr in die Tiefe bohrenden Ausdeutung eines Gesichts' festhalten – hierin also *nicht* wie die Damen arbeiten. Vorgemacht hat er uns das Kunststück nicht.

Aus welchem Teil des Landes mochte er stammen? Er sagte erstaunlicherweise immer ‚tie Tamen'. Bei feierlichen Anlässen trug dieser zügige Impressionist einen Orden am Frack, irgendetwas Hohes Vierter Klasse. Wir wußten zu wenig vom Leben und spotteten über diese Art Schmuck. Nun, es war immerhin ein Kreuz für Kunst; wenn wir gewußt hätten, für was für Dinge wir in naher Zeit Auszeichnungen erhalten würden – –

Da saß nun also dieser Jens Matthissen neben mir. Wie konnte er sich an einer Farbe ergötzen! Hatte er sich eine neue Tube Chromoxydgrün feurig oder Heller Zinnober oder Neapelgelb in der Kanzlei gekauft, so beobachtete ich, wie er den Deckel abschraubte und etwa das Grün hervordrückte und lange und liebevoll betrachtete, es sodann auf eine Fläche seines Stillebens legte, oder besser: klebte und mit dem Pinsel und ein wenig Wasser darauf verteilte. Auf diese Weise erzielte er Blätter von starker Leuchtkraft, die an Glasfenster erinnerten; und wenn Maillard dann kam, so stand er lange davor und sagte kein Wort oder doch nur: »Machen Se man so weiter.« Aber soviel Farbe war teuer, und was sich in freudigem Spiel an einem Vormittag verbrauchte, ging ins Geld. Bisweilen konnte es geschehen, daß Matthissen plötzlich aufsprang und verschwunden war. Ich wußte dann, daß er, um seine Mittel wieder aufzufrischen, sich mit den letzten Groschen in einen versteckten Winkel des Gebäudes begeben hatte, wo Roulette gespielt wurde. Kam er zurück, so hatte er nicht immer gewonnen. Trotzig wie er war, verschwieg er es und überließ es anderen, es zu erraten.

Wo wir zwei beieinander saßen, war wenig Gespräch. Als zu Anfang einmal einer der Kitschbrüder sich hinter Matthissen stellte und über das, was er sah, eine Lippe riskierte, wurde jener zu seiner Überraschung über den Boden gerollt. Leute jener Art verschwanden übrigens bald wieder aus der K. S. Entweder graulte Maillard sie fort, oder sie mochten sich sagen, daß sie als ‚anerkannte Künstler' [manche von ihnen hatten bereits im ‚Daheim' oder anderswo wie beim Mittagsschlaf erzeugte Radierungen veröffentlicht] in dieser Schule der Turbulenz nichts lernen könnten. Vielleicht waren sie nur gekommen, um das staatliche Diplom als Zeichenlehrer zu erlangen, und hatten geglaubt, dies nebenher und spielend zu erreichen. Hatten sie den Staat falsch eingeschätzt? Zweifellos ist es diesem lange entgangen, was sich in seiner Kgl. Kunstschule begab. Wo in der Welt war die Flamme entfacht worden, die zu uns hereinschlug und unsre jugendlichen Gedanken hob, beschwingte und beglückte?

Ich selber habe diesen Aufbruch erst langsam begriffen, und wenn Diebold mir eilig, wie er immer war, auf einem der Korridore begegnete, so klopfte er mir wohl auf die Schulter, als wollte er sagen: Nur immer los, Freundchen, zum Staunen ist hier allezeit Gelegenheit.

Gegen Weihnachten, o weh, als die Schülerschaft einen Wettbewerb für eine Weihnachtspostkarte ausschrieb, sehe ich mich in meinem Zimmer vor dem hohen Wandspiegel stehen und nach mir selbst eine Aktfigur mit erhobenen Armen schön und sauber in Tusche zeichnen. Als Jens Matthissen, der ein ornamentales Blatt eingereicht hatte, meine Zeichnung vor Augen kam, sagte er: »Pfidus!« Und ich begriff, daß mein Entwurf heillos verlogen war, und schämte mich. Matthissens Spottwort hat mich einen tüchtigen Ruck tun lassen, denn hernach war ich nicht mehr der Blödling von früher.

Dieser Jens wird sich vielleicht gedacht haben: Für den Krog wird es verdammt Zeit. – So nahm er mich eines Tages zu Cassirer mit, und als wir die Ausstellungsräume betraten, sagte er zu mir:

»Jeder geht für sich. Hernach soll jeder dem andern das Bild zeigen, das ihm am besten gefallen hat.«

Gut, jeder ging für sich; und als wir uns nach einer Stunde begegneten und mit einem Augenzwinkern bekundeten, daß jeder das ermittelt hatte, was ihm als das schönste Bild galt, sagte mein Kamerad:

»Los, zeig es mir.«

Ich schritt auf eine Saalecke zu.

»Hier brennt es tatsächlich lichterloh«, sagte er erfreut.

Ich deutete auf eine Landschaft, morgendliche Straße mit über den Dächern erschienener Sonne und einem herankommenden leichten Fuhrwerk. Der es gemalt hatte, hieß Bondy.

»Es wird dich ein wenig an Eichendorff erinnert haben?« vermutete er.

Es mochte so sein. Die Morgenstille war so frei und echt, das Pferd und sein Fuhrwerk durchtönten sie, sonst war Stille.

»Ich habe dir ja verraten, daß es in dieser Ecke brennt«, sagte Matthissen. »Bloß ist es nicht dein Bondy. Schau dorthin.« Er deutete auf ein Bild, das daneben hing. Es war die Mairie von Auvers, zum Quatorze Juillet mit Fahnen geschmückt und mit Lampionen umhängt, von Vincent van Gogh.

Jens stammte aus einem dithmarscher Bauernhaus. Woher kam ihm dies Wissen? Vielleicht gerade von dort.

»Nun?« fragte er, als ich das Bild eine Weile angeschaut hatte.

Noch sei es mir fast fremd, gestand ich.

Sein Gesicht verriet, daß er sich ärgerte. Er hob die Schultern, stand da und schwieg.

»So sag doch was«, bat ich.

»Was kann man schon über Farben sagen! Die haben

ja ihren eigenen Mund. Du wirst den Maler eines Tages begreifen müssen, wenn was mit dir los ist.«

»Ich will es«, sagte ich. »Das dauert bei mir nur kurze Zeit.«

»Du begreifst es in dieser Minute«, erwiderte er und lächelte mich in verwegener Freundschaft an.

Und da, ganz plötzlich, begann es sich zu erschließen. Ich weiß es wie heute. Die feurige Farbenskala bemächtigte sich meiner Augen. Vincent sah mich an mit seinem dringenden Schweigen. Noch war es ein Vorhauch des Verstehens. Aber dieser Hauch verkündete mit den allerersten leise wachsenden Schauern: Die Freude ist in der Welt – o eine so bitterliche Freude ist in der Welt – –

Durch die Begegnung mit van Gogh im Innersten aufgerührt, durch das freie Leben und Arbeiten, durch Freundschaft und Kameradschaft zu allem Lebendigen und Guten ermutigt, war ich damals aufgeschlossen für etwas, das ich noch nicht erfahren hatte: für den Liebesblick einer Frau. Solch einen Blick, der Blitz heißen müßte, erlebte ich in dieser Zeit. Es kam so:

Unsere Arbeitspausen verbrachten wir in der Kantine oder auf dem Hof. Hier gab es weder Kastanienbäume noch Rasenflächen wie in der Prinz-Albrecht-Straße, sondern vier hohe Feuermauern und ein Katzenkopfpflaster. Ganz wie Gefangene auf ihrem Rundgang – ich hatte es auf einer Zeichnung van Goghs gesehen – schritten junge Mädchen und Jünglinge im Kreis, und eine übereinstimmende Kleidung trugen sie auch, nämlich ihre hellen Malkittel, die je nach Temperament des Trägers entweder in allen Farben des Regenbogens beschmiert oder blütenweiß gehalten waren. Was diesen wandernden Kreis von einem trostlosen Gefangenentrott völlig unter-

schied, war die Fröhlichkeit, die hier herrschte, mit all dem munteren Gespräch, Gekicher und Gelach.
Dort begegnete ich wieder und wieder dem Blick einer Frau. Bei jedem Umgang, bei jedem Begegnen sahen wir uns an, und alsbald war ich entzündet und wartete darauf, daß sie wieder an mir vorüberkam, um den Liebesblick zu erneuern. Auch vernahm ich ihre Stimme, ein paar Worte oder ihr Lachen. Ein Klang wie dunkles Gold drang her; und ihre Gestalt – es ist Juno, dachte ich, der weiße Kühe geopfert werden –, ihre unvergleichliche Art zu gehen hatte mich darauf gebracht. Ihre Gestalt also pries sich mir an und nicht geringer als ihr forschender starker Blick. Dieser täglich gespendete Blick hob und trug mich. Ich ging oft allein zu Cassirer und schaute mir den Meister an; was die Freundschaft zu Matthissen in mir ausgelöst und begonnen hatte, vollendete die Begegnung mit jener Frau.
Ich brachte heraus, wie sie hieß: Julia Weber. Jetzt hatte das Schicksal sein Wort gesprochen. Vielleicht geschah es bald, daß ich sie kennenlernte, vielleicht lag es noch in ferner Zeit. Vorerst wagte ich nur, sie anzusehen und zu hoffen. Wochen gingen hin. Eines Tages schrieb ich ein Gedicht an sie. Als ich es geschrieben hatte, ergriff mich Niedergeschlagenheit; mir war so halb klar geworden, daß ich diese Julia nie erlangen werde. Scheu vor dem Glück hatte ich auch. So ganz im Unglauben, wie ich in Bezug auf mich und auf meine Verse war, konnte ich mich nicht entschließen, ihr das Gedicht zu zeigen. Dies Liebesgedicht, wie es mir aus einem zweifellos echten Gefühl zugefallen war, stammte wiederum nicht von mir, sondern von einem anderen Liebenden, nämlich von Dauthendey. Wie kläglich! Wären es Verse von Albert Krog gewesen, so würde ich ihnen zugetraut haben, daß sie mir diese Julia gewannen.

Aber eines Tages steckte ich sie dennoch, mit meinem Namen gezeichnet, in einen Umschlag und gab den Brief, an Julia Weber adressiert, in der Kanzlei ab. Am nächsten Morgen konnte ich feststellen, daß der Brief abgeholt war. Eine Antwort kam nicht. Daß Julia die Verse gelesen hatte, war zu merken, denn von da ab bekam ich keinen Blick mehr von ihr oder höchstens einen verstohlenen oder – wer konnte es deuten? – einen traurigen. Bestimmt war es kein spöttischer; insofern hatte ich mich nicht in ihr getäuscht.

Dieser Ausgang machte mir viel Kummer. Julia kam auch nicht mehr in den Raum, wo ich arbeitete. Vorher hatte sie es nämlich mehrmals getan und war vor meinem Blatt länger stehengeblieben als vor denen der andern, so daß ich merkte, sie kam meinetwegen. Aber die Aquarelle, die ich damals malte, waren wohl ebenfalls nicht geeignet gewesen, sie von mir zu überzeugen. Daß sie, um mich liebzugewinnen, meine Arbeit – Vers oder Bild – schätzen müsse, war mir selbstverständlich.

Aber ich brachte sie nicht aus mir fort, die böse zehrende Liebe. Eines Tages beschloß ich, Julia nach Ende des Unterrichts draußen auf der Klosterstraße zu erwarten und anzusprechen. Aber als sie im Schwarm der forteilenden Schüler und Schülerinnen erschien, schritt sie auf Beaulieu zu, einen Schüler des Oberkursus; und sie legte den Arm vertraulich in den seinen und ging mit ihm fort. Jetzt begriff ich, wie ich mich gebettet hatte. Was nun? Auf den Gedanken, um Julia zu kämpfen, kam ich nicht, denn wie hätte ich Beaulieu besiegen können! Meine erste Liebe würde zum Sterben kommen müssen.

Unserem Lerneifer genügte die Arbeitszeit von acht Uhr früh bis sechs Uhr nachmittags nicht, und so nahmen manche noch Gelegenheit, von acht bis zehn einen Abendkurs im Aktzeichnen zu besuchen, den ein Maler

Zuchors in der Lützowstraße gab. Dieser Zuchors war ein kleiner buckliger Mann, der übel gelaunt zwischen den Staffeleien hinschlich. Höflich war er nur zu einem alten General, der Abend für Abend einen Frauenakt in Daumengröße vollbrachte. Mir fiel auf, daß Zuchors, der bei jedem wenigstens ein paar Worte knurrte, mir keine Korrektur gab [auf die wir übrigens gern verzichten zu können glaubten]. Den Grund, warum er meine Nähe mied, verriet mir ein junges Weibwesen, das wegen seines ‚ägyptischen' Wuchses sein zweifelhaftes Glück als Modell gemacht hatte. Sie trug den Vornamen eines berühmten Modells: Nana. Diese Nana erzählte mir eines Abends im Café, wohin ich sie eingeladen hatte, Zuchors werde auf keinen Fall bei mir korrigieren und zwar wegen meiner Augen.

Ich fragte verwundert, was mit meinen Augen sei.

Sie erwiderte, Zuchors habe gesagt, bei den Augen des Krog sei es genau dasselbe wie beim Pistolenschießen: man ginge seitwärts ab.

Ob sie das auch fände, fragte ich.

»Augen sind eben Augen«, meinte sie.

[Es war aber nichts als Astigmatismus.]

Mit jenem Mädchen war ich kurze Zeit näher bekannt. Es ist nicht interessant, und ich werde es nicht auftischen. Der Nana habe ich, soviel ich weiß, damit nichts Schlechtes angetan; höchstens mir.

Die blauen Häuser

Das ernüchternde Erlebnis mit der ‚Ägypterin' hatte für mich ein Gutes im Gefolge: ich vergaß darüber Julia – für lange Zeit.

An einem Märztag machten Matthissen und ich eine Wanderung durch die Wälder der Müggelberge. In den Birken begann der Saft zu steigen; Jens stellte es durch einen Messerschnitt fest. Wir kamen zu einem Turm, von seiner Höhe aus schweifte der Blick über ein Meer von zartbraunen Wipfeln bis zum Horizont, wo sich die Kuppeln und Schornsteine von Berlin erhoben. Aber wir sahen nur die knospenden Waldwipfel, und alsbald begann wieder unser ständiges Gespräch: Wie müßte man dies nun malen? Matthissen sagte:

»Ich weiß nur, daß man es nicht mehr so malen kann wie ehedem. Aber wenn ich es an dieser Stelle anders versuchen wollte – unmöglich. Mit meinen starken Farben – sag selbst.«

Wir streiften über Tal und Hügel. Einmal blieb er stehen und murmelte:

»Ich glaube, der Horizont brennt ab oder er ist schon durchstoßen.«

Was mochte er meinen?

»Ich werde dir bei Nietzsche zeigen, was kommen wird«, fuhr er fort. »Kurz vor seinem Tod hat er es prophezeit. Aber vielleicht war er damals schon verrückt. Er hat

gesagt, daß jetzt etwas zu entstehen beginnt, nämlich Europa.«
Ich dachte an meinen Großvater, der, ohne Nietzsche zu kennen, sich Ähnliches erträumt hatte; und dann, sagte ich mir, sei es doch auch den modernen Bildern anzusehen. Matthissen hatte den gleichen Gedanken und meinte:
»Überall in Europa ist sie gleichzeitig erschienen, die neue Ausdruckskunst. Das ist merkwürdig. Und unser dekorierter Direktor ist dagegen – merkst du was?«
Ich fing an, von meinem Großvater zu erzählen. Er unterbrach mich und rief:
»Ist das nicht verdammt merkwürdig, du? Van Gogh und Cézanne – die haben doch wohl auch schon nicht mehr nur ihre Nationen im Kopf gehabt, wie? Sondern was? Die Menschen auf der Erde! Hah, was werden wir erleben, du und ich! Franzosen, Engländer, Holländer, Nordländer und so weiter und wir dazu – alles *ein* Volk! Denk dir das aus. – Was ist mit deinem Großvater?«
Ich erzählte weiter und sagte ihm, daß es bei mir daheim ganz anders sei als hier in Berlin und offenbar noch überall im Reich. Wir wohnten auf Meeresboden und in keinem Vaterland. Der blaugraue Ton, auf dem Großvaters Haus stand, war ja überall in den Meeren, und die Meere verbanden die Menschen aller Küsten miteinander.
»Paß aber auf, Krog, bei mir daheim haben sie alle in Potsdam bei der Garde gedient. Zudem sind wir Bauern, und also meint man bei uns, wenn man von etwas Großem redet: Deutschland. Da wird die Sache erheblich schwieriger.«
Ich fragte mich, was ich wohl dabei empfand, wenn ich an das Vaterland dachte. Ich fühlte nichts Teures, wohl aber etwas Natürliches, das mit unserer Sprache zu-

sammenhing. Nun, niemand erwartete von mir, daß ich besonderes dabei empfand und darüber sprach. Überall auf der Welt, so schien es mir, sei Menschenland.

Bei Dunkelwerden tauchte ein Ausfluß des Müggelsees zwischen Bäumen auf. Der Frühlingsabend raunte im Wald, und ein Fährhaus zeigte sich. Jens schlug an eine Glocke, worauf das Boot kam und uns herüberholte. Die kleine Stadt, der wir durch die tiefe Bläue entgegenglitten, hieß Friedrichshagen.

Ein paar Tage später hatte ich in Friedrichshagen das gefunden, was ich brauchte: ein Haus, mit Efeu bewachsen. Warum mit Efeu bewachsen? Vielleicht sollte es mich an unsere Werkstatt daheim erinnern, die ganz herrlich von Efeu überwuchert war, oder gar an den Harlekin, Falter der Dämmerung, der darin mit Flattern und Schwirren sein Wesen trieb, und an dem ich sehr hing. Das Haus, das ich entdeckt hatte, gefiel mir genauso wie unsere Werkstatt; ich mietete darin zwei Zimmer und überredete Matthissen, mit mir dort Wohnung zu nehmen. Zu Anfang April zogen wir ein.

Das Efeuhaus lag an einer stillen Allee, die mit Linden bepflanzt war. Kam man in Friedrichshagen mit dem Zuge an, so ging man die Hauptstraße hinunter, in deren Tiefe die Frühlingssonne einen spitzigen Turm überstrahlte, und sobald man rechts abbog, war die Allee erreicht. Mein Zimmer lag nach vorne, das seine zu den Gärten hinaus, wo alsbald die Obstbäume zu blühen begannen. Von meinem Fenster aus war es so schön zu beobachten, wie im April die Lindenzweige ihre jungen Blätter bekamen und sie vor sich hinhielten, wie Wind und Sonne mit all dem flimmernden Grün ihr Spiel trieben, wie tagaus tagein sich neue Blattreihen ausfalteten, und wie sie nach und nach jene blauen Häuser, die an der gegenüberliegenden Straßenseite standen, meinem Blick fortnahmen. Daß dort blaue Häuser gewesen sind, glaube ich noch bestimmt zu wissen, es kann freilich auch anders sein; wir bildeten uns ja die Welt, wie wir sie sehen wollten, und blaue Häuser zwischen hundert verschiedenen grünen Farbtönen haben wir uns damals möglicherweise sehr gewünscht.

April und Mai. Noch drei Kameraden aus dem Kursus waren uns nach Friedrichshagen gefolgt. In dreiviertel Stunden fuhr man von dort in die K. S. Wir waren lauter junges Volk, das noch nicht beim Militär gewesen war. Jene kaum älteren Kunstschüler, die bereits das Patent eines Reserveoffiziers besaßen, hielten sich nicht zu uns [oder wir uns nicht zu ihnen]. Komisch, ganz als wäre es konsequent, malten sie Bilder wie ‚aus der alten Kiste' und wie für die Ausschmückung ihrer künftigen bürgerlichen Wohnungen; wir fanden es abgeschmackt, was sie hervorbrachten. Auch Maillard fand es, er zuckte mit den Schultern und korrigierte bei jenen Leuten mit deutlichem Unwillen.

Matthissen, den Maillard einmal zu sich ins Atelier eingeladen hatte, berichtete uns:

»Wenn er selber malt, Maillard, so schleppt er sich noch mit diversen alten Schalen herum. Vielleicht wird er sie aber bald los. Uns zeigt er ja alles so deutlich, als hätten Vincent und Cézanne es ihm selber auseinandergesetzt.«

Er hatte recht. Zweifellos aber war zu vermuten, daß der Direktor, weil im nächsten Jahre ihm und uns die Prüfung durch den Ministerialrat drohte, die expressionistische Gefahr im Auge behielt und sie rechtzeitig durch drakonische Maßnahmen von sich abwenden würde. Als wir darüber sprachen, war es ein Maiabend, und wir Kameraden lagen an einem Waldrand im Gras und rauchten. Ich hatte in Pysum von den Fischern das

Pfeiferauchen gelernt. Die andern rauchten Zigaretten. Einer drückte die Zigarette aus und unterhielt uns mit den an- und abschwellenden Klängen einer Mundharmonika. Als er endete, kam das Gespräch auf einen nordischen Maler: Edvard Munch. Jemand sagte:
»Und seine Farben! Sowas regt mich auf. Gewiß findet er sie, weil es ihn quält, daß er mit den Weibern nicht zurechtkommt. Alles was er malt, ist wie entzündet.«
»Du mußt dich eben auch entzünden lassen, Mann!« rief ein anderer. »Damit du etwas zustandebringst, meine ich.«
»Recht hat er«, sagte Jens.
Ich würde mich, wenn irgend möglich, nicht von denen entzünden lassen, erklärte ich. Denn das hatte ich mir vorgenommen.
»Brav, aber Schaf«, sagte jemand, und es wurde gelacht.
Sie lachten; aber ich glaube, daß auch sie danach strebten, das schier Unmögliche zu finden, nämlich ein Mädchen, mit dem man *eines* Sinnes war.
»Nichts mehr von Weibern! Musik!« wurde gerufen. Und dann war es so wunderschön, wie die Maikäfer dem Harmonikaspieler das krause Haar umschwebten, wie das Instrument den verglühenden Westhimmel spiegelte und wie der Duft der Kiefern auf der Lichtung lag und schon Tau zu fallen begann.
Wir waren jung und in vielem völlig ratlos. Was wir bisweilen ernst nahmen, war belustigend genug. Strohhüte, die man trug, mußten sehr breitrandig sein. Und wie stand es mit den Krawatten? Unsre Kleidung war normal, und unser Haarschnitt nüchtern – nun aber die Krawatten? Matthissen rannte einmal einen ganzen Nachmittag in Berlin herum, um einen Querbinder aufzutreiben, der nicht breiter sein durfte, als ein Schuh-

band. Er fand sogar einen. Bald darauf, als ihm unterwegs der Schnürsenkel gerissen war, ersetzte er ihn durch den Querbinder und bemerkte:
»Man sollte aus sich selbst kein Stilleben machen.«
Stilleben auf Stilleben wurde in der K. S. gemalt. An den Sonntagen entstanden in Friedrichshagen bisweilen gegenstandslose Arbeiten; freilich nicht als Bilder bewertet, sondern als Kompositionsaufgaben. Oder einer saß dem andern für ein Porträt, und ein dritter briet in der Sonne am Bahndamm und malte eine flimmernde Schienenlandschaft. Daß eine Unzahl von Aquarellen zerrissen und so manche Ölstudie wieder zerstört werden mußten, lag daran, daß wir so verzweifelt jung waren.
Ende Mai merkte ich zu meinem Schrecken, daß Jens Matthissen sich in Friedrichshagen nicht mehr wohl fühlte. Oft ließ er mich nach dem Unterricht allein heimfahren und blieb in Berlin. Anderen Tages sagte er dann zu mir:
»Jetzt hab ich wieder den Raptus.«
Er meinte die Frauen. Ich schlug ihm vor, wir könnten doch Mädchen von der K. S. einladen und mit ihnen Wanderungen machen. Er lachte los und erwiderte etwas Zynisches. Meinem Gesicht mochte er angesehen haben, daß ich bekümmert war, denn später erklärte er sich zu Spaziergängen mit Kunstschülerinnen bereit.
Es waren unter den Mitschülerinnen reizende und feurige Fräulein. Eine aus Braunschweig, mit der ich mich zuweilen unterhalten hatte, schien mir eine hellenische Schönheit zu sein. Stendhal hatte diesen Frauentyp, als er seinerzeit in Braunschweig stationiert war, dort gefunden. In der Kostümkunde war dies Fräulein dazu ausersehen, die antiken Gewänder vorzuführen. Auf den Kunstschulfesten trug sie die Fontange einer Königin. Sie war herrlich anzusehen und glitzerte vor Selbstbewußt-

sein. Mir nahm sie übel, daß ich die melancholischen Verse von Verlaine liebte. Begegnete ich ihr, so ließ sie ihre flügge Hand durch die Luft sausen, was bedeuten sollte: Mehr Pfeffer, mein Herr!

Ich hatte diese Schönheit Jens zugedacht. Zugedacht? Nennen wir es einmal so. Ich selber würde mich deren Freundin, einer Berlinerin, widmen. Es ging mir ja nur darum, den Freund bei mir in Friedrichshagen zu halten.

Die Schülerinnen der K. S. stammten aus ‚guten Familien' und wohnten, soweit sie nicht in Berlin zu Hause waren, in Pensionen zu zweit oder zu dritt. An ein Liebesverhältnis mit einer von ihnen war kaum zu denken. Was die Malerei anlangt, so konnten uns diese Fräulein nicht voranbringen; da mußten wir schon selber sehen. Dagegen zeigten sie sich den Forderungen des Direktors gegenüber weit eifriger und gelehriger als wir. An Kunstgeschichte und Methodik studierten sich diese Mädchen bleich und matt; beim Projektionszeichnen fielen sie gelegentlich der Verzweiflung anheim.

Die Griechin aus Braunschweig und die kleine Berlinerin erklärten sich bereit, mit uns zu wandern. Wir durchstreiften mit ihnen die Umgebung von Berlin, waren in Mahlow, in Potsdam und Ferch, unterhielten uns fröhlich miteinander und vertrugen uns auf das Beste. Ich merkte aber bald, daß meine Berechnungen falsch waren. Diese ‚höheren Töchter' ödeten Jens an, und später im Sommer, lange bevor die Semesterferien begannen und uns in die Heimatorte verstreuen würden, packte er seinen Koffer und kehrte nach Berlin »zu den Frauen« zurück. Damals hörte etwas auf. Vielleicht war es ein Etwas, das bei ihm gar nicht begonnen hatte. Mir aber war durch ihn so viel geschenkt worden, daß ich davon kein Ende weiß.

Eines Sonntags war er fort. Ich stand am Fenster meines Zimmers und starrte auf das Laub der Bäume, darin die blauen Häuser, die vielleicht nur geträumten, verschwunden waren. Und ich trat dann ins Nebenzimmer, das er bewohnt hatte, und sah draußen hinter den Baumgärten die freiwilligen Sanitäter der Stadt auf eine unüberbietbar stumpfsinnige Weise exerzieren. Schließlich raffte ich mich zum Fortgehen auf, verbrachte den Nachmittag in einem Tanzsaal am andern Ende Berlins, in Halensee, wo die roten Potsdamer Husaren mit weißgekleideten Dienstmädchen tanzten, und saß abends, bis der letzte Zug fuhr, in einer Wirtschaft an der Friedrichstraße traurig beim Wein.

Noch fällt mir unsre letzte Wanderung mit den Mädchen ein. Wir waren in ein Dorf gekommen, wo sie sich Äpfel kauften und uns davon anboten.

»Man soll viel Äpfel essen, denn Äpfel machen klug«, erklärte die Griechin aus Braunschweig.

»Eva wurde schon durch einen einzigen Apfel klug«, gab Jens zur Antwort.

Aber die Mädchen nahmen nur insofern Notiz von seiner Bemerkung, als sie sich abtrennten und eine ganze Weile allein gingen – wir sahen sie Arm in Arm hinter dem Feuermohn eines Ackers hinschlendern und hörten ihren schönen zweistimmigen Gesang.

Gegen Abend, nach langer Wanderung, kamen wir nach Tegel und lehnten nebeneinander an einem Brückengeländer. Im blauen und feuchten Licht der Dämmerung ankerten unten vor der Brücke einige Segeljachten. Ein Wind hatte sich erhoben, und so schwankten sie im leichten Wellengang und neigten ihre Masten hin und her. Eine der Jachten – es war mehr zu vermuten, als zu erkennen – trug den Namen ‚Maria'. Und ich weiß noch: ich war so müde und so albern [was bei mir meistens zusammenfällt], daß ich den Namen Maria einige Male und vielleicht sogar zärtlich vor mich hingesprochen habe. Darauf starrte mich die kleine Berlinerin, die neben mir lehnte, forschend von der Seite an, so als sei sie erschrocken oder als erwarte sie weiteres. Ich war dann genau so erschrocken wie sie. Vielleicht hat sie meiner Versicherung, daß ich ihren Vornamen bis dahin nicht gewußt hätte, nicht geglaubt.

Wir waren oft so müde, und die Mädchen waren auf die Dauer auch so reizend langweilig.

Muscheln

Diebold hatte mich zuweilen ermahnt, mehr für meine Weiterbildung zu tun. Ich begriff wohl, was er meinte. Aber all das Tausenderlei, was in Berlin auf mich eindrang, ich konnte es nicht brauchen. Mir war, als sollte ich auf meine Weise unwissend bleiben, ja als sei das geradezu notwendig für mich. Bei Reinhardts berühmten Aufführungen war ich selten und nie in einem Konzert.
Dafür aber dies: meine Besessenheit hatte in dem ersten Jahr der K. S. so viel bewirkt, daß ich Maler geworden war. Ich sah mir jede moderne Ausstellung an, verglich meine Versuche mit den Bildern und blieb auf der Fährte. Die Kameraden von Friedrichshagen strebten dem gleichen Ziele zu, die neue Freudigkeit in Farbfluten zum Ausdruck zu bringen. Maillard erklärte sich mit uns zufrieden. Das rasche Vorankommen war zum Verwundern.
Als Jens Matthissen bei mir ausgezogen war, kam so mancher einsame Abend, und wenn kein Licht mehr war zum Malen, fing ich wieder an, Gedichte zu schreiben. Seltsam – hatte lange keine versucht, und dennoch gelangen sie jetzt besser; als ob die Auseinandersetzung mit der Farbe auch ohne mein Zutun ein klügeres und leichteres Bilden der Worte und der Verszeilen bewirkt hätte. Es entstanden knappe Gebilde, ungereimt, manche nur sieben Zeilen lang. Gern hätte ich sie jemand gezeigt, wußte aber nicht wem.

Eines Tages begegnete mir Diebold, der damals im Examen stand. Er befand sich in bester Stimmung und deutete an, daß er im Herbst nach Rom gehen werde.
»Wie das?« fragte ich.
»Ich werde dort an der deutschen Schule unterrichten«, sagte er. »Mir ist die Stelle vom Direktor versprochen worden, wenn ich die Prüfung mit Auszeichnung bestehe.«
Mit Axel ging es mir seltsam. Ich trug meine Gedichte bei mir, hatte aber Scheu, sie ihm zu zeigen. Mein alter Freund wollte nämlich vom Expressionismus nichts sehen noch hören. Ich hatte mich schon einmal mit ihm darüber verzankt. Er verfolgte als Maler unbeeinflußt seinen eigenen Weg. Was wird er einmal erreichen? fragte ich mich oft. Weil der Direktor seine Arbeiten ungemein schätzte, würde ihm der römische Traum in Erfüllung gehen.
»Und was wird aus Frau Slavita und den Kindern?« fragte ich.
»Ich nehm sie mit«, sagte er, »das muß gehen.«
Er lud mich an jenem Tage zu sich ein. Da er bis zum Abend zu arbeiten hatte, riet er mir, inzwischen den gemeinsamen kragenlosen Kampfgenossen gegen den Teufel Alkohol, Ruge, aufzusuchen, der als Student der Theologie im Hansaviertel wohne und an einer Doktorarbeit über das Johannes-Evangelium arbeite. Wir zwei hatten Ruge, was die Abstinenz anlangt, ja ziemlich lautlos im Stich gelassen.
Prächtig! Ruge soll meine neuen Gedichte lesen, dachte ich, da erhalte ich ein gescheites Urteil.
Er war beim Essen, als ich bei ihm eintrat. Ob es sein Mittagsbrot war oder seine Vesper, ließ sich schwer sagen, denn es war drei Uhr nachmittags. Vor ihm auf dem Tisch lag ein riesiges Bauernbrot, von dem er mit

dem Taschenmesser Stücke abhieb. Mit dem gleichen Instrument legte er Butter sowie Scheiben einer gewaltigen Wurst, die mit beiden Enden aus einer gerollten Zeitung hervordrang, wie auch Speckstücke, die er aus einem Papier herauspickte, auf die Brotschnitten. Er nickte mir munter zu, deutete mit der Messerspitze auf einen Stuhl und fuhr im Tafeln fort. Zuweilen hob er eine Flasche mit Milch an den Trichter seines Mundes und löschte den Durst. Ich erfuhr von ihm, daß er in Berlin noch nie ein Wirtshaus besucht hatte und sich ausschließlich von dem ernährte, was der Bauernhof seines Vaters ihm alle Wochen zukommen ließ. Seine Abneigung gegen feststehende Mahlzeiten teilte er mit Lederstrumpf oder, wer weiß, mit dem Evangelisten Johannes, über den er sich in seinen Papieren ausließ.

Wir plauderten, und von Versen war vorerst nicht die Rede. Als er gesättigt schien, reichte ich ihm die Blätter hin. Er wischte sich den Mund, las sie und machte kurzen Prozeß. Er sagte:

»Fleißige, aber vergebliche Arbeit«, und gab sie zurück.

Natürlich war ich recht zerschmettert, suchte es aber zu verbergen und ging bald fort. Unterwegs am Spreeufer überlegte ich so: mein junges und dummes Gesicht wird allezeit gegen mich sprechen – versuchen wir es einmal mit Lug und Trug.

Nach dem Abendessen bei der Slavita, als wir die Kleinen zu Bett gebracht hatten, und Diebold mich zum Bahnhof Bellevue auf den Friedrichshagener Zug brachte, schwindelte ich ihm vor, ich hätte irgendwo ein paar kleine japanische Gedichte gefunden; da ich sie auswendig wüßte, würde ich sie ihm aufsagen. Und also sprach ich ihm meine eigenen Verse als japanische Lyrik vor. Axel ließ sich wunderlicherweise täuschen, er rief:

»Herrlich, herrlich!« und blieb vor Entzücken stehen.

Ich enthob ihn seiner Begeisterung nicht; und weil es finster genug war, fiel ihm mein beglücktes Gesicht nicht auf.

Der Regentag dunkelt ins Atelier.
Im Wind aufrauschen die großen
Kastanien draußen. Horch,
Frühe Früchte schlagen zur Erde,
Und irgendwo im Haus
Fällt eine Tür ins Schloß,
Hallend.

Das ist eins von jenen Gebilden. Ich war zu schwerfällig, sie einer Zeitschrift anzubieten, doch erschien nach wie vor das eine oder andere Gedicht in der Unterhaltungsbeilage der Oldenburger Zeitung.

Es kam dann so, daß Axel die Zeichenlehrerstelle in Rom zugesprochen wurde. Er schrieb es mir in den Semesterferien, als ich in Brake war, und lud mich nach Oldenburg ein. Am zweiten Tag meines Besuches ging er auf meine Bitte mit mir zu Fritz Unverfehrt, der inzwischen geheiratet hatte. Wir trafen nur die junge Frau; sie benahm sich zurückhaltend und scheu und lud uns nicht zum Bleiben ein.
»Pfui, schwanger!« sagte Diebold, als wir die Treppe wieder hinuntergingen.
Auch mir war der Anblick der Frau peinlich gewesen, aber über Axels Äußerung erschrak ich und blieb betroffen stehen. Er eilte fort, als liefe er davon. Unten am Haustor holte ich ihn ein. »Habe ich etwa nicht recht?« fragte er.
Ich war ihm etwas böse geworden, ärgerte mich aber darüber, daß ich es war. »Wohin gehn wir jetzt?« fragte ich.
»Zu unserem alten Chef.«

Zu Meyer-Salzer wollte er? Ich fragte, weshalb.
»Weil wir ohnehin am Seminar vorbeikommen. Wir müssen ihn doch begrüßen, als seine ehemaligen Schüler, die jetzt Kunststudenten sind.«
Ich hätte durchaus keine Lust dazu, sagte ich.
»Dann geh ich eben allein. Das aber muß ich sagen: Du bist reichlich nachtragend.«
»Der ärgert sich bestimmt, wenn er mich sieht.«
Diebold suchte mir das auszureden. Diesmal widerstand ich ihm und sagte Ade. Ich wollte derweil versuchen, Unverfehrt bei seiner Schule zu treffen.
Unterwegs dachte ich wieder daran, wie sehr Axel daran gewöhnt war, daß ihm alles, was er angriff, augenblicklich Erfolg brachte, im Leben wie in der Kunst. Wie anders war es jenen Großen ergangen, Cézanne und van Gogh [denen ich ihn in meinen Gedanken oft an die Seite stellte, denn ich erwartete ja Großes von ihm]! In höherem Alter erst war Cézanne ein wenig anerkannt worden; und der arme Vincent zu Lebzeiten überhaupt nicht. Ich hatte vor kurzem van Goghs Briefe gelesen und sein graphisches Werk kennengelernt. Wenn ich mir seine kraftvollen, zwar überaus ungelenken Jugendarbeiten vorstellte und Diebolds Radierungen damit verglich, zweifelte ich an meinem Freund. Die Blätter, die er neuerdings radiert hatte, waren leider bewundernswert naturähnlich und zeigten eine schmissige Manier. Ein Zyniker hat vor ähnlichen Blättern einmal geäußert: Hätte Rembrandt *die* Technik gehabt – was hätte aus ihm werden können!
Fritz kam mir von seiner Schule entgegen. Kaum hatten wir uns begrüßt und uns angestrahlt, so fragte er:
»Hast du gemerkt, daß wir ein Kind bekommen werden?« Und er gestand, wie sehr er sich auf das neue Wesen freue.

Ich sagte ihm, daß seine Frau sich Diebold und mir nur kurz gezeigt hätte.
»Wie sollte sie anders, wenn ihr jungen Burschen vor ihr auftaucht!« rief er. »Sie ist immer still und ernst gewesen und jetzt ist sie's noch mehr. Übrigens hat sie in der letzten Nacht einen bedrückenden Traum gehabt.«
Wir schritten an dem langen Gitter des Peter-Friedrich-Ludwigs-Hospitals hin, das mir von meinen ersten Seminarjahren an genau bekannt war. Als Fritz den Traum seiner Frau erzählte, kam ich in Versuchung, wie damals meine Finger über die Stäbe schnurren zu lassen, um den dumpfen Ton von einst wieder hervorzurufen.
Der Traum war so: Ein Pfau, der Wache steht bei einer Hand, die Blut auffängt. Dies Blut regnet aus einer Wolke nieder, aber die Hand, die sehr groß ist, schüttelt es Tropfen nach Tropfen wieder fort, und es ist so, daß sie nie mit dem Blut befleckt wird. Der Pfau aber neigt das Kopfgefieder und späht unter die Hand, ob das Blut, das er vermißt, vielleicht zwischen den Fingern der Hand weitergeflossen ist. Er scheint dort entdeckt zu haben, was er sucht; und nun geschieht etwas unvorstellbar Gräßliches mit ihm und mit der Hand, und eine Stimme, wie ein Pfauenschrei, spricht zu der Frau, die davon aufwacht: Die alleräußerste Ordnung will sich verklären!
»Ich habe lange gebraucht, meine Liebste zu beruhigen«, sagte Fritz, als er den Traum – viel ausführlicher als ich ihn wiedergebe – mir erzählt hatte. Doch als wir die Garnisonskirche erreichten, kam er unvermittelt auf etwas ganz anderes; er fragte mich, wann ich Soldat werden müßte.
Ich hätte mich wieder für ein Jahr zurückstellen lassen.
»Daran hast du recht getan«, meinte er. »Laß dich solange wie möglich zurückstellen. Ich bin ganz gern

Soldat gewesen. Aber ob du in den bunten Rock passen wirst?«

Ich hatte in den letzten Jahren nicht viel Gedanken daran verschwendet. Gewiß hätte auch ich Grund gehabt, das zu überlegen. Sophus und Udo fielen mir ein, und ich sagte: »Ich kenne nichts, für das ich sterben könnte, außer – du weißt.«

»Für einen echten Vers«, sagte er. »Wie weit du dich schon entfernt hast, Albert. Du mußt sehr glücklich sein.«

»O Fritz«, rief ich. »*Du* wirst geliebt. Du bist glücklich!«

»Das ist wahr!« rief er. »Und verzeih, jetzt muß ich rasch zu meiner Frau. Merk aber dies: Alle Welt und auch meine Klagefrau wird eines Tages sagen: Wie schön ist es zu leben, trotz allem –«

»Trotz allem! Wir wissen es längst!«

»– trotz allem geträumten Blut.«

Am gleichen Tage war ich noch bei meinem Gönner, dem Silberlöwen, auf der Redaktion. Er sagte:

»Ich kenne fast alle Ihre Gedichte. Es wird endlich Zeit, daß sie als Buch erscheinen. Eine duffgraue Perlenreihe von Versen, streng ausgewählt, wird Sie auf einen Schlag berühmt machen. Haben Sie sie schon einem Verlag angeboten?«

Ich hörte wohl zum erstenmal davon, daß man es tun kann. Er ließ mir nicht Zeit zum Überlegen und fuhr fort:

»Die Verlage sind erfahrungsgemäß bei jungen Autoren zurückhaltend. Geben Sie sie also einfach in eine Druckerei. Lieber junger Freund, beinah hätte ich etwas vergessen. Ich habe letzten Winter ein paar Ihrer Gedichte nach Worpswede geschickt, an Heinrich Vogeler, und der hat sich daran gefreut und Ihnen ein Bildchen gezeichnet.« Er suchte unter seinen Papieren und fand die Vignette.

Es war ein reizendes Blatt, zwar ferne, ferne von dem, was ich mir als Titelblatt vorstellte: eine Frau und ein Mann am Meeresstrand, die Köpfe träumerisch geneigt, am Horizont ein Dreimaster – dies alles in einem Oval und oben auf der Spitze des Ovals Rosenornamente. Reizender Jugendstil also – mir wäre ein Holzschnitt von Masereel oder eine Zeichnung von einem andern Expressionisten lieber gewesen. Aber es war so überraschend freundlich von Vogeler, einem jungen Menschen seine Zeit zu opfern, so unerlebt lieb, daß es mir unbegreiflich schien.

»Nun, sind Sie jetzt entschlossen, das Büchlein in Auftrag zu geben?« fragte der Silberlöwe und lächelte nachsichtig.

Ich besaß noch einen Rest von Vernunft und überlegte die Kosten. Das kleine Erbteil von Tante Marie war trotz aller Sparsamkeit sehr zusammengeschmolzen und reichte mir höchstens noch für das kommende Wintersemester. Nächsten Frühling, 1914, würde ich mich ohnehin an meine Mutter [und also auch an meinen Vater] wenden müssen, und das würde mir nicht leicht fallen. Der Druck und das Binden eines Gedichtbuches kostete gewiß ein paar hundert Mark. – Ich antwortete ihm also, ich hätte kein Geld.

»Geld?« rief er belustigt und beinah entrüstet. »Wie das? Sie sind ein Poet und sprechen von solchen Kleinigkeiten, Krog? Das ist ja – na Wind! Merken Sie sich gefälligst dies: für Ihre Gedichte wird jederzeit Geld da sein!«

Herrlich großäugig glupschte er mich an. Er sah wirklich so aus, wie manch einer sich einen richtigen Dichter vorstellt – glühend vor innerem Schwung. Geld, das war für ihn gar nichts. Sicher kannte er in unsrem reichen Lande einen reichen Mann, der ihm im literarischen Klub ‚Schlaraffia' zuzurufen pflegte: Sie wollen eine gute Tat für die Kunst tun, Herr Hauptschriftleiter, und brauchen dazu Geld? Lumpige paar hundert Mark? Bitte, bedienen Sie sich und verfügen Sie über die Kleinigkeit! – – Und kaum hörten andere unter den Schlaraffen dies, so suchten sie dem ersten, der sich angeboten hatte, den Rang abzulaufen und riefen: Aber bitte, gehen Sie auch an meinem Hause nicht vorüber, Herr Hauptschriftleiter, meine Mittel *warten* ja nur auf Sie – –

Solcher Art glitzerten meine Gedanken auf der Rückfahrt nach Brake. Ich ging sofort ans Werk und stellte in meiner saubersten Handschrift ein Manuskript her. Was der Silberlöwe über das Berühmtwerden prophezeit hatte, ließ mich gleichwohl kalt. Soviel wußte ich längst von der Welt und hatte es offenbar bereits beim Durchbrechen der Eckzähne gewußt, daß Ruhm etwas gänzlich Albernes und Unnützes sei. Trotzdem machte es mich froh, mir vorzustellen, meine Gedichte würden gedruckt, und ich könnte sie bald in klarem Satz und guten Lettern in aller Zärtlichkeit anschauen und lesen. Lieber wäre es mir freilich gewesen, wenn das Buch nur für mich und die Freunde in wenigen Exemplaren hätte hergestellt werden können. Eines davon würde ich an sie abschicken, die ich noch nicht vergessen hatte, an Julia.

Aber nein, auch an sie dachte ich nicht viel, saß in meiner Kammer, der steilen Gestalt des Kirchturms gegenüber, und schrieb. Als die Abschrift fertig war, knapp vierzig Gedichte, wurde das Heft beiseitegelegt. Vorläufig war noch die sommerliche Ferienzeit zu überstehen. Tagsüber streifte ich an der Weser hin. Den Kameraden Hans Bade gab es hier nicht mehr; er war inzwischen ein Landmesser geworden und ließ irgendwo im Land seine rotweißen Pfähle ins Erdreich stecken. Aber zwei muntere Mädchen, Kapitänstöchter von sechzehn und fünfzehn Jahren, leisteten mir Gesellschaft. Ich besuchte sie in ihrem strohgedeckten Haus, auf dessen Schornsteinplatte ein dickbauchiger Ölkrug stand, und durfte ihnen das grüne Boot ‚Moses' aus dem Schilf in den Strom schieben helfen. Sie waren hellhaarig und helläugig und ruderten sicher und mit starken Armen. In ihnen hatte ich Freundinnen gefunden, wie ich sie mir damals wünschte. Sie wußten nichts von Kunst und noch nichts von dem, was die Leute Liebe nennen; sie schwätzten auch nicht gescheit daher wie die Fräulein in Berlin, aber sie konnten über Dinge lachen, über die niemand lachte außer mir, der demnächst die Eselei mit dem gedruckten Gedichtbuch begehen würde.

Die Abende wurden gewöhnlich bei Frau Hoddersen und ihren Kindern verbracht. Als ich dort von meinem Buchplan berichtete, war man entzückt. Ich bekam wahrlich ein falsches Bild von der Welt, wenn ich Zeuge all dieses Entzückens war.

Anfang Oktober, wieder in Berlin, hielt mich zunächst die Arbeit in den Klauen. Eines Tages aber ging ich zu Jürgens am Alexanderplatz und gab den Gedichtband in einer Auflage von zweihundert Stück in Auftrag. Einer von den friedrichshagener Freunden entwarf die Titelseite mit der Beschriftung ‚Muscheln'. Für den Einband wurde ein zitronengelbes Leinen gewählt. Jemand muß mir geraten haben, in der K. S. Subskriptionslisten auszulegen. Der Erfolg war, daß mehrere Dutzend Kameraden und Kameradinnen sich eintrugen.

Als die Firma meldete, daß das Buch ausgedruckt und gebunden sei, schrieb ich meinem Gönner nach Oldenburg, jetzt sei es also soweit, und die Kosten betrügen genau zweihundert Mark. Drei Tage später erhielt ich Antwort. Der Silberlöwe teilte mir mit Bleistift in seiner dünnsten und eiligsten Fadenschrift mit, ich leichtsinniger Mensch hätte ihn aber ja völlig falsch verstanden. Was nun? An meine Eltern konnte ich mich unmöglich wenden. Nach ein paar vergrübelten Tagen schrieb ich Frau Hoddersen von meiner Notlage. Umgehend schickte sie mir den Betrag.

Sie hat dann den größten Teil der Auflage, für den ich ihr keinen Erlös zurückerstatten konnte, übernommen und nach und nach – verschenkt. Von meinen Kameraden war mancher recht angetan von dem Büchlein ‚Muscheln', am stärksten sicherlich ich; später nannten sie es ‚Mauscheln'.

Die Voraussage des von mir mißverstandenen Silberlöwen, daß dies Büchlein mich in Berlin berühmt machen werde, erfüllte sich ebenfalls nicht. Ja, es darf gesagt werden, daß der Blätterwald unter der leichten Seebrise dieser Verse in völliger Windstille verharrte.

Vredeborg

> So schmerzlich gut und wahrhaft ist, was lebt,
> Und leise rührt dich an ein alter Stein:
> Wahrlich! ich werde immer bei euch sein.
> O Mund, der durch die Silberweide bebt.
>
> Georg Trakl

Sechs Monatsblätter aus dem Kalender gerissen – –
An einem Nachmittag im April 1914 besuchte mich auf meinem Zimmer in einem Hinterhof der Elberfelderstraße eine junge Dame, Mitschülerin der K. S. aus dem Vorkursus, mit der ich mich in den Frühlingswochen angefreundet hatte. Sie war achtzehn Jahre alt und hieß Nelly Oberlin. Mich entzückten an ihr die dichten schwarzen Augenbrauen, und daß die helle Iris ihrer Augen von einem dunklen Ring umzogen war, und auch, daß sie so reizend bayerisch sprach. Von anderem, das an ihr schön war, wird nie genug zu sagen sein; ihre Person insgesamt ermaß ich damals noch nicht.

Ich hatte dem Fräulein Oberlin an diesem Tage versprochen, ihr zwei Plakatentwürfe zu zeigen. Für sie war es gewiß das erstemal, daß sie einen jungen Mann in seiner Wohnung besuchte. Sie brachte ein Buch mit, das sie mir leihen wollte: Trakls Gedichte, im Jahr vorher erschienen. Da sie zuzeiten in Innsbruck gewesen war, wußte sie wohl von ihm. Ich hatte den Namen dieses Dichters noch nicht gehört.

Mit meinen Plakatentwürfen hatte es folgende Bewandtnis: Zu Anfang des Jahres hatte eine berliner Dampfschiffreederei ‚zwecks Erlangung eines geeigneten Plakats' einen Wettbewerb für alle deutschen Kunstschulen ausgeschrieben. Die Direktion der K. S. regte ihre Schüler

an, sich zu beteiligen. Ich hatte noch nie ein Plakat ausgeführt, nur gelegentlich einen Entwurf gemacht; aber studiert hatte ich sie tagtäglich, vor allem in den Stationen der Untergrundbahn, wo zu jener Zeit herrliche Vorbilder zu finden waren. Ich beschloß also, mich an dieser Aufgabe zu versuchen, und fand auch gleich eine brauchbare Idee: ankernde Segeljachten, die im Wellengang vor ihren Bojen schwankten und deren Masten sich dabei kreuzten, derweil ein Dampfer [jener Reederei] hinter ihnen hinfuhr und seine Wellen herübersandte. Das Bilderlebnis stammte aus Tegel: ich hatte es in mich aufgenommen, als wir auf jener Wanderung zu viert an der Brücke lehnten, und ich in meiner Müdigkeit Unsinn schwatzte. Das Motiv hatte mich im letzten Herbst zu einem Aquarell begeistert: jetzt diente mir wiederum das Aquarell als Idee für das Plakat. Als es fertig war, und ich es Jens Matthissen zeigte, fand er, wenn ich die Boote und den Dampfer, statt auf einen hellen Hintergrund, auf schwarz gestellt hätte, so möchte das Plakat wirkungsvoller gewesen sein. Das leuchtete mir ein, und ich machte noch ein zweites Plakat. Das Kennwort, unter dem ich es einzuliefern gedachte, hieß ‚Vredeborg'; das war der Name der schönsten und schnellsten Segeljacht auf der Unterweser. Jens hatte ein ausgesprochen prunkvolles Plakat entworfen: einen Dampfer, von der Jannowitzbrücke aus gesehen, in Blau, Schwarz und Gold.
Über die Jacht ‚Vredeborg' dies: Hans Bade und ich, wir waren ihr zuzeiten völlig verfallen. Sie war ein braunweißes Juwel, allen anderen Segelbooten überlegen, bei allen Regatten vom Wettbewerb ausgeschlossen, überschnell, makellos, gewissenhaft, sehr eigenwillig, wie durch keine Menschenhand bedient und bedienbar. Ihretwegen saßen wir so manchen Sonntag an der Böschung der braker Kaje und säten, wenn sie ihrem Siege

entgegenfuhr, in der Erregung Hände voll Sand auf die Sonne, die aus dem Wasserspiegel heraufglitzerte.
Diese glückhafte Jacht mußte ihren Namen als Kennwort hergeben, als ich mein zweites Plakat fertiggestellt hatte. Und eines Tages stand es also bei mir im Zimmer an die Wand gelehnt, und meine Besucherin knickste davor nieder, schaute es sich an und sagte dies und das dazu. Dann klopfte es, und die Wirtin kam mit dem Tablett. Aus ihrem Augengeblinzel glaubte ich ihre Gedanken zu erraten: Also ist es jetzt diese da; die andre machte bedeutend mehr her.
Fräulein Nelly und ich, wir setzten uns ins Sofa. Als wir Kaffee getrunken und Kuchen gegessen hatten, lasen wir eine Weile in dem Versbuch von Trakl. Die Gedichte gefielen uns beiden gleich gut. Dann – genug des Lesens – begann ich ihr von Vredeborg zu erzählen. Sie hörte mir so freudig zu, daß ich nicht so bald ein Ende fand und ihr vielerlei aus meiner Jugend berichtete. Das kam vielleicht ganz atemlos ans Licht, Flieder- und Efeuerlebnisse, Faltergeschichten, Wasser- und Schilfberichte – ein halbes Buch, wie es mir gerade einfiel. Während ich sprach, näherte die Hörerin mehr und mehr ihr Gesicht dem meinen, als ob ihr Mund ebenso begierig lauschte wie ihr Ohr, und auch ich wandte mich beim Sprechen dann mehr an ihren Mund, und auch meine Augen sahen dorthin, auf die schöne lebendige Röte. Plötzlich küßten wir uns, wie Kinder küssen, und mein Satz war nun nicht mehr zu Ende zu bringen – vergessen war er in dem atemlosen Glück, das uns getroffen hatte.
Nach einer Weile ließ ich ihre Schultern los und fragte:
»Sind wir beiden jetzt Freunde?«
Sie nickte, und die umrandete Iris strahlte.
»Hast du dies denn gedacht?« fragte ich.
Sie bejahte oder verneinte, ich weiß nicht mehr; wir

brauchten Zeit, es zu begreifen. Und plötzlich war mir klar geworden, daß ich, wenn wir von nun an Freunde sein wollten, über eine ganz bestimmte Sache mit ihr würde sprechen müssen. Ich begann:

»Hör zu, Nelly. Ich weiß zwar nicht, ob ich sagen darf, was du hören sollst.«

»Alles darfst du sagen, Albert. Sprich nur.«

»Es ist eine zu mir in dies Zimmer gekommen, den letzten Winter über – und es könnte sogar sein, daß sie jetzt käme und klingelte. Das wäre allerdings nicht gut.«

»Würde ich euch ein Störenfried sein, wenn sie käme?«

»Sprich nicht so. Ich würde die Tür öffnen und sie bitten, wieder fortzugehen.«

»Wäre das nicht unfreundlich von dir?«

»Du mußt wissen, daß ich sie neulich gebeten habe, nie mehr zu mir zu kommen. Käme sie trotzdem, so wäre es doch von ihrer Seite ebenfalls unfreundlich.«

Nelly schien zu überlegen. Sie sagte:

»Drüben der Linolschnitt an der Wand – ist sie es? Ja? Er ist dir ganz gut gelungen, meine ich. Ein sehr liebenswerter Mensch ist sie, gelt, nach dem Schnitt zu urteilen?« Sie sprang auf und ging hinüber, um das Blatt aus der Nähe zu betrachten.

»Ich habe ihr Porträt mehrmals versucht«, sagte ich. »Sie kam öfters und saß mir. Schließlich wußte ich ihr Gesicht auswendig und schnitt es in eine Linolplatte.«

»So wenig Linien! Bist du denn ein Chinese?«

Ich saß und dachte darüber nach, wie ich ihr das, was ich mit Julia erlebt hatte, am leichtesten klarmachen könnte. Derweil begann Nelly im Zimmer auf und ab zu gehen – wieso wehte ihr Kleid bei jedem Schritt, als bliese es wie Maiwind durch den Raum? Es war ihr reizender Mädchengang, der das weiße Kleid links-rechts, links-rechts zum Wehen brachte. Am liebsten wäre ich auf-

gestanden, um mit ihr im gleichen Schritt zu gehen. Aber ich war allzu bedrückt. Schließlich sagte ich:
»Jene andre und du, Nelly, ihr seid so verschieden wie nur möglich.«
»Inwiefern?«
»Schon, daß dein Vater ein hoher Offizier ist.«
»Papa ist doch kein hoher Offizier. Er ist nur Stabsoffizier. Inwiefern sollte ich anders sein, als das Fräulein drüben auf dem Blatt?«
»Du bist eben du.« Nach einem Schweigen, und da Nelly immer noch über den Teppich auf und ab wanderte, setzte ich hinzu: »Es war so, daß sie bei Tage da war und bei Nacht. Das wird dir fremdartig genug sein.«
Sie war stehen geblieben, wandte das Gesicht her und sah mich voll und genau an. Plötzlich begann sie zu lächeln. Warum lächelt sie? dachte ich. Darauf ging ihr Lächeln in Lauschen über, und sie fragte:
»Hat es geklingelt?«
»Ich glaube nicht.«
»Du hast doch gemeint, daß sie kommen kann?«
»Man weiß bei ihr nie genau, was sie tut. Und das ist auch der gewaltige Unterschied zwischen euch beiden – bei dir weiß man's.«
»O dein Überschwang! Höre aber: die andre, o ja, weiß auch, was sie tut. Sie wird nämlich auf keinen Fall mehr zu dir kommen, Albert.«
»Wie kannst du es wissen?«
»Ich weiß es von ihr selbst.«
Machte sie einen Scherz?
Sie fuhr fort:
»Es ist Julia Weber, drüben auf dem Linolschnitt und in der Wirklichkeit, und wir werden vielleicht Freundinnen sein.«
Jetzt mußte ich wahrlich staunen. Es war zwischen uns

nie davon die Rede gewesen, daß die beiden sich kannten. Nelly Oberlin war erst in die K. S. eingetreten, als Julia sie schon verlassen hatte.

Und Nelly berichtete nun:

»Julia hat mich angesprochen. Sie kam gestern in die K. S. und suchte mich bei meiner Geranienblume auf, die ich grade zeichnete. Sie hätte uns beide, dich und mich, ein paarmal zusammen gesehen, sagte sie, und nun würde sie mich gern einladen und mit mir sprechen. Wir sind dann in ein Café gegangen. Sie hat mir viel von dir erzählt, und daß sie letzten Herbst zu dir gekommen ist. Sie hat dich liebgehabt. Aber sie hat dir verschwiegen, daß sie mit einem andern verlobt ist, den du kennst. Und dann hat der andre sie zu sich gerufen, und sie ist zu ihm gereist. Und der andre, sagt sie, das ist einer, den sie nicht vergessen kann und darf. Alles andre weißt du.«

»Ja, meinen Kummer.«

»Deinen argen Kummer. Und zuletzt hat sie mir gesagt, wie sehr es sie freut, zu wissen, daß du mich kennst, und ich kenn dich. War das nicht gut?«

Das war wohl gut.

»O wir werden befreundet sein, Julia und ich, denn sie will es unbedingt. Und ich bin stolz darauf, mit ihr befreundet zu sein, weil ich ein so kleines Mädchen bin gegen sie.«

Sie kam zu mir und legte die Arme um meinen Kopf. Ich war sehr froh und sagte:

»Was du gegen Julia bist, werde ich dir eines Tages verraten.«

»Genug von mir. Gehen wir jetzt? Ich liefere mit dir die Plakate ab und helfe sie dir tragen.«

»Wir werden mehr als eine Stunde brauchen. Ich muß zur Jannowitzbrücke.«

»Das macht nichts. Ich bin dann noch die Zeit über mit dir zusammen.«
»Deine Mutter wird dich schelten, wenn du so spät heimkommst.«
»Ich werde Mama belügen müssen, hinfort; so viel ist mir bei unsrer Freundschaft schon klar.«

Ein paar Wochen später stand ich mit Nelly in einem Ausstellungssaal des Papierhauses an der Linkstraße, in dem hunderte von Plakaten hingen. Vorn am Sprechpult war ein Plakat befestigt, das das Kennwort ‚Vredeborg' trug und mit dem Ia-Preis [der erste Preis war geteilt worden] ausgezeichnet worden war. Da schwankten also die Masten meiner Segelboote auf schwarzem Grund, und der weiße Dampfer fuhr hinter ihnen hin; und daß es also mein Plakat war, das preisgekrönte, das hatten wir beiden Glücklichen nun zu begreifen.
Was die ‚Muscheln' mir schuldig geblieben waren, machte ‚Vredeborg' gut: mit Goldgeld, Sektfrühstück und Besprechungen in der Presse.
Als Maillard mich zu dem Direktor brachte, zeigte dieser sich darüber erstaunt, daß ich der Preisträger war; und so staunten wir allesamt über den wunderlichen Lauf der Welt. Der Direktor versicherte übrigens, daß es eine Ehre für die K. S. sei. Maillard meinte:
»Wer aus einer Doppelflinte schießt, ist im Vorteil.« Er spielte damit auf meine Dichterei an.
War dies doppelte Tun ein Vorteil? Darüber ließe sich aber streiten.

Wetterwolke

Nelly und ich waren täglich in der Mittagspause zusammen. Ich veranlaßte sie, mit mir essen zu gehen. Bevor wir uns kannten, hatte sie den langen Arbeitstag über nur von Bananen gelebt und die Mittagszeit benutzt, um in der Sonne zu liegen und zu lesen, oder an den Bücherwagen auf der Klosterstraße nach alten Klassikerausgaben zu stöbern. Ihre Mutter gab ihr erstaunlich wenig Geld. Da Nelly davon auch die Materialkosten eines jeden Tages bestreiten mußte, konnte sie für den Rest wirklich nur ein paar Bananen lutschen. Zuweilen, wenn wir im Ratskeller oder im Vegetarischen saßen, lächelte sie mich an und meinte: »Wie ist das? Ich finde, daß du mich jetzt schon ernährst.«

Gern sprachen wir von der Zeit, da wir uns noch nicht kannten. Und dann kamen wir auf die letzte Weihnachtsbescherung der K. S., bei der ich sie zwar nicht angeschaut, aber zum erstenmal ihren Namen gehört hatte. Bei jener Zusammenkunft beschenkte man sich gegenseitig und zwar anonym; daß die Gaben beziehungsvoll gewählt wurden, gab der Sache einen Reiz mehr. Mir spendete, zum Beispiel, ein Kamerad damals ein Stück Marzipan mit der Aufschrift: »Dem Hermann Hesse-Verehrer«; der es schenkte, war ein Rilke-Freund – ich muß seine Gabe vorausgesehen haben, denn ich ließ ihm mit entsprechender Widmung ein Stück Rosenseife zukommen.

An jenem Weihnachtsfest von 1913 war mir die Verteilung der Geschenke aufgetragen worden. Ich hatte die Namen auf den Zetteln, die den Gaben angeheftet waren, aufzurufen und dem, der sich meldete, das Geschenk zu überbringen. Es wurde übrigens längst nicht jeder bedacht; solche, die niemandem auffielen oder keinen Freund hatten, gingen leer aus. Als ich nun mein Amt versah, stand wieder und wieder der Name Oberlin auf den Zetteln, und so durchquerte ich den Saal wohl ein dutzendmal in der gleichen Richtung und legte, ohne mir das Fräulein Oberlin dabei anzusehen, Geschenk auf Geschenk vor ihr auf den Tisch.
»Sind denn alle in deinem Kurs von dir entzückt?« fragte ich sie, wenn wir von jenem Tage sprachen.
»Seit man uns beide öfters zusammen gesehen hat, ist es nicht mehr so wie damals«, erwiderte sie. »Hätte ich aber an jenem Weihnachten gewußt: hier kommt mein Freund – so würde es mich alarmiert haben.«
»Alarmiert? Das ist gewiß ein Wort von deinem Vater.«
»Aber Papa ist ja gar kein richtiger Soldat, du. Oft geht er aus dem Haus und hat nicht einmal umgeschnallt. Neulich merkte er es erst am Potsdamer Platz. Er treibt seine Wissenschaft und unterrichtet an der Kriegsschule.«
»Ich glaube nicht, daß wir uns je bekommen werden«, sagte ich und mußte trotzdem lächeln.
»Warte es ab«, sagte sie und lächelte zurück. »Übrigens, um dich ganz zu beruhigen«, setzte sie hinzu, »er ist nur wegen Mama Offizier geworden. Eigentlich wollte er studieren, aber er kannte Mama schon früh, und so konnte es den beiden nicht schnell genug gehen – am schnellsten machte es sich noch, wenn er Leutnant wurde.«
Eines Tages lernte ich ihren Vater kennen. Wir waren

in einer kleinen Gesellschaft, lauter junge Menschen, und um zehn Uhr erschien Papa, um seine Tochter abzuholen. Er ließ sich von uns erbitten, noch ein Stündchen mit Nelly zu bleiben. Über was wir so sehr munter plauderten, weiß ich nicht mehr. Die amüsante Art, in der er das Gespräch führte und auf die Jugend einging, begeisterte uns.

»Mit der Zeit mußt du auch Mama kennenlernen«, sagte Nelly zuweilen. »Sie ist eine Dame, noch nicht vierzig, und sehr schön. Du wirst ihr die Hand küssen, gelt?«

Da würden die Schwierigkeiten beginnen. Ich hatte noch nie einer Dame in den besten Jahren die Hand geküßt; bei mir daheim war es nicht üblich. Einer Frau gegenüber, die ich verehrte, würde ich es unbedingt vollbringen; einer andern gegenüber schwerlich.

»Warten wir lieber damit«, sagte ich, als ich mir die unglückliche Figur vorstellte, die ich machen würde.

»Wie du meinst. Für Papa aber verbürge ich mich. Wir zwei gehen oft allein zusammen spazieren und unterhalten uns über lauter schöne Dinge. Bei einer solchen Gelegenheit werde ich von dir sprechen.«

»Tu es lieber noch nicht.«

»Also gut.«

In der zweiten Junihälfte war mein Examen. Da der Staat in diesem Jahre plötzlich dahinter gekommen war, daß der Expressionismus und mit ihm ein völkerumspannender Geist sich in seiner Kgl. Kunstschule eingenistet hatte, zeigte sein Minister sich unwirsch und ließ der Ordnung halber und als Warnung für spätere Jahrgänge die Hälfte der Kandidaten durchfallen. Seltsamerweise hatten Jens Matthissen und ich, zwar mit sehr mäßigen Zensuren, bestanden. Wir waren somit berechtigt, als Zeichenlehrer an höheren Schulen angestellt zu werden.

Für mich galt es jetzt, mit leerem Säckel heimzufahren und mich im oldenburger Lande für den Herbst um eine Stelle zu bewerben. [Seit mir der Preis für das Plakat ‚Vredeborg' zugefallen war, lag noch die Überlegung nahe, ob ich nicht den Zeichenlehrerberuf beiseite lassen und mich in Berlin bei Lucian Bernhard oder Julius Klinger weiterbilden solle, um Graphiker zu werden. Doch dazu fehlten mir die Mittel.]

Auf der Schlußfeier unsres Kursus kamen die Schülerinnen und Schüler noch einmal zusammen. Das Gasthaus, wo wir uns trafen, mag an einem See gelegen haben, denn in meiner Erinnerung ist die Bläue eines abendlichen Wasserspiegels. Groll über die feindseligen und falschen Beurteilungen der Prüfungskommission wurde laut; unsre Professoren gaben uns recht; selbst die, die der neuen Richtung ablehnend gegenüberstanden, äußerten ihre Entrüstung und versuchten einige schluchzende Mädchen zu trösten, die freilich aus anderen Gründen gestrauchelt waren als die vom Expressionismus befallenen Männer.

Nelly war es von Mama nicht erlaubt worden, an dieser ‚Feier' teilzunehmen. Aber am Tage danach – ich würde am folgenden Morgen Berlin verlassen müssen und glaubte keine Aussicht mehr zu haben, sie noch zu sehen – bekam ich von ihr einen Rohrpostbrief, in dem sie mir schrieb, daß ihre Eltern plötzlich hätten verreisen müssen, und mich bat, sie an diesem Abend dann und dann vor ihrer Wohnung zu erwarten. Ich fuhr, im voraus beglückt, nach Friedenau und ging, weil ich viel zu früh zur Stelle war, unter den Rotdornbäumen ihrer Straße auf und ab. Mit dem Schlage Neun erschien sie und sprang mir um den Hals.

»Herrlich!« rief sie. »Und wenn meine Eltern statt einen – viele Tage hätten fortbleiben müssen, so wäre das immer noch mehr herrlich gewesen.«

Sie nahm meinen Arm. Wir überschritten den Südwestkorso und gelangten in unbebautes Land. Der Mond war schon herauf und stand hinter dünnen Schleierwolken. Überall, auf Weg und Gras, auf Schutthalden und Stapelplätzen, sowie fern auf den fensterlosen Wänden hoher Gebäude lag ein unruhiges Zwielicht. Wir legten uns an einer Böschung ins Gras, plauderten und küßten uns. Unser Glück machte uns wie trunken.

»Wie ist dies nur in die Welt gekommen?« flüsterte Nelly.

»Es ist wohl nicht in der Welt«, sagte ich.

»O Gott, wo ist es denn?«

»Weiß nicht.«

»Wohl doch in der Welt, wie? In einer so schönen.«

Stunden verstrichen, lauter glühende Zeit schwand hin. Nach und nach stieg eine schwere Traurigkeit in uns auf. Nelly sagte:

»Was wird mit mir sein, wenn du morgen fortgereist bist?«

»Vielleicht denkst du an mich?«

»Aber was wird es nützen! Es kommen neue Tage, und wie kann ich mich auf sie freuen?«

Später hörten wir jemand heranstampfen. Im Licht des Mondes, der sich inzwischen vom Gewölk befreit hatte, kamen ein Soldat und ein Mädchen die Böschung herunter. Sie hielten sich umschlungen.

»Ist hier ein guter Platz für uns?« fragte der Soldat.

»So ist es«, sagte ich. »Wir gehen nämlich jetzt.«

»Durchaus nicht nötig!« rief der Soldat. »Hier ist Raum genug.«

Ich gab Nelly die Hand, und sie sprang auf die Füße.

»Gute Nacht denn!« rief der Soldat und warf sich zu seinem Mädchen ins Gras.

Wir gingen und wir sprachen nicht mehr. Um den Abschied hinauszuschieben, wählten wir einen Umweg und kamen an grell beschienenen Gartenzäunen entlang. Hand löste sich aus Hand. Das unerfüllte Leben war in unsren Gedanken. Auf einmal blieb Nelly stehen und griff an meinen Arm. Rechts, zwei Schritt vom Weg, lag ein Mann. Er lag auf dem Rücken, die Beine gespreizt und die Arme zurückgeworfen; er regte sich nicht. Sein Gesicht und die Fäuste schimmerten im Mondlicht. Ein paar Schritte hinter den Fäusten lag ein breitrandiger Strohhut.

Als wir an ihm vorüber waren, fragte Nelly:

»Ob der tot war?«

Aber wir gingen weiter. Die Nacht war vorgeschritten, der Traum zerstört. Plötzlich vermißte sie ihren Hausschlüssel. Drüben an der Böschung hatte sie ihn noch in der Hand gefühlt. Wir kehrten um und eilten uns. Der Mann lag noch in gleicher Haltung da. Voll Unbehagen ließen wir ihn hinter uns und erreichten wieder den Grasplatz. Der Soldat hatte eine Taschenlampe und half uns suchen. Zum Glück fand sich der Schlüssel. Wir bedankten uns und traten den Heimweg an. Als wir abermals an den Gartenzäunen vorüberkamen, hatte der Mann seine Lage verändert. Er stützte sich auf die Ellbogen, blickte uns entgegen und sagte:

»Die junge Dame hat vorhin vermutet, daß ich tot sei. Es war ein Irrtum von ihr.«

»Wie gut«, sagte Nelly.

Wir waren stehengeblieben. Es war ein junger hübscher Mensch, gepflegt gekleidet; in seiner Krawatte blitzte etwas, wie ein Diamant.

»Es wäre auch Pech gewesen, gerade heute zu sterben«, meinte der Fremde. »Ich will nämlich um fünf Uhr früh bei den Garde-Dragonern am Belle-Alliance-Platz sein.

Habe den ganzen Qualm satt, und also bin ich auf die Nachricht hin die halbe Nacht in der Weltgeschichte herumgerannt.«
Ich fragte ihn, was er denn früh um Fünf bei den Garde-Dragonern wolle.
»Was ich dort will? Ich will als erster da sein und mich melden.«
Wozu er sich melden wolle.
»Wissen Sie denn nichts, Mann? Haben Sie denn die Depesche nicht gelesen?«
Er meinte die Nachricht, daß das österreichische Thronfolger-Ehepaar einem Mordanschlag zum Opfer gefallen war. Die hatte ich freilich gelesen.
»Na also«, sagte er. »Und so muß es ja kommen.«
»Was muß kommen?«
»Der Krieg!« rief er und hob den Finger. »Wir, das deutsche Volk, haben nämlich keine Lust mehr, uns vorschreiben zu lassen, ob wir die Ersten oder die Letzten auf der Welt sein sollen. In Sarajewo hat es geknallt, und also werden wir ihnen zeigen – – Sie, Herr Maikäfer, hören Sie mal!«
Der Soldat, der uns beim Hausschlüsselsuchen geholfen hatte, kam mit dem Mädchen den Zaunweg entlanggegangen. »Was ist denn?« fragte er unwillig.
»Sie laufen hier noch ganz fidel mit Ihrer Braut herum? Wo Ihr Regiment vielleicht schon alarmiert ist?«
»Alarmiert? Dummheiten. Ich habe Urlaub bis zum Wecken. Komm, schönes Kind, es wird Zeit.«
Die beiden gingen vorüber.
»Blödian«, murmelte der Fremde. Er griff nach seinem Hut und stand auf.
Auch wir entfernten uns.
»Hören Sie!« rief der zukünftige Garde-Dragoner uns nach. »Gestern noch auf stolzen Rossen, heute durch die

Brust geschossen, morgen in das kühle Grab. So wird es kommen, ihr Lieben, für mich, für Sie und für den Maikäfer da. Aber der Sieg – keine Frage.«
Als wir außer Hörweite waren, fragte Nelly:
»Was ist daran wahr, o was ist daran wahr?«
Ich wußte es nicht und schwieg.
»Wird Papa dann sofort ins Feld müssen? Und du – was wird aus dir? So sprich doch!«
»Betrunken war der. Das ist alles.«
Hand in Hand und ohne mehr zu sprechen gelangten wir in ihre Straße und hielten vor ihrem Hause an, benommen vom Schmerz des Abschieds und beschattet von der plötzlich heraufgezogenen Wetterwand eines Krieges. Der Tag graute jetzt, die welken Blüten über uns an den Rotdornbäumen bekamen Farbe und glichen braunen Ascheflocken. Nelly schlug vor, ich solle noch mit hinaufgehen in die Wohnung. Die Straßenbahn werde erst in einer oder zwei Stunden zu fahren beginnen. Sie werde uns Kaffee kochen. Das Mädchen sei mit ihr im Bund und werde sie nicht verraten. Lauter verzweifelte Wünsche.
Aber ich wollte gehen.
»Ich glaube, wir sehen uns bald wieder«, sagte sie unsicher. »Und kein Krieg soll sein für Papa und für dich, gelt?«
Ich küßte sie zum letzten.
»Heute ist ja unsre Verlobung«, sagte sie kummervoll und versuchte zu lächeln. »Wie schön?«
Ich nickte. Wie schön!
»Hab guten Mut«, hauchte sie gegen mein Gesicht.
»Hab guten Mut, auch du.«

Zwiebelgarten

> 17. Juli 1870. Vor drei Tagen, am 14. Juli, während ich in meinem Garten von Hauteville House [Guernsey] die Eiche der Vereinigten Staaten von Europa pflanzte, in diesem gleichen Augenblick brach der Krieg in Europa aus ... In hundert Jahren wird die Eiche groß sein.
>
> Victor Hugo, Tagebuch-Notiz

Plötzlich war der Krieg erklärt. Die Menschen in unsrer Stadt gerieten in große Unruhe. Manche zeigten sich darüber begeistert, daß Krieg war. Am ersten Abend standen die Leute an der Weserkaje und glaubten feindliche Flieger zu hören. Der Pier war wie leergefegt; den englischen Dampfern schien es rechtzeitig gelungen zu sein, auszulaufen. Im Hafen war eine russische Brigg zurückgeblieben, und ich sah, wie zwei Polizisten den dicken Schiffskoch als Spion ins Arresthaus abführten. Der Mann trug ein grünes Hemd, und als ich dem Grün nachblickte, wie es in unsrer Straße kleiner und kleiner wurde, kam es mir endlich zu Bewußtsein: es ist Krieg.
Die Männer der Stadt, die gedient hatten, reisten in ihre Garnisonen ab. Viele der Ungedienten beschlossen, sich freiwillig zu melden und reisten gleichfalls ab, überall hin, wo sie hoffen konnten, eine Truppe zu finden, die sie sogleich einstellen würde.
In den ersten Tagen suchte ich mich, als ein Mensch, der auf dem Meeresgrunde geboren ist, so zu verhalten, als ob mich die Sache nicht weiter anginge. Der Falter, der, solange ich denken konnte, an der Efeuwand unsrer Werkstatt zu Hause war, mußte mich verhext haben; wie hätte

es anders sein können, daß ich nichts begriff und ganz anders empfand als die Menschen ringsum. Stunde um Stunde hockte ich grübelnd in meinem kleinen Zimmer und hörte draußen im Land die Transportzüge rollen. Wurde es Abend, so verloren sich meine Gedanken, und ich fühlte nur noch, wie das Haus groß in die Dunkelheit aufragte. Ein Gewitter drang herzu, Regen rauschte nieder, vor dem Fenster hingen die nassen Birnen in den nassen Bäumen. Unversehens kamen mir Nellys zerbrechliche Hände in den Sinn. Sobald der Regen zu Ende getropft hatte, ging ich in den Hof hinunter und hielt Rücksprache mit dem Falter Harlekin über die Aufgabe, die mir gestellt war, und wie ich sie in dieser rätselhaften Welt würde erfüllen können.

Eines Mittags beim Essen fragte mich mein Vater, der gewiß seinem Stammtisch darüber berichten wollte:

»Wann meldest du dich freiwillig?«

Aus seinem Munde hatte eine der Stimmen dieser Weltstunde zu mir gesprochen, die Stimme eines Deutschen. Aber eine menschliche Stimme, die meiner Mutter, sagte:

»Er soll es nicht.«

Von der Stimme eines Deutschen wurde ich aufgefordert, ein Soldat zu werden, in einen Krieg zu ziehen und auf Soldaten eines anderen europäischen Volkes zu schießen. Die Stimme eines Franzosen oder eines Engländers konnte mich hier nicht erreichen. Sie, auf die ich schießen sollte, kannte ich nicht; angetan hatten wir einander nichts, das etwa den Tod verdient hätte. Und wie nun, wenn ich dabei auf einen Enkel meines Propheten, des Paul Cézanne aus Aix-en-Provence, stieß und ich tötete ihn? Schon erwies es sich als ungereimt, grauenvoll und unmöglich, derartig Fürchterliches aus freiem Willen zu tun oder gar nur zu denken.

Es würde nötig sein, bei den Freunden anzufragen, wie sie sich zu verhalten gedächten. Hans Bade war irgendwo in Westfalen angestellt. Ich schrieb an ihn; schrieb auch an Diebold, der sich auf einer Rheinreise befand, und an Jens Matthissen nach Dithmarschen. Drei Freunde, die immer mit mir einig gewesen waren – von ihnen erhoffte ich ein klares Wort, und daß sie mir zustimmen würden.
Während ich in Ungeduld auf die Antworten harrte, kam ein Brief von Nelly. Sie teilte mir mit, daß Papa sogleich zu seinem Regiment abgereist sei und sich mit ihm vielleicht schon an der Grenze befinde. Ihre verzweifelten Zeilen beschworen mich, abzuwarten und vorerst nichts zu unternehmen.
Dann trafen die Briefe der Freunde ein: Hans, Axel und Jens, sie hatten sich alle drei, unabhängig voneinander, freiwillig gemeldet und trugen bereits den grauen Rock. Sie schrieben alle das gleiche: Komm du auch, daß wir zusammen ins Feld rücken. Zwei erklärten: Dies ist ein heiliger Krieg. Jens Matthissen, Feind großer Worte, drückte sich so aus: Jetzt kommt endlich was Anderes.
Ich hatte dies nicht voraussehen können und zweifelte an meinem Verstand. Im ersten Augenblick war ich entschlossen, zu Jens nach Neumünster zu fahren und mich ihm mit Handschlag anzuschließen. – Bin gewiß nicht gescheiter als ihr, dachte ich, begreife eben langsamer – also werde ich kommen.
Aber alsbald stellten sich die Bedenken wieder ein. Ich erinnerte mich an unsre Gespräche in Friedrichshagen, in denen wir mit allen guten Geistern Europas einig gewesen waren, vor allem mit den großen französischen Malern. Dabei fiel mir ein Tag ein: wir standen in Berlin an der Ecke der Friedrichstraße und der Linden und warteten auf den Kaiser, der die alljährliche Parade auf dem Tempelhofer Felde abnahm – wir standen also da und war-

teten darauf, daß er aus der Friedrichstraße kommen und in die Linden einbiegen werde, um zum Schloß zurückzukehren. Wir waren eigens gekommen, um ihn uns anzuschauen. Bedeutete er uns irgendetwas? Man wird sehen.

Ein Vierspänner fuhr vorbei, und darin saß eine junge Dame mit Straußenfedern am Hut, eine Prinzessin. Dann kam lange nichts, und die Polizei sperrte die Friedrichstraße derweil wieder ab und gab den gewöhnlichen Verkehr unter den Linden frei. Plötzlich war unter den vorübergleitenden Autos eines, in dem ein älterer Mann saß, barhaupt, und seine Haare flatterten über der schönen freien Stirn im Fahrtwind. Schon war er vorbei, aber wir hatten ihn im Nu erkannt. Da sagte einer von uns [nicht ich]:

»Wir haben Gerhart Hauptmann gesehen, was brauchen wir da noch den Kaiser.«

Und wir gingen davon.

Jene Stunde kam mir in den Sinn, und ich wurde trotzig und sagte zu mir: Dies schmeißt ihr mir nicht einfach um, ihr Freunde – dies wird nicht einfach umgeschmissen! Was uns damals gemeinsam gehörte, das war die schlichte und heile Welt. Wir brauchten doch nur den überladenen Kaiser und seine blinkenden Paladine anzusehen, um zu wissen, daß sie, genau wie die Paladine der anderen Völker, mit Kriegsgedanken vertraut waren. Man hatte sie hier und woanders diese Gedanken hegen lassen, und nun war der Krieg da und durch keine Hand der Welt mehr abzuwenden.

Nicht, daß ich auch nur halbwegs wußte oder mir vorstellte, wie dieser Krieg verlaufen und was er für Folgen haben werde – aber daß völlig ungeeignete und fahrlässige Menschen die Völker Europas regierten, die diesen Zustand hatten entstehen lassen, anstatt rechtzeitig

zusammenzukommen, sich zu beraten und nach einem Ausweg zu suchen, *den es selbstverständlich gab,* das glaubte ich zu wissen.
Dies sind Gedanken eines jungen Menschen und Künstlers, der mit Faltern befreundet ist. Wer dies nicht ist, kann es wohl nicht nachfühlen. Daß in den europäischen Nationen von Zeit zu Zeit ein wilder Überschwall an roher Kraft gleichzeitig mit einer trüben Wolke von Lebensüberdruß oder Todeslust aufsteigt, und daß die Völker alsdann bei dem geringsten Anlaß als furchtbare Masse aufbrechen, um sich gegenseitig zu metzeln – dies war mir noch nicht bekannt.
Nun aber, o Gott, wie stand es mit den Freunden! Wir waren doch Freunde von Grund auf! Sollte ich die begeisterten und feierlich-ernsten Briefe, die sie mir geschrieben hatten, und die ich immer wieder las, beantworten und ihnen mit meinen heute offenbar überflüssig gewordenen Einwänden kommen? Sollte ich sie daran erinnern, wie wir uns damals beim Lesen von Nietzsches ‚Menschlich-Allzumenschliches' einig gewesen waren? Dieser Prophet hatte vor zwanzig Jahren verkündet, daß durch die Gemeinsamkeit höherer Kultur in Europa und durch tausend kommende Veränderungen die Nationen, mindestens die europäischen, ihre Bedeutung verlieren und eingehen würden, und daß, wer dies erkannt habe, sich schon jetzt ungescheut als guten Europäer ausgeben solle. Und weiter schrieb er: daß die einzelnen Nationen aus eigensüchtigen Motiven versuchen würden, den europäischen Zusammenschluß zu hintertreiben, indem sie Zwietracht säten und Kriege entfesselten – –
Nein, ich antwortete den Freunden nicht. Wir hatten uns als junge Europäer gefühlt. Jetzt sollte das nicht mehr gelten? Ich schrieb nicht.
Und ein neuer Schreck! Bald darauf las ich, daß Richard

Dehmel, er, der mich auf Paul Verlaine verwiesen hatte, sich freiwillig in den Krieg gemeldet hatte! Und weiter: aus den Zeitschriften war zu ersehen, daß berühmte deutsche Dichter Kriegsgesänge schrieben und drucken ließen! Das alles brachte mich in völlige Verzweiflung. War es denn überhaupt denkbar, daß ich – gegen sie alle – recht haben konnte?

Mit dem berliner Zeugnis in der Tasche fuhr ich nach Oldenburg zur Behörde. Dort wurde mir gesagt, eine Zeichenlehrerstelle sei nicht frei, aber ich könne, bis meine eigene Einberufung zum Heer erfolge, einen Lehrer, der eingezogen sei, vertreten. Man schickte mich in das Dorf Numsen, hoch in den Norden. Ich hatte begriffen, daß es das beste sei, wenn ich irgendwo in der Einsamkeit versuchte, mit mir und wenn möglich mit der Welt ins Reine zu kommen.
In Numsen war eine einklassige Schule. Der dortige Lehrer hatte vor kurzem geheiratet, und jetzt war er auf der Fahrt an die Front und hatte seine junge Frau veranlaßt, über den Krieg in ihr Elternhaus zurückzukehren. In den verlassenen Räumen prangte eine nagelneue Einrichtung. Eines der Zimmer wurde freigemacht, mit ein paar Möbeln, die der Gastwirt des Ortes zur Verfügung stellte, ausgestattet und von mir bezogen.
Wie froh bin ich anfangs in diesem Zimmer gewesen, in dem mich niemand ansprach und mich zu einem Denken nötigen wollte, das mir nicht gemäß war! Es duftete drinnen nach Garten und nach Land. Die Zimmerdecke war blau gestrichen, die Wände rosa. Bei diesem schönen Farbklang ist mir eine Doppelsilbe eingefallen – Hela; ich nannte das Zimmer Hela. Bin viele Tage und manche Nacht darin wie ein freiwillig Gefangener auf und ab gegangen.

Wie reizend war der Garten! Die Pflaumen wurden reif und fielen ins Gras. Sie zeigten ihre wächserne Schicht. Hände voll von den Kobaltblauen trug ich ins Haus. In der ersten Morgenfrühe lag der Tau auf den Rübenblättern, und wenn die Sonne durch den Nebel drang, so glitzerten die Tropfen auf ihnen wie Perlschnüre. Am heißen Mittag waren sie dahin. Hinter dem Rübenacker wiegten Zwiebeln die lila Köpfe, und ihre Hüllblätter nahmen sich aus, als hätten dort Weißlinge vor dem Regen Schutz gesucht. Hinter dem Acker kam die Rasenbleiche mit den Pfählen, und dann endete der Garten. Seinen Rand säumten Weidenbäume, und wenn die Sonne schien, so flimmerte deren Laub, als fiele ein warmer Schnee.

Hinter dem Garten begann das weite grüne Land, an dessen Horizont ein paar Kirchtürme aus ihren umbuschten Dörfern aufragten; und im Norden, weit hinter den sieben, acht Häusern des Ortes Numsen, zog sich der Deich hin, und dahinter war die Nordsee.

Die Schule war klein, in der Klasse saßen vierzig Kinder aller acht Jahrgänge, die in vier Abteilungen unterrichtet wurden. Eines Morgens entdeckten die Kinder, daß an dem Dachreiter der nächstgelegenen Dorfkirche eine Fahne erschienen war. Ich stand mit ihnen auf dem Schulhof unter den Silberpappeln, und wir sahen die Fahne flattern. Alsbald kam jemand vom Dorf und teilte mit, ein Sieg sei erfochten, und so sei für heute schulfrei.

An vielen Tagen sahen wir die Fahne am Turm auftauchen, und jedesmal verkündete sie einen neuen Sieg. Dann, an einem Septembermorgen, klangen Kanonenschläge von Norden, von der See herüber. Erst waren es einzelne Schüsse; doch über dem Niedersinken der ersten gelben Pappelblätter aus der nebligen Höhe, dem

wir durch das Klassenfenster zuschauten, wurde das Schießen zu einem geballten Zusammenklang. Die Kinder lauschten mit gefalteten Händen. Um sie abzulenken, erzählte ich ihnen Geschichten. Gegen Mittag wurde es still. Es war, wie sich herausstellte, bei Helgoland ein Seegefecht gewesen, und die deutsche Marine hatte dabei einige leichte Kreuzer eingebüßt. So nahe bei uns waren junge Menschen umgekommen.
Dann war nicht weiter davon die Rede. Einmal stürmte es tagelang. Eine der Silberpappeln brach, und ein Mann kam, sägte ihre Teile in Stücke und schaffte sie fort. Außer dem Postboten, der fast täglich einen Brief von Nelly brachte, sah ich kaum einen Menschen. Nelly schrieb immer: Wann kommst du? Wir müssen uns sprechen.
Man würde sehen. Ich antwortete ihr immer sofort. Was aber war inzwischen mit mir geschehen? Schon darin, daß ich das blau-rosa gestrichne Zimmer nicht malte, sondern in meiner Zärtlichkeit mit einem kindlichen Namen benannte, drückte sich etwas aus. In den letzten Jahren hatte das Farben- und Formensehen mich zum Bildermalen gedrängt, und noch in den ersten Wochen in Numsen war es mir wichtig gewesen, einen Apfelbaum mit knorrigen Ästen in eine Holzplatte zu schneiden und abzuziehen oder die Häusergruppe des Dorfes zu zeichnen. Plötzlich wurde es anders: was mich im Begegnen anrührte, rief Worte in mir wach, die sich zu Zeilen fügten. Zeilen meldeten sich, sobald der Wind durch den Garten fuhr und die Weidenbäume kämmte; Zeilen, wenn ich einen Pausback von Apfel aus dem Grase aufhob; Zeilen, als die ersten Kastanienfrüchte auf die Dorfstraße prallten und mir zu Füßen hinrollten. Ich nahm ein paar Kastanien mit ins Zimmer, legte sie auf den Tisch oder hielt sie lange in der Hand, um der

Worte habhaft zu werden, die sie für mich bereithielten. Sie waren glatt, kühl und braun, wie gesammelter Sonnenschein; lange hatten sie in ihrem weißen Gefängnis gelegen, von bescheidener gelber Körnigkeit umschlossen; jetzt waren sie frei.

Nur Verse konnten darüber aussagen. Auch auf den Wiesen flogen sie mir zu, wo sich die letzten ultramarinblauen Wicken in ihrem zarten Blättergestäbe aufrechthielten, bis der Wind sie niederwarf. Wind wehte immer, er bewegte das Schilf in den Gräben und brachte die braunen Kleeköpfe am Weg in ein besessenes Auf und Ab. Wind von England brauste nachts in den Pappeln am Haus. Noch überschlief ich ihn; gedachte wohl, wenn ich im Finstern lag, derer, die draußen in den Gräben waren, aber selbst dann befreiten mich Zeilen, die mir zudrangen, von der Traurigkeit. Ich nahm die Zeilen begierig auf, sprach sie im Dunkel der Nacht wieder und wieder vor mich hin, bis ich sie auswendig wußte und bis zum Morgen nicht vergessen würde – alsdann fiel ich in Schlaf.

Aber dann kamen Briefe und kamen Windnächte, in denen ich das Furchtbare mit mir auszufechten hatte, was in den Briefen stand:

In Flandern war eine Schlacht gewesen, und in dieser Schlacht war gefallen mein Freund Hans Bade, Freund der kleinen Dido, bei der Schmiede zu Merckem, und verscharrt; und in der gleichen Schlacht war geblieben, wer weiß wo, mein Freund Fritz Unverfehrt, Mann seiner Frau und Vater seines Kindes, und verscharrt.

Der linke Arm, der rechte Arm war mir abgeschlagen worden. Nichts mehr von Versen. Ich würde gehen müssen, mir den Kopf abschlagen zu lassen.

Die vertagte Kunst

Du rote Malve, spät erblüht,
Die tagelang im Garten war –
Heut hat man dich, da monoton
Der Regen fällt, ins Haus gestellt.

Du rote Malve, rosa, schön,
Zart, spät stehst du zusammen mit
Schneebeeren, dunklen Blättern da,
Und deine Blüten sind gerollt.

Du blickst in Tag. Und niemand spricht.
Der Regen trommelt oft genug.
An weißer Fensterbank mag wer
Dich anschaun, bis es dunkel wird.

Dies Gedicht hatte ich Nelly, als ich in den Herbstferien nach Berlin fuhr, mitbringen wollen, aber ich zerriß es im Zorn und Kummer; dann, als ich meine Freundin sah, sammelte ich die Papierfetzen aus der Tasche, klebte sie zusammen und gab ihr das Gebilde doch.

Nelly bestand darauf, mich der Mama vorzustellen. Ich wurde schwach und willigte ein. Die Begegnung geschah wohlvorbereitet, mit Blumenstrauß und Handkuß. Was man diplomatisch nennt, war ich nun nicht. So teilte ich der Mama kurzerhand mit, daß ihre Tochter und ich uns verlobt hätten. Mama erwiderte, sie könne ohne ihren Mann nichts entscheiden. Das war zu verstehen. Im übrigen zeigte sie sich freundlich, wenn auch kühl – mochte einen sehr anderen Schwiegersohn, einen aus ihren Kreisen, Offizier oder Bankdirektor etwa, erwartet haben.

Nelly wurde erlaubt, für bestimmte Tagesstunden mit

mir spazieren zu gehen. Abends hatte sie zu Hause zu sein. So also nahm sich das aus. Am letzten Tage meines Urlaubs merkte ich, daß Nelly verstimmt war, und als ich sie nach dem Grund fragte, erzählte sie, Mama hätte sich unfreundlich über meine Augen ausgelassen. [Über meine Augen? Also wie ehedem der Kunstmaler Zuchors.] Mama hatte nämlich geäußert, meine Augen brächten sie auf die Vermutung, ich sei in moralischer Hinsicht nicht einwandfrei.

Es war zum Seufzen.

»Wärst du doch ein Arbeiterkind«, sagte ich. »Oder, noch besser, eine arme Waise. Dann kämst du einfach mit mir.«

»O Albert, kann ich der Mama das je verzeihen!«

Etwas Wahres konnte aber an Mamas Beobachtung sein, denn in diesem auf Selbstmord bedachten Europa mußte ich wie ein frei schweifender Unverstand wirken. Weil ich gezwungen war, mit meinen naiven Ansichten um des lieben Friedens willen hinter dem Berge zu halten, so war mein Blick zuzeiten gewiß unangenehm und finster genug.

Mama hatte es augenscheinlich nicht gut mit uns jungen Liebenden vor. Wir beschlossen deshalb, daß Nelly, wenn ich zu Weihnachten wieder nach Berlin käme, ihr nichts darüber sagen sollte.

In der Zwischenzeit war ich von Numsen aus mit Jens Matthissen im Briefwechsel geblieben. Er teilte mir im Dezember mit, daß er zu einem Offizierskursus kommandiert sei, und daß er um Neujahr in Berlin sein und sich freuen würde, mich dort wiederzusehen.

An Weihnachten war ich also wieder da, und Nelly und ich verhielten uns so, wie verabredet. Wie aber gestaltete sich das? Nelly fand, weil ja in der K. S. Ferien waren, selten einen Grund zum Fortgehen. Überdies mochte

Mama das Spiel durchschauen; jedenfalls wußte sie unsre Begegnungen zu verhindern. Wir hatten also abermals falsch gerechnet. An den meisten Tagen gelang es uns nur, eine halbe Stunde zusammen zu sein, abends nach acht Uhr, in ihrer Straße. Um diese Zeit kam die Kriegszeitung heraus, eine Abendausgabe des ‚Lokal-Anzeigers', und Mama schickte Nelly, sie zu besorgen. Rasche Gespräche und wie bald die Trennung – wir verbrauchten viel Kraft, um ruhig zu bleiben. Den Weihnachtsabend verbrachte ich allein. Nelly war zu unbedingtem Gehorsam erzogen und wollte, um des Vaters willen, die Mutter ungern erzürnen. Eines Abends aber, als wir wieder auf die Kriegszeitung warteten, sagte sie:

»Wenn du eingezogen wirst, komme ich zu dir. Alsdann bin ich kein kleines Mädchen mehr.«

Für diese Reise, die für bald zu erwarten war, hatte sie sich heimlich ein Köfferchen gekauft und alles Nötige darin verpackt. Julia war mit ihr im Bund; in deren Wohnung stand der Koffer für die ‚Flucht' bereit; und wir hatten ausgemacht, daß ich, sobald der rote Zettel bei mir eintraf, an Julia telegraphieren sollte.

Jens Matthissen hatte mich zufällig am 30. Dezember, meinem Geburtstage, bestellt, und so suchte ich – Nelly konnte zu meiner argen Enttäuschung nicht mitkommen – an diesem Abend ein altes Weinhaus in der Nähe des Potsdamer Bahnhofs auf, das er als Treffpunkt angegeben hatte.

Das Lokal war mäßig besetzt. Jens war noch nicht da. Ich nahm an einem ovalen Tisch Platz, der in der Tiefe des Raumes stand, und wartete. Nach einer Weile erschien ein älterer schwarzäugiger Herr, grau an den Schläfen und mit einer hohen verwachsenen Schulter, und fragte, ob er sich an meinen Tisch setzen dürfe. Ich erlaubte es; daß er grade an diesen Tisch wollte, verstimmte mich etwas. Es waren genug Tische frei; und ich hatte gehofft, mit Jens bei unsrem Gespräch allein zu sein.

Der Herr bestellte Rotwein, stopfte sich die Pfeife und begann zu rauchen. Während er das Glas ergriff und den ersten Schluck trank, schickte er seinen dunklen Blick zu einem Bilde hinauf, das über unserm Tisch hing. Das Bild, offenbar die Vergrößerung einer Photographie, zeigte das Porträt eines rüstigen alten Mannes mit zurückgekämmtem grauen Haar und dichtem Schnurrbart – ein Gesicht, das mir bekannt vorkam und mich dabei ein wenig an Großvater Wolken erinnerte.

Ich ließ den Blick zwischen der Tür und dem Männerporträt hin und her gehen und grübelte, wer es sein könne. Plötzlich sagte der verwachsene Herr:

»Den Sie da oben sehen, das ist der Dichter Theodor Fontane.«

O ja, der war es. Die gleiche Aufnahme in klein mußte ich einmal irgendwo gefunden haben.

»Sie werden von ihm wissen?« fragte der Herr.

Ich hätte ‚Irrungen, Wirrungen' gelesen, sagte ich, dazu einige Balladen.

»Den ‚Stechlin' sollten Sie lesen.«

In diesem Augenblick kam Jens Matthissen durch die Tür. Da war er nun als schöner Leutnant erschienen, ließ sich vom Kellner aus dem Mantel helfen und von mir an den Tisch führen.

»Wunderbar, daß wir uns noch sehen«, sagte er und strahlte. »Morgen früh, kurz nach Mitternacht, fahre ich wieder ins Feld, diesmal Richtung Osten.«

»Die Herren wollen gewiß allein sein?« erkundigte sich der rauchende Herr und wollte aufstehen.

»Nichts da!« sagte Jens. »Sie stören uns nicht.« Und zu mir: »Es ist dir doch recht?«
Ich erklärte mich einverstanden, weil er es ausdrücklich so wollte.
Er begann von seinen allerletzten Erlebnissen zu sprechen, denen aus der Heimat und aus Neumünster. Seltsam, er war ein richtiger Offizier und war es erst vor acht Tagen geworden. Ich hörte zu und unterbrach ihn bisweilen mit Fragen. Hinter dem Freunde lagen erregende Monate, über die er schwieg; hinter mir lagen Monate einer grausigen Vereinsamung, über die ich gern mit ihm gesprochen hätte. Jetzt und heute gab es für mich wiederum nur ihn, den ich als kommenden Maler bewundert hatte und nun als schönen Soldaten – möglicherweise – wiederum bewundern mußte.
Als wir auf ein glückliches Wiedersehen angestoßen hatten, sagte er plötzlich:
»Geh nur nicht mehr dorthin, du.«
»Freiwillig – nein. Aber es wird schon so kommen.«
»Geh also nicht mehr dorthin. Wenn du dir gedacht hast, es sei dort besonders interessant, so stimmt das eben nicht.«
Daß es mindestens interessant sei, hätte ich freilich angenommen.
»Ach, trostlos öde! Wirklich interessant ist es nur draußen im Niemandsland. Ich bin da oft.« Er lachte los, hob sein Glas, und wir stießen, ich weiß nicht auf was, an. »Im Ernst, es ist mir wirklich lieb, Albert, mich da so nachts herumzutreiben.«
Ich berichtete ihm, daß zwei meiner Freunde gefallen seien und fügte hinzu: »Zuerst habe ich mit euch gehadert; jetzt fange ich an, mich zu schämen.«
»Dummheiten«, erwiderte er. »Verrate mir lieber, wer der würdige Mann da oben auf dem Bild ist.«

Ich sagte es ihm.
»Fontane war übrigens auch sehr für das Interessante«, meldete sich der Herr mit der Pfeife. »Verzeihen Sie, daß ich Ihnen ungewollt zugehört habe, Herr Leutnant. Fontane war doch Berichterstatter im Siebziger Kriege, und weil er sich unbedingt das Geburtshaus der Johanna von Orleans zu Domremy ansehen wollte, begab er sich, genau wie Sie, in das Niemandsland und, natürlich, wurde er von den Franzosen gefangengenommen.«
»Was Sie sagen! Nun, gefangennehmen lassen würde ich mich nicht. Abgeknallt haben sie Fontane ja nicht, die Franzosen?«
»Man war damals noch so etwas wie Kavalier. Er wurde auch, wie er selbst schreibt, ganz gut behandelt. Und er hätte ja als alter Mann nicht an diesem Tisch sitzen und höchst amüsant von seinen früheren Jahren erzählen können, nicht wahr.«
»An diesem Tisch?«
»Hier am Tisch, Herr Leutnant. Ich habe mir vorhin erlaubt, mich hierher zu setzen, weil ich gern eine teure Erinnerung in mir aufleben lassen wollte. Heute ist nämlich ein denkwürdiger Tag für mich. Genau heute vor fünfundzwanzig Jahren nahm mein Vater mich mit hierher ins Johanniterhaus und sagte zu mir: Vergiß niemals, daß du wirst dabei sein dürfen, wenn der alte Fontane seinen siebzigsten Geburtstag feiert. Er, Fontane, glaubte nämlich nicht recht daran, daß jemand aus den alten preußischen Adelsgeschlechtern, von den Arnims, den Kleist, den Bredows und den Itzenplitz, die er doch verehrte und über die er bekanntlich sein Leben lang geschrieben hat, sich zur Gratulationscour bei ihm einstellen würde, und also hat er zu meinem Vater gesagt: Sie gehören zu den zwei Dutzend Leuten,

die meine Bücher gelesen haben, Hertz, also – kommen Sie! – Mein Vater fühlte sich natürlich hochgeehrt und kam; und mir, seinem ältesten Sohn, gönnte er es, als Zaungast mit dabei zu sein. Der 30. Dezember 1889 – man ließ die Sektgläser klingen und war überaus lustig. Man hatte den Mut dazu, Herr Leutnant, damals. Und drüben, wo der andere Herr sitzt«, [er deutete auf mich] »hat Fontane selber an jenem Abend in all seiner Courtoisie den Ehrenplatz gehabt.«

Der dunkeläugige Mann, den wir somit als Hertz jun. kennenlernten, lächelte in sein Glas nieder.

»Man trank Sekt?« rief Jens. »Und es war genau der heutige Tag? Prächtig, so werden wir aus diesem literarischen Anlaß ebenfalls Sekt trinken!«

Der Herr mit der Pfeife machte eine abwehrende Handbewegung. »Heute?« murmelte er ironisch und zuckte mit seiner hohen Schulter. »Bei all dem Sterben junger Menschen? O nein.«

»Wenn ich aber darum bitte!« rief Matthissen. »An meinem letzten Abend in Deutschland! Bedenkt, daß ich die ganze Tasche von diesem lächerlichen Geld voll habe. Morgen bring ich es schon nirgends mehr los.« Er winkte dem Kellner.

Doch der Herr wollte wohl in seiner stillen Andacht bleiben. Er klopfte die Pfeife aus, erhob sich und sagte: »Entschuldigen Sie mich. Und merken Sie dies: einen Dichter wie Theodor Fontane gibt es nicht mehr, so gerecht, so stolz und so freisinnig, dazu voll Humor. All das war im vorigen Jahrhundert noch möglich.«

Mein Freund beschäftigte sich schon mit der Sektflasche, und als Hertz ‚Alles Gute' gewünscht und ‚Gute Nacht' gesagt hatte und fortging, nickte Jens und meinte trocken:

»Es kommt noch mehr abhanden, nur fein Geduld.«

»Und wie steht es bei uns beiden mit der Kunst?« fragte ich.
»Sie ist vertagt, Albert«, sagte er und schenkte ein.
»Schweren Herzens, Jens?«
»Oder auch nicht – prosit, Junge!«
Ich hatte anfangs vorgehabt, ihm zu erzählen, daß heute mein Geburtstag sei. Es waren doch immerhin seltsame Zusammentreffen, daß ich, wie sich soeben herausgestellt hatte, an Fontanes siebzigstem Geburtstag und zur gleichen Stunde, als er an dieser Stelle gefeiert wurde, zur Welt gekommen war; und sodann, daß ich grade heute auf seinem Stuhl saß. Es konnte mir sogar, wenn es den noch gab, so etwas wie ein Trost sein. Aber jetzt davon anzufangen, nachdem Matthissen von der vertagten Kunst gesprochen hatte – und ich sah ihm an, daß er es radikal ernst meinte – – nein, ich brachte es nicht über mich, ihm meinen Geburtstag zu verraten. Die Kunst durfte ja nie vertagt werden. Ich würde sie auch demnächst als Soldat keineswegs vertagen, o nein. In keiner Minute meines Lebens würde ich von ihr ablassen und bis zum Tode nicht.
»Jetzt erzähle mir von dem kleinen Fräulein Oberlin oder wie sie hieß«, sagte Jens, als ich schwieg.
Ich berichtete ihm dies und das, mehr das Freudige und lebte dabei ein wenig wieder auf. Als ich endete, sprach er von einem Mädchen, das er in Neumünster kennengelernt hatte. »Sie hat mir Grieg vorgespielt, sehr schön. Wäre ich länger dort geblieben – wer weiß.«
Wir tranken. Lustig wurden wir nicht. Es wurde noch über vielerlei gesprochen, auf das ich mich nicht mehr besinnen kann. Schließlich war es für ihn Zeit, aufzubrechen. Als wir ins Freie hinaustraten, hatte es begonnen zu schneien. Wir erwischten ein Taxi und fuhren zum Bahnhof Alexanderplatz. Doch an der Klosterstraße

ließ Jens halten. Wir stiegen aus, machten einen Umweg und gingen an der alten K. S. vorbei, die sich in der Finsternis der Nacht mit Schnee verzieren ließ.

»Eine ganz schöne Zeit war's, wie?« meinte er.

»Zurückschrauben kann man sie leider nicht.«

»Und man würde es auch nicht wollen!« sagte er. »Weißt du, man hat inzwischen sehr anders gelebt, in Gefahren – wenn du willst – und mit keinem Hauch eines Gedankens daran, was die nächste Stunde bringen wird. Dagegen gehalten, scheint einem das Damalige mit seinen rosigen Zukunftsträumen verdammt komisch.«

»Ich muß es dir ja glauben und hoffe nur, daß ich bald Soldat bin und hinzulerne, was du gelernt hast. Dann ist es wieder zwischen uns wie früher.«

»Wie meinst du das? Dort? Vielleicht. Möglicherweise aber ist dort jeder allein. Ich glaube, sogar Freundschaft verbraucht sich in solchen Zeiten wie heute, in denen alles, was von Wert ist, futsch geht, bis ratzekahl nichts mehr übrig sein wird.«

Wir schritten die menschenleere Königstraße hinunter, immer durch den wirbelnden Schnee, und schwiegen von da ab. Es war totenstill, ich hörte nur das leise Geklirr, wenn ihm der Säbel gegen den Stiefel schlug. War unser letztes Wort gesprochen? So war es wohl. Vor dem Bahnhof hielt ich an und ließ ihn die Stufen hinaufgehen. Als er merkte, daß ich zurückgeblieben war, machte er eine Bewegung, als wollte er zurückkommen. Da ich aber die Hand zum Gruß hob, salutierte er kurz und eilte weiter. Noch sah ich ihn, bis er den Bahnsteig erreichte, dann nicht mehr.

Die Trophäe

Land, du leeres Blatt,
Wo nur die Elstern sich rühren,
Immer wollen sich meine Hände spüren,
Gerne berühren
Wie zwei Verliebte.

Aber an meiner blauen Zimmerdecke
Sitzen vier schwarze Falter
Hingekauert, einander verfremdet, still,
Tief schon im Herbst.

Über den ganzen Winter noch hatte ich in Numsen auf den Gestellungsbefehl zu warten.

Vor meinem Fenster, in weiter Ferne, rollte mehrmals am Tage ein Sandzug dahin. Die Bahnstrecke war in den letzten Monaten für die Versorgung der Küstenbefestigungen gebaut worden. Erblickte ich den Zug, so war es mir, als stürme eine Kette schwarzer Büffel über die Ebene. Die Maschine, als der vorderste Büffel, schrie auf und spie Dampf gegen die Erde. Ein gleiches Hell wie der Dampf war bisweilen am Himmel zu sehen: der Mond, wie er unerwartet in der eisigen Luft dastand.

Vieles war inzwischen anders geworden. In meinem früher so geliebten blau-rosa Zimmer hielt ich es nicht lange aus. Sobald es nachtete, trieb es mich auf die Chaussee. Auf dieser einsamen Straße war genug Raum zum Wandern und zwar nach Norden und nach Süden. War die Erde gefroren, so konnten auch ein paar Feldwege benutzt werden. Nächtelang lief ich vor mir davon. Zuweilen blieb ich stehen und sprach ein Wort ins ungreifbare Dunkel – in das Rauschen unsichtbarer Flügel sprach ich einen Namen, ihren Namen. Er war mir teurer als ein begonnener Vers. Kaum sprach ich ihn, so versanken die kahlen Bäume an der Chaussee, und versanken die Wege und Steige und alles schwarze Land. An manchen Abenden gelang es mir, das Abbild ihrer Gestalt aus der Ferne herüberzuziehen und ihre Gebärde neben mir zu fühlen, ihre Schulter, ihre Knie, ihre Lippen und gar ihr Lächeln, wie sie es ausspielen konnte unter Schmerz und Verwirrung oder es ausgespielt hatte, als unsre Zeit noch schön und leicht war.

Einmal kam ich auf meiner Wanderung über die vereiste Chaussee in jenes Nachbardorf, aus dessen kleinem Dachreiter man uns im Herbst die Siege verkündet hatte. Die Zeit der Siege schien vorerst vorbei, denn die Flagge hatte sich lange nicht gezeigt. Beim Überschreiten des verschneiten Friedhofs erinnerte ich mich an den Organisten des Dorfes, den ich im Herbst einige Male besucht hatte. Um Weihnachten, das hatte ich gehört, war sein einziger Sohn gefallen. Dieser Sohn hatte einmal von Heidelberg aus, wo er studierte, eine Wallfahrt zu Hermann Hesse gemacht. Als ich zwischen den Gräbern hinging, fiel mir der junge freundliche Mensch wieder ein; hatte ihn über meinen Toten vergessen; und ich beschloß, bei dem Vater einzutreten. Vielleicht konnten wir uns gegenseitig trösten.

Die Haushälterin führte mich zu ihm. Er saß am Tisch, nahm die lange Pfeife aus dem Mund und hieß mich willkommen. Kaum hatte ich ihm mein Beileid ausgesprochen, so begannen seine Augen zu flackern, die alten Hände zerknüllten das Tischtuch, und er schrie: »Paris – das muß vom Erdboden vertilgt werden!« Er schrie es wieder und wieder; und »Johann!« schrie er,

»Johann!« wieder und wieder, und die Tränen stürzten ihm aus den Augen. Ich suchte ihn zu beruhigen, aber einen Trost, wie er ihn gebraucht hätte, wußte ich ja nicht. So sagte ich ihm etwas, das hier ganz unangebracht war – folgendes: »In Paris, in Zimmern wie diesem, sitzen alte Männer, weißhaarig wie Sie, traurig oder zornig wie Sie, und all die alten Väter sind arm wie Sie, denn sie haben ihren Sohn im Krieg verloren – wie Sie.« Als ich das gesagt hatte, blickte er mich voll Haß an und schrie und wiederholte den fürchterlichen Satz. Sein Verstand konnte das, was ich vorgebracht hatte, nicht erfassen. Ich gab mir dann Mühe, das Gespräch auf andre Dinge zu lenken. Als ich mich verabschiedete, hatte er sich halbwegs beruhigt.

Zuweilen war Sturm, und ich blieb in meinem Zimmer. Die Bäume am Haus wurden zu einem einzigen Brausen durch Nacht und Dunkel hin. Ich lehnte den Kopf gegen die Scheibe und ließ die Zeit hingehen. Die kahlen Zweige und Äste da draußen standen wie Spinnweb gegen den Himmel gepreßt, Spinnweb, das sich bewegte, Spinnweb, das reglos hing. Unter den schweren Stößen des Windes beugten sich die Pappeln, und mit ihrem Hinbeugen schien auch das Zimmer zu schwanken, als sei es eine Schiffskajüte auf hoher See. In all dem Toben drinnen und hinter den Fenstern glitzerte vor mir die kleine messingne Kajütenlampe mit ihrem unbeweglichen Brand.

Ende Februar, da schon das Tauwasser vom Dach tropfte, begann ein Brief Nellys folgendermaßen:

Mein Liebster, ich muß dir heute etwas Schlimmes mitteilen. O daß ich es dir ersparen könnte. Soeben komme ich von der K. S. heim, die Nachricht war dort grade eingetroffen: dein lieber Freund Jens Matthissen ist

gefallen – daß ich jetzt doch bei dir wäre, dich zu trösten –
Da war also auch dies gekommen. Auch einen Jens gab es nicht mehr. Tod dieser Zeit, von wem wärest du zu übertreffen! Wen begehrst du jetzt? Wie denkst du über Axel Diebold, Tod? Es endet jetzt etwas. Du Himmel da oben – endest du? Oder bleibst du bestehen und bist es selber, der den Willen hat, alles was schön und lebendig ist auf der Erde, auszutilgen?
Ich suchte mich auf eine wirre und verzweifelte Weise zu beruhigen, nämlich mit der Vorstellung: Alles, was noch lebt, ist mir fremd – die einfallende Rastlosigkeit des Abends ist mir genau so fremd wie der Regen oder wie Steine oder ein Licht in der Nacht. Da konnte ich mich so ungläubig fragen: Kenne ich den Regen, wie er verdrossen, lässig und spottend auf das Gartenland fällt? Bin ich nicht allen Dingen, die fest oder weich zu berühren sind, ferne und fremd? Bin ich nicht ferne – ohne irgendeinen Gedanken daran – ferner als tot, fremder als fremd dieser Stunde, die mir der Abend bringt und entrückt und in der es keinen Jens Matthissen mehr gibt?
So suchte ich die sichtbare Welt von mir fortzutun. Nichts von ihr sollte bleiben – außer Nellys Bild. Ihr kleines Photo, das an der Zimmerwand hing, half mir dabei, sie zu halten. O wie sie darauf ausschaute: ganz wie jenseits der Welt ihr Profil, die belichtete Wange [von woher belichtet?], ein wenig gehoben [wohin gehoben?], eine wahre kleine Inderin. Ihr Antlitz war mir also geblieben und mir anders nah als dieser März, der erschienen war, näher als die Schwarzdrossel im Gartengestrüpp, die kam und ging, näher als der weißliche Rauch, der langsam in der Ebene aufstieg mit dem spürbaren Duft von verbrannten Tannenzweigen, der ins geöffnete Fenster bis zu mir herwehte. Wie aber nun

dies? Dennoch blieb mir mit ihrem Bild noch ein gutes Stück Welt erhalten; und dies Stück Welt erblickte ich sogar, wenn ich in den Spiegel schaute und mich selbst erkannte. Ich weiß aber so manchen Tag, da war im Spiegel auch mein Gesicht nicht mehr zu sehen oder zu erspähen, sondern sie war's, Nelly, und zugleich mit ihr – wie gut! – war es die schwarze Drossel und war es der weiße Rauch und der Duft von verbrannten Tannenzweigen.

Eines Sonntagmorgens zu Ende März ging ich durch den Garten. Da war an der Hecke das erste Veilchen erblüht. Ich pflückte es, und da ich mich müde fühlte, setzte ich mich auf einen verrosteten Gartenstuhl, der auf dem Rasen stand. Ich weiß noch, es war ein föhniger Tag mit blauen Feldern zwischen eilenden Wolken. Und als ich so auf dem Stuhl saß und das Veilchen zwischen den Fingern hielt und es hob, geschah etwas: ich hob es nämlich bis in Augenhöhe und sah es an, und als ich mich ein wenig an ihm freuen wollte, da konnte ich nicht mehr erkennen, daß dies ein Veilchen war – da vermochte ich nicht mehr zu wissen, was ein Veilchen ist. Mein Herz schlug so hart, daß es weh tat; und weil ich glaubte, vom Stuhl zu sinken, ließ ich das Veilchen, das ich ja nicht mehr kannte, fallen und versuchte aufzustehen. Es muß mir auch gelungen sein, denn gleich darauf lag ich drinnen in meinem Zimmer auf dem Sofa und schlief sofort ein. Ich meine, es ist gewesen wie ein erster Tod.

Als ich erwachte, waren vierundzwanzig Stunden vergangen. Ich sprang auf und ging in die Klasse hinüber, wo die Kinder mäuschenstill auf mich warteten. Hab vergessen, ob ich unterrichtete oder was ich ihnen sagte – hab überhaupt vergessen, was in den folgenden drei Tagen geschehen ist, und was ich getan und gedacht habe. Es ist dort eine leere Stelle in meinem Leben, ein

weißer Fleck. Und ich weiß auch nicht, was noch hätte werden können, wenn nicht am vierten Tage der Einberufungsbefehl eingetroffen wäre. Er hat mir wohl das Leben zurückgegeben. Mir scheint, daß ich schon eine gute Strecke weit fortgewesen bin.
Ein alter Mann überbrachte ihn. Der Postbote, der mir im letzten Herbst Nellys Briefe mit den Worten ‚Ein Briefgen vom Mädgen' zu überreichen pflegte, war längst eingerückt. Da kam also der bedächtige alte Mann an den Silberpappeln entlang und übergab mir wortlos und mit einem bedauernden Blick den roten Zettel, auf dem zu lesen stand: Sie haben sich an dem und dem – da und da –
Ich schwenkte den Zettel wie ein Trophäe, eilte ins Kirchdorf und schickte das vereinbarte Telegramm an Julia ab. Mittags war ich wieder zurück und begann meine Sachen zu packen. Für die Kaserne war nur weniges nötig; dies wurde abgetrennt. Eins durfte dabei nicht fehlen: ein Notizbuch für Verse. Bevor ich ins Feld rückte, würde ich Nelly bitten, mir ein Fläschchen Tusche, einige Pinsel und ein Skizzenbuch zu besorgen und unbedingt einen Stift schwarzer Condé-Kreide in einer Hülse, die man bequem bei sich tragen kann. Unterm Packen ertappte ich mich dabei, daß ich sang; ich würde aber meinen Verstand hüten müssen und hörte wieder damit auf.
Jetzt wurde ich also Soldat. Ein untüchtiger Soldat würde ich nicht werden. Gerade Knochen, um einen Tornister zu tragen, besaß ich genau wie die andern. Das weitere mochte zu lernen sein, denn die andern lernten es auch. Damit gut. Und sterben? Würde es mir schwer fallen angesichts der Verwilderung Europas und aller Kreuzigungen? – Schwer fallen wird es mir wohl, sagte ich zu mir, wenn ich an Nelly dachte.

Der rote Zettel befahl mir, das Jemandsland, in dem ich beheimatet gewesen war und meiner Aufgabe gedient hatte, zu verlassen und in das Niemandsland hinüberzugehen. Die Verantwortung dafür übernahm der Staat. Offenbar traute er sich das zu.

Anhang

Literarische Spurensuche

Es mag fünfzehn Jahre her sein, da fragte mich die dritte Frau Georg von der Vrings - von uns allen Tante Wilma genannt - nach meinen Lieblingsbüchern. Ich nannte damals zuerst: Theodor Fontanes „Stechlin“. Sie fragte mich, ob ich schon „Die Wege tausendundein“ gelesen hatte, was ich verneinte. Ich verstand den Zusammenhang zuerst nicht, las aber das Buch und fand mich dabei in einer mir durch zahlreiche Besuche wohlbekannten Gegend wieder, in Brake an der Unterweser und in Oldenburg. Wer hat schon die Möglichkeit, die Geschichte seiner Vorfahren auf literarischem Wege zu verfolgen. Zwar muß man nicht unbedingt den Ort einer literarischen Handlung kennen, um Gefallen an einer Geschichte zu finden, aber anregend für die Vorstellungskraft des Lesers ist es schon, vor allem wenn die Handlung autobiographisch und der Autor der eigene Großvater ist, der seinen Weg aus der vertrauten Umgebung der Wesermarsch in die Residenzstadt Oldenburg und später an die Königliche Kunstschule in Berlin beschreibt, um dort eine Lehrerausbildung zu erhalten. Georg von der Vring setzte an den Schluß des Romanes eine Hommage an Theodor Fontane und seinen „Stechlin“, eingedenk des gemeinsamen Geburtsdatums am 30. Dezember, verbunden mit seinem literarischen Vorbild in einer zutiefst humanen Weltsicht und angesichts der schrecklichen Aussicht, daß der Protagonist am Ende den Einberufungsbefehl bekommt und in den Ersten Weltkrieg ziehen muß.

Daß Georg von der Vring den Roman erst 1955 veröffentlichte, mag zum einen daran liegen, daß er in dieser Form während der Zeit des Nationalsozialismus nicht hätte veröffentlicht werden können. Allein dieser letzte Abschnitt des Romans wäre damals ausreichend gewesen, um zumindest auf den Index gesetzt zu werden. Wesentlicher ist aber wohl die Betrachtung der eigenen Jugend aus einer zeitlichen Distanz heraus. Hier ist wohl auch ein Bezug zu Fontane zu sehen, der ja bekanntlich seine Romane erst im hohen Alter schrieb, vor allem den „Stechlin" als eine Art Lebens-Resumée. „Die Wege tausendundein" ist der erste Band einer Taschenbuchreihe mit Prosa-Werken von Georg von der Vring, die in den nächsten Jahren in dieser Form wiederveröffentlicht werden sollen. Ich möchte in diesem Zusammenhang allen danken, die mir beim Zustandekommen des Buches geholfen haben.

Christian von der Vring

Im Zwiespalt der Zeit

Abdruck des Georg von der Vring-Vortrages, der am 21.6.1991 auf Einladung des Landtagspräsidenten Horst Milde im Niedersächsischen Landtag gehalten wurde. Die literarische Soirée wurde von der Oldenburgischen Landschaft veranstaltet.
Harry Niemann (1920-1999), Generalintendant i.R. des Oldenburgischen Staatstheaters, las aus dem Lyrik- und Prosawerk Georg von der Vrings. An der Veranstaltung nahm auch der Schriftsteller und Künstler Karl-Heinz „Hein" Bredendiek (1906-2001) teil, der in Jever ein Schüler Georg von der Vrings gewesen war.

„Oldenburg ist die Hauptstadt unseres Landes", so begann Georg von der Vring einen autobiographischen Essay, der unter dem Titel „Land am Gestade" 1952 in dem gleichnamigen Merianheft erschien.

Von der Vring gedachte hier der zahlreichen kulturellen Anregungen, die er in Oldenburg von 1904 bis 1910 während seiner Seminaristenzeit erhalten hatte.

Der Aufbruch in die „Moderne" war an der knapp 29.000 Einwohner zählenden Residenzstadt der Großherzöge aus dem Hause Holstein-Gottorp nicht spurlos vorübergegangen. 1905 wurde hier die Nordwestdeutsche Kunst- und Gewerbeausstellung veranstaltet; die völlig neuartigen Ausstellungsgebäude nach Entwürfen von Peter Behrens erregten weithin Aufsehen. Von 1907 bis 1912 hielten sich die „Brücke"-Künstler Erich Heckel, Max Pechstein und Karl Schmidt-Rottluff zu Sommeraufenthalten im oldenburgischen Küstenbad Dangast auf. Das Für und Wider moderner Kunstbestrebungen wurde in den Oldenburger „Nachrichten für Stadt und Land" eifrig diskutiert. Der Oldenburger Jurist Ernst Beyersdorff erwarb damals die Passivmitgliedschaft der „Brücke". Er sollte später zu den Förderern und Freunden Georg von der Vrings gehören.

Der Dichter schrieb über seine erste Begegnung mit dem Expressionismus der „Brücke“: „Wie verstummten wir, wenn wir über die einförmig grüne Tafel der Marsch auf den Deich zuschritten, an einem Regentage, immer den nie rastenden Wind in den Haaren, und den Deich erstiegen und nun den Jadebusen vor uns liegen sahen, zur Ebbezeit, mit seinen riesigen Wattfeldern, deren dumpfigen Geruch wir schon lange gespürt hatten. Hielten wir Ausschau, so konnte einer von uns sich ermuntern und murmeln.

Das Watt ist grau, das Wasser grau, der Himmel grau. Ein anderer sagte: Drüben liegt Dangast. Ein paar junge Maler haben sich dort niedergelassen, und wenn sie diese Landschaft malen, so tauchen sie in ein Geloder von Flammen – wieso aber? Und ein dritter erklärte folgendes: Hier in unserem Lande muß man es drinnen suchen und finden. Die Dangaster Maler Schmidt-Rottluff, Heckel und Pechstein, ich möchte sie kennen!“ Persönlich kennengelernt hat er die Künstler damals nicht, nach dem Ersten Weltkrieg knüpfte er als Maler an das Beispiel der „Brücke Künstler“ an und nahm so eine entscheidende Rolle für die Vermittlung der „Modernen Kunst“ im Lande Oldenburg ein. Im Zweiten Weltkrieg schließlich erwarb er ein Ölbild des damals verfemten Schmidt-Rottluff.

Lebenslanger Bezugspunkt Georg von der Vrings war aber nicht die Stadt Oldenburg, sondern Brake. Der oldenburgische Unterweserhafen war schon immer von Weltoffenheit geprägt. In den Wohnungen alter Braker Familien ist noch so manches verwahrt, das ein Onkel oder Großvater von seinen Reisen mitbrachte, neben dem Samowar aus Reval oder St. Petersburg stehen die Eingeborenenschnitzerei aus der Südsee und der beschnitzte Walroßzahn. Georg von der Vring schrieb über sich, die Bewohner Brakes und der Wesermarsch. „Wir haben ein starkes Gefühl für das gleiche Herz aller Völker. Wir waren Handwerker seit 150 Jahren und mehr, wir bauten Schiffe, besserten sie aus oder fuhren auf ihnen in alle Küstenländer der Erde. Unsere Toten liegen in Australien, Texas, Rio und im Meer. Viele von uns zogen aus der Heimat, der Militärstaat in Deutschland trieb sie fort. Es war uns allen sauer, Unteroffizieren zu gehorchen."

Nur die ersten vierzehn Jahre seines Lebens verbrachte Georg von der Vring in der kleinen oldenburgischen Hafenstadt Brake. Dennoch sollte die weltoffene maritime Atmosphäre dieser Stadt zeitlebens den zentralen Punkt seines Schaffens bilden und sollte ständig in Lyrik und Prosa wiederkehren.

Der in den fünfziger Jahren hochgeschätzte Dichter geriet später in Vergessenheit. 1989 zum 100. Geburtstag erschien erstmals eine Gesamtausgabe seines lyrischen Werkes. Seitdem findet der Dichter in Ausstellungen und Feuilletons wieder Beachtung, und seine Bedeutung wird vielleicht erst jetzt richtig erkannt.

Georg von der Vring wuchs im Brake der Jahrhundertwende im Hause seiner Großeltern mütterlicherseits auf. Der Vater, ein Seefahrer, hatte sich eines schönen Tages aus dem Staube gemacht und tauchte erst 14 Jahre später wieder auf. Wichtigster Bezugspunkt für den jungen Georg war sein Großvater Georg Suhren, ein Anhänger der revolutionären Ideale von 1848 und unbedingter Gegner des preußischen Militarismus. Die ersten musischen Eindrücke wurden ebenfalls durch die Person des Großvaters bestimmt.

Der im Haushalt des Georg Suhren am meisten geschätzte Dichter war der von Brake aus betrachtet am gegenüberliegenden Weserufer lebende Hermann Allmers (1821-1902). Dieser gehörte zu den vom liberalen Oldenburger Bürgertum besonders gern gelesenen Autoren. Als Lyriker war er auch von Brahms vertont worden. Am bekanntesten ist die Brahmssche Fassung der Feldeinsamkeit, die in jedem „anständigen" Klavieralbum der Zeit enthalten war. Mit Sicherheit hat der kleine Georg dieses außerordentlich beliebte Stück nicht nur einmal im großelterlichen Haus gehört. Der Junge war fasziniert davon, daß der Dichter dieses Liedes wirklich noch leben sollte und gegenüber auf der anderen Weserseite wohnte. Eines Tages konnte er seine Neugier nicht mehr bezähmen und startete zu einem unerlaubten Ruderbootsausflug nach Rechtenfleth zum Allmershof. Es mutet tragisch an, daß dieser Besuch ausgerechnet an Hermann Allmers Sterbetag stattfand.

Im Jahre 1903 verstarb der Großvater. Georg von der Vring wurde fortan von der Großmutter und der Großtante erzogen. Er sollte etwas Anständiges werden und recht bald seinen eigenen Unterhalt bestreiten können, da von seinem Vater noch jede Spur fehlte. Man beschloß, der Junge wird Lehrer.

Von 1904 bis 1910 besuchte Georg von der Vring das Lehrerseminar in Oldenburg. Schon während seiner Seminarzeit veröffentlichte er Gedichte in der Unterhaltungsbeilage der Oldenburger „Nachrichten für Stadt und Land". Georg von der Vrings literarische Leitbilder jener Jahre waren Jens Peter Jacobsen und Hermann Bang, zwei skandinavische Dichter, denen er sich in ihrer melancholischen Grundstimmung verwandt fühlte.

Die Seminarausbildung schloß Georg von der Vring mit einer zweijährigen Junglehrerzeit in Horumersiel ab. Das war von 1910 bis 1912. In der stillen Einsamkeit des Küstenortes entstanden tiefempfundene Nachschöpfungen der Gedichte Verlaines.

Trotz der großen dichterischen Produktivität schwankte er in diesen Jahren zwischen Dichtung und Malerei. Er war aber mehr Dichter als Maler. Dennoch besuchte er von 1912 bis 1914 die Königliche Kunstschule in Berlin. Begeistert erlebte er die Vielfalt expressionistischen Kunstschaffens. Die Malerei Emil Noldes und Vincent van Goghs sowie die Lyrik Georg Trakls waren die Leitbilder seines künstlerischen Strebens. Trotz lebenslanger Auseinandersetzung mit bildnerischen Gestaltungen war das Wort doch das ihm gemäßere Medium. 1913 erschien als seine erste Veröffentlichung, im Selbstverlag, der Gedichtband „Muscheln“. Die Gedichte in diesem Bändchen waren größtenteils noch von neuromantischen Vorbildern geprägt, es fanden sich aber schon einige durchaus eigenständige Arbeiten darunter.

Der Kriegstaumel seiner Zeitgenossen 1914 erschütterte ihn tief und stieß ihn ab. Immer hatte er Europa als eine kulturelle Einheit begriffen. Viele der von ihm verehrten Künstler waren Franzosen, und gegen eine Nation zu kämpfen, der er soviel verdankte, erschien ihm aberwitzig. Später schrieb Georg von der Vring: „Ich wußte, daß Franz Marc gefallen war. Sein Wort über den ‚guten Soldaten wider Willen‘ kannte ich damals noch nicht, es würde mir viel geholfen haben, denn es ging mich nahe an.“

Georg von der Vring meldete sich nicht freiwillig, wie

die meisten seiner Seminarfreunde, unter ihnen der spätere Verleger Peter Suhrkamp, sondern er wartete die Einberufung im Jahre 1916 ab.

Den Krieg erlebte er an der Ost- und Westfront, von 1917 bis 1918 im grauenhaften Stellungskrieg vor Verdun. Bei einem kurzen Heimaturlaub im Oktober 1917 heiratete er seine frühere Kommilitonin Therese Oberlindober, mit ihr stand er in täglichem Briefkontakt. Der Briefwechsel zwischen den durch den Krieg getrennten Partnern sollte später den Stimmungshintergrund für Georg von der Vrings Antikriegsroman „Soldat Suhren" bilden.

Im September 1918 geriet Georg von der Vring in Frankreich schwerverwundet in amerikanische Kriegsgefangenschaft; im Spätherbst 1919 wurde er entlassen, und im Dezember siedelte das Ehepaar nach Jever über, wo Georg von der Vring eine Zeichenlehrerstelle am Mariengymnasium antrat.

Die Schüler schätzten ihn als verständnisvollen und einfühlsamen Pädagogen, doch die meisten Eltern wetterten gegen den Lehrer, der ihre Kinder im völkerversöhnenden Geist erzog. In Jever entstanden eine Vielzahl expressionistischer Gemälde, viele Gedichte, mehrere Prosaskizzen und bis 1925 der Antikriegsroman „Soldat Suhren". Vor Ludwig Renns „Krieg" und Erich Maria Remarques „Im Westen nichts Neues" eröffnete Georg von der Vring damit die Reihe der deutschen Antikriegsromane. Zunächst fand sich kein Verlag bereit, das Buch zu übernehmen, erst nach den positiven Stellungnahmen von Thomas Mann und Wilhelm Schmidtbonn konnte der Roman im Oktober 1927 erscheinen. Georg von der Vrings Ehefrau Therese hat dies nicht mehr miterlebt, sie war am 4. Mai 1927 fern von Ehemann und Kindern in Davos verstorben. Diesen Schlag konnte der Dichter nie verwinden, die zahlreichen Klagegedichte um Therese gehören zu von der Vrings eindrucksvollsten Schöpfungen.

Unmittelbar vor dem Erscheinen des „Soldat Suhren“ fand Georg von der Vring sich als einziges Mitglied des Lehrerkollegiums dazu bereit, die Rede zum Jahrestag der Weimarer Verfassung zu halten. In der Regel wurde die Veranstaltung von dem deutschvölkisch bestimmten Teil des Kollegiums zur Verhöhnung der Republik mißbraucht.

In seiner Rede stellte sich Georg von der Vring demonstrativ zur Republik und damit gegen die herrschenden Kreise in Jever.

Die Lage wurde für Georg von der Vring zunehmend unerträglich. In einem Brief schrieb er damals: „Seit ich ein Kriegsbuch geschrieben und veröffentlicht hatte, das erfolgreich war und alsbald in England und Amerika erschien, wurde ich, wie zu erwarten, in Jever bekämpft. Ich interessiere mich nicht für Parteipolitik. Vom rechtsradikalen Teil der jeverschen Bevölkerung wurde ich seitdem bekämpft. Die Kampfmittel erstreckten sich von feindlichen Blicken über anonym Eingesandtes in der Zeitung zu abendlichen Steinwürfen gegen mein Fenster“. Im Oktober 1928 verließ von der Vring fluchtartig Jever mit seiner zweiten Ehefrau und den beiden Söhnen, um im Tessin neu zu beginnen. Dort lebte die Familie von der Vring nahezu ein ganzes Jahr, hier entstand der Roman „Station Marotta“, in dem der Dichter seine aktuellen Erlebnisse widerspiegelte. Vom Tessin aus zog die Familie nach Wien, dort traf er mit Ludwig Goldscheider zusammen, der ihm Anerkennung für sein lyrisches Werk aussprach und somit dazu beitrug, daß er sich von der Prosa löste und das Hauptgewicht auf die Lyrik legte. So erschien 1930 eine Gedichtsammlung unter dem programmatischen Titel „Verse".

Der Aufenthalt in Wien war jedoch nur von kurzer Dauer. Noch 1930 zog die Familie nach Stuttgart und bezog Wohnung in der nach den Prinzipien des Bauhauses errichteten Weißenhofsiedlung.

Erfahrung Nazideutschland

Georg von der Vring gehörte nicht zu jenen Vertretern der schreibenden Zunft, denen ein hoher übernationaler Bekanntheitsgrad die wirtschaftliche Existenz auch im fremdsprachigen Ausland sicherstellte. Nach seiner Flucht aus Jever hatte er sich ja ein Jahr im Tessin aufgehalten, doch diese Zeit war wirtschaftlich ausgesprochen schwierig gewesen. Diese Erfahrung ließ ihn davon Abstand nehmen, ein zweites Mal in die Emigration zu gehen. Daß eine Existenz als freier Schriftsteller im Deutschland des Dritten Reiches nicht ohne Beschwernisse zu bestehen war, wurde ihm zunehmend bewußt „Ein Dichter mit einer eindeutig pazifistischen Botschaft würde es schwer haben in diesem Staate". Nie konnte er die vielen jungen Menschen vergessen, deren sinnlosen Tod er vor Verdun erlebt hatte. Sich den ideologischen Vereinnahmungsversuchen der Nazis gänzlich zu entziehen, war undenkbar und hätte schwerwiegende Sanktionen zur Folge gehabt. Er nahm nun zwar an Anthologien teil, in denen auch den Nazis ergebene Schreiber publizierten, aber er schrieb keine den Nazis gefälligen Versen, sondern er nutzte die wenigen verbliebenen Freiräume, um weiterhin für ein humanistisch geprägtes Deutschland zu sprechen. Er schrieb: „Beethoven und Mozart blieben uns und priesen das Leben. In meinem Garten am Weißenhof gab es den Flieder, über dessen Glanz und Glorie schon viel gerätselt worden ist. Oft dachte ich mir aus, daß sein Duft die Engel überleben werde. Was aber mußte jetzt von Menschen getan werden? Ich schrieb das Buch ‚Der Goldhelm', es sollte der Versöhnung mit Frankreich dienen und der Verfinsterung wehren, schrieb dann zum gleichen Zweck ein Schauspiel ‚Jemandsland', aber die Aufführung wurde verboten, schrieb zum Gedächtnis der Opfer des Ersten Weltkriegs und als Mahnung ein ‚Requiem', aber es konnte nicht erscheinen. Noch entstand für Goldscheider die Übersetzung der Novellen Maupassants. Das Buch erschien, aber das Band wurde dann zerschnitten." Diese Rückschau ist Teil des 1947 veröffentlichten Lebensabrisses „Linien und Farben". Die Schilderung gleicht einem Gedicht in Prosa. Die vielen anderen Widrigkeiten, die er in jenen Jahren erlebte, bleiben unerwähnt. Welche Schwierigkeiten diese Zeiten für den Dichter bedeuteten, erhellt sich aus dem folgenden chronologischen Ablauf.

Der Dichter hatte in der Weimarer Republik die Verkörperung seiner politischen Ideale gesehen. Für sie war er in Jever eingetreten und hatte schließlich fluchtartig die Stadt erlassen. Nun mußte er sehen, wie ein skrupelloses Unrechtsregime alle demokratischen Grundsätze verwarf und viele seiner Dichterfreunde in die Emigration trieb. Sein Roman „Soldat Suhren" wurde auf eine der ersten Verbotslisten gesetzt, und da Georg von der Vring sich weigerte, mit dem Hitlergruß zu grüßen, wurde er 1934 als Mitarbeiter des Süddeutschen Rundfunks entlassen. Im selben Jahr wurde das Drama „Jemandsland“ nach dreitägiger Aufführungsdauer verboten. Ein Requiem wurde ebenfalls unterdrückt. Das Verdikt traf beide Werke, da sie in ihrer zur Völkerversöhnung anhaltenden Botschaft den Aufrüstungsabsichten der Nationalsozialisten direkt widersprachen. Ebenfalls 1934 stellte er den Kriegsgefangenenroman „Der Goldhelm oder das Vermächtnis von Grandcoeur“ fertig. Zunächst durfte dieser Roman wegen seiner zur Völkerversöhnung aufrufenden Botschaft nicht erscheinen. Die Zensur gab ihn jedoch aus taktischen Gründen, kurz nach dem Münchner Abkommen, 1938 für den Druck frei, um ihn als Dokument für den vermeintlichen Friedenswillen der Nationalsozialisten zu mißbrauchen. Nach 1933 veröffentlichte von der Vring zahlreiche Gedichte in der Zeitschrift „Das Innere Reich“.

In diesen von Naturmotiven bestimmten Gedichten wurde eine Tonart angeschlagen, die vom damaligen Leser als Regimekritik verstanden wurde. Dem heutigen Leser öffnet sich diese Bedeutungsschicht nur, wenn er die Hintergründe kennt. In der „Frankfurter Zeitung“ erschien 1937 ein offener Brief an den in Paris weilenden Sohn Peter, in dem von der Vring seinen Sohn aufforderte, nach Auvers sur Oire zu gehen, um dort, im Auftrage des Vaters, die Gräber von Vincent und Theo van Gogh zu besuchen. Dieser Brief richtete sich offen gegen die antimoderne nationalsozialstische Kulturpolitik. Der Dichter hatte hier einiges gewagt. Sein Sohn Peter (1920-1994) wußte zu berichten, daß bei der Anwesenheit bestimmter Besucher im Hause des Vaters das Telefon unter einem Kaffeewärmer verschwand und in einen anderen Raum getragen wurde.

Diese Vorsichtsmaßnahme hatte ihren Grund. Der Dichter war davon überzeugt, daß er als politisch unzuverlässig überwacht werde, und rechnete fest damit, eines Tages verhaftet zu werden. Dieser Drahtseilakt innerhalb der „Nationalsozialstischen Kulturpolitik" erinnert an vergleichbare Erfahrungen seines Seminarfreundes Peter Suhrkamp. Dem Verleger gelang, unter ähnlichen Bedingungen das Profil des Fischer-Verlages bis 1943 zu wahren. Auch von der Vring setzte sich für junge Talente ein, unter ihnen Hermann Lenz, und versuchte ihnen einen möglichst ideologiefreien Raum zu bieten, er war nämlich am Anfang des Zweiten Weltkrieges als Leutnant Mitherausgeber einer Soldatenzeitschrift. In dieser Zeit entstand die Erzählung „Die leere Pfeife", in der der Dichter unmißverständlich Kritik an Krieg und Unrechtsregime übte. Die Erzählung blieb bis heute unpubliziert.

1942 wurde von der Vring von seiner Dienststelle zu dem von Joseph Goebbels initiierten „Weimarer Dichtertreffen" beordert. Nahezu alle anderen Teilnehmer nahmen zu Krieg und Nationalsozialismus positiv Stellung. Georg von der Vring sprach aber „Über das Einfache in der Dichtung". Auf gemeinsamen Spaziergängen mit befreundeten Schriftstellern nahm er noch unmißverständlicher Stellung. Auf Goethes Gartenhaus und Weimar als Wiege der Deutschen Klassik hinweisend, machte er die Bemerkung, dieses alles könne jederzeit durch Fliegerangriffe in Schutt und Asche gelegt werden und existiere nur noch von Englands Gnaden. Den verlogenen Kult der Nazis um Weimar im Jahr 1942 erkannte er als Farce. Manche Kritiker haben Georg von der Vring seine Teilnahme an dem Dichtertreffen und seinen Vortrag als Flucht vor der Verantwortung vorgeworfen. Wer aber die Persönlichkeit und das Werk des Dichters zu würdigen vermag, erkennt die bittere Ironie, und so verstand es denn auch der Reichspropagandaminister.

1943 wurde Georg von der Vring aus der Wehrmacht mangels Verwendung entlassen. Der 54jährige zog nach Schorndorf in Württemberg und heiratete nach der Scheidung von seiner zweiten Frau zum drittenmal. Gegen Ende des Krieges mußte er ein Militärstrafverfahren gegen seinen ältesten Sohn Peter erleben, der aufgrund einer mutigen Äußerung wegen Wehrkraftzersetzung angeklagt war, darauf stand das Todesurteil. Nur durch den unermüdlichen Einsatz seines Vaters wurde der Sohn zum Einsatz in der Frontkompanie begnadigt.

In Schorndorf entstanden der Roman „Magda Gött", der die unmittelbaren Zeitereignisse widerspiegelte, und klassisch strenge Gedichte. Sie sind in dem Band „Verse für Minette" gesammelt und lassen sich in der strengen Ordnung der Verse als Antwort auf das Chaos von Krieg und Nachkriegsdeutschland verstehen. In dieser Zeit wandte er sich auch wieder der Bildenden Kunst zu.

Günther Eich schreibt dazu: „Es wird eine Mohnblume gezeichnet und man spürt Hiroshima."

München

1951 zog Georg von der Vring mit seiner Frau Wilma nach München. Sein Freund, der Verleger Reinhard Piper, hatte ihm zu der Übersiedlung geraten. Hierbei spielten wirtschaftliche Überlegungen die entscheidende Rolle. Man dachte, in der unmittelbaren Nähe von Redaktionen, Rundfunkanstalten und Verlagen lukrative Veröffentlichungsmöglichkeiten zu finden.

In München pflegte von der Vring Kontakte zu anderen Künstlern, dabei erschloß er sich ein völlig neues Gebiet. Schon in Horumersiel hatte er Gedichte von Verlaine in deutscher Sprache nachgeschaffen. Jetzt wendete er sich der Übersetzung englischer Lyrik zu. Eindrucksvolles Zeugnis auch seiner theoretischen Interessen war eine mit Süskind geführte Podiumsdiskussion über „Die Kunst der Übersetzung“. Von der Vring verlangte vom Übersetzer „... Du kannst ein Gedicht nur dann gut übersetzen, wenn Du es sehr liebst. So, als wäre es Dein eigenes. Lies die geliebten Verse immer wieder! Sie sind englisch, sagen wir von Shelley.

Lies sie mehr auf den Inhalt, nimm den Klang und Rhythmus und Reim in Dich auf ... Du mußt dort heimisch werden. Bist Du es geworden, so wage es, das, was Shelley englisch gesagt hat, jetzt in deutscher Sprache herauszubringen. Gelingt es Dir, so steht auf Deinem Blatt ein neues deutsches Gedicht. Möglicherweise, wenn Du Glück gehabt hast, ein so vollkommenes wie das von Shelley.“ Mit den zahlreichen Übersetzungen angelsächsischer Lyrik entstand auch das bedeutende Alterswerk, in dem seine Lyrik sich vollendete. Die späten Gedichte stehen in Zusammenhang mit dem Vergänglichkeitsmotiv der englischen Romantik. Keats und Shelley, aber auch Rossetti und Landor fühlte er sich verwandt. Die Münchener Jahre waren reich an öffentlicher Anerkennung, so wurde Georg von der Vring als ordentliches Mitglied in die Bayerische Akademie der Schönen Künste gewählt. 1963 wurde der Dichter für ein Vierteljahr als

Ehrengast im Rahmen der Anerkennung von Dichtern der Inneren Emigration in die Villa Massimo nach Rom eingeladen. Dort lernte er den jungen Lyriker Christoph Meckel kennen. In seinem Nachwort zu der 1989 veranstalteten Gesamtausgabe der Lyrik von der Vrings schrieb Meckel die wohl einfühlsamste Charakteristik des Dichters und seiner Lyrik:

„Tumult war die Abgrundbewegung der späten Gedichte, zerstörte aber die Formen nicht. Die Harmonie seiner Klangkörper blieb perfekt. Über inneren Blutungen blieb die Sprache schön. Anmut seiner Worte lebenslang, von den ersten Versuchen bis zum letzten Reim. Sie ermöglichte Schmerz und Notschrei zu überlesen. Es war ein Triumph des Artisten. Wer Zeuge des Tumults war des tobenden Blutquells, ist über die Art seines Todes nicht erstaunt. ER hat sich seinen eigenen Tod geholt. Die Foltern einer Gesichtsrose, schlechte Augen – er lief aus der Wohnung und verschwand. Pioniere zogen ihn aus dem Fluß.“ Betrachtet man den Freitod des Dichters auf dem Hintergrund seines Schaffens, so deutet sich diese Möglichkeit, sein Leben zu vollenden, schon im Gesamtwerk an.

Am 1. März 1968 wird Georg von der Vring vermißt. Fünf Tage später findet man seinen Leichnam in der Isar.

1963 hatte er geschrieben: „Die Dichter aus der Welt Verwiesene, deren Wort ins Dunkel fällt.“

Jörg Michael Henneberg,
Oldenburgische Landschaft